远去的书香

苗怀明 著

凤凰枝文丛／孟彦弘 朱玉麒 主编

凤凰出版社

弁 言

“凤凰台上凤凰游”，是李白《登金陵凤凰台》之诗句，昔年我江苏古籍出版社立足南京、弘扬文史，而更名所由也。

“碧梧栖老凤凰枝”，是杜甫《秋兴八首》所吟咏，今日我凤凰出版社为学林添设新枝，而命名所自也。

30多年来，凤凰出版社围绕中华传统优秀文化，彰显传承文明、传播文化、服务大众、贡献学术的出版理念，坚持以整理出版中国文、史、哲古籍及其研究著作为主的专业化方向，蒙学界旧雨新知之厚爱、扶持，渐已长成“碧梧”，招引了学界“凤凰”翩然来栖。箫韶九成，凤翥凰翔！嘤其鸣矣，求其友声！

“凤凰枝文丛”是本社与学界同人共同打造之文史园地，除学术研究论文外，举凡学人往事、经典品评、学术札记之文化随笔，旧学新知，无所不包。是作者出诸性情而诗意栖息之地，读者信手撷取而涵泳徜徉之处。

“凤凰鸣矣，于彼高冈。梧桐生矣，于彼朝阳。”

愿“凤凰枝文丛”成为我们共同的文化家园。

2019.5.22

远去的书香

——话说读书与淘书（代前言）

说到“书”这个字，脑海里想的不是别的，而是层层叠叠堆在地上的半屋子书，这些都是近期新买的和朋友惠赠的书，还没来得及上架，也没想好怎么上架，书房实在放不下了，这样凌乱地堆在一起可以看作是一种逃避。

书对我来说，已经浪漫不起来，而是现实的苦恼。想要一套放书的别墅，这是我经常开玩笑说的话，其实也是真心话。买书也许不算很难，更难的是为书找到摆放的空间，不知看电子书长大的同学们能否理解这种苦恼，也许在他们看来，这些书一个移动硬盘就可以装下，这种苦恼纯粹是自找的。

但问题是，满满一套房子的书和装在一个移动硬盘里的书能一样吗？

对于一个读书人来说，有一间书房自然是人生的一大梦想，幸运的是，我经过努力做到了，而且不是一间书房，是一套书房，一套带有小院子的书房。尽管院子很小，房间也只有两间，不过六十平米左右，面积还抵不上人家的一间大书房。

房间里已经尽可能多的放满了书，两间房屋不用说，通常房间都是三面放书，经过努力，自己做到了四面墙都放书，狭小的阳台和客厅都充分利用起来，见缝插针地各放一个书架。书架更是直通天花板，书架的顶上也都堆满书籍。

至于摆放，可谓全方位立体型——里外放两层，每一层都上下放满。如果要拿里面一本书，必须把外面的书一层层拿出来。实在没地方放，有些就放在箱子里堆起来。

有人问你到底有多少藏书，这个问题实在回答不上来，因为没数过，这是一件非常麻烦也很耗时的事情，自己没有时间和精力去做这件事。而且这个问题有些含糊，是藏多少种还是多少册？比如那些丛书，算种数的话就是一种；算册数的话，则有十几册或几十册，乃至上百册。再比如期刊，《明清小说研究》我有全套，如果按种数算，只是一种，但如果按册数，则有一百多册。

我得书后一般都登记，前几年曾粗略统计了一下，藏书有一万多种，至于具体的册数，就不知道了，至少有个两三万册吧，也许更多。且不说这几年又增加了不少。

说到藏书，自然会想到读书。来我书房的人几乎每人都问过这个问题：这些书你都看过吗？连我的父母也都这样问。我的回答是：这些书我没有都看过，事实上也不可能都看过，但是我都翻过，需要的时候我可以随时知道需要去找哪本书。

当然，这里面带有吹牛的成分，否则也就不会去买那么多复本书了，在我单位的办公室里摆放的书都是复本，这样也好，家里和单位一边一本，用起来也方便。

我买的书主要有两类：一类是自己教学科研需要的，一类是自己感兴趣的。自己教学研究需要的，主要是小说、戏曲、说唱等通俗文学作品及研究论著，还有中国古代文史哲方面的书籍。自己感兴趣的，则五花八门，比如别人写的书话、外国侦探小说等等。

数量最多的是专业书籍，这方面的收藏就完备程度而言，和一般的图书馆比，如跟南京大学图书馆相比，不比他们少，当然前提是只比平装书，不比线装书。

我个人研究的兴趣在文献及学术史，因此，本专业的书搜罗面比较广，不是只挑精品买，而是全都买回来，见书就收。有人到我的书房后嘲笑我的书里有不少学术垃圾，这是他们不了解我的研究情况，不了解我买书的路数，站在自己的立场上来说的。

就阅读而言，自然是尽可能多的去读，读的书越多越好。比如作品及研究资料，要多读细读，对一般的研究论著，则可以挑选一些重要的、经典的，比如鲁迅的《中国小说史略》、王国维的《宋元戏曲史》等就要反复阅读，重要段落达到背诵的程度。

至于一般书籍，翻翻就可以了，等到使用的时候再去详细阅读其中的某个章节或段落。世界上有那么多的书，即便是专业书，也无法做到每本书都读，只能采取精读和泛读结合的方式。

精读的好处不用说，我特别愿意说一说泛读。

我喜欢把泛读说成翻书。拿到书之后，看看前言、后记，看看目录、作者简介之类，这样比从别的地方看到这本书的介绍要好很多。书翻过之后，会留下较深的印象，等到将来需要的时候，一下就可以想起来。

古代小说、戏曲、说唱方面的著述，我没有全部通读过，但我能见到的都翻过。一般情况下随便说出一本书的名字，我基本可以说出这本书的内容及特点等。

翻书还可以建立全局观，把一个行当的书全部翻过一遍之后，可以对整个领域的情况有个系统的了解，其热点何在，薄弱环节何在，心里是有数的，做研究时找题目就容易得多。

总的来说，买书、藏书是为了读书的方便，也是一个爱好，但是随着图书电子化的趋势，电子书越来越多地被人们接受，纸质书将逐渐被电子书所替代，将来也许会成为纯粹的文物。这个趋势是无法阻挡的，因此，当说到买书藏书这个话题时，会带有一丝伤感。

随着电子书的普及，纸质书的阅读已经成为一种传统的生活方式，讨论买书、藏书，也就带有一丝怀旧色彩。

带有怀旧色彩或者说有些伤感的还有淘书。淘书的乐趣就在一个“淘”字，从旧书堆里苦苦寻觅，忽然找到一本自己渴望已久的书籍，那种欣喜若狂的乐趣是外人无法想象的。如果财大气粗，到书店一通乱买，藏书数量一下可以暴增，但这不是淘书，是买书。

我的藏书大部分都是自己从旧书店一本一本淘来的。自己本科、硕士和博士阶段的学习都是在北京师范大学完成的，在北京上了十年学，也整整淘了十年书，特别是当地最大的旧书店——中国书店，其在北京各个角落的分店我都跑过多遍。

当时已经养成一种生活习惯，每到周末的时候，至少用一个下午或整天，去琉璃厂，或者小西天、新街口、西单、灯珠口、隆福寺，有时会结伴，更多的时候是一个人去书店淘书。那时候没有挣钱能力，学费、生活费完全靠父母，稍微贵点的书就不舍得买，因此也买了不少残书，后来再一本一本配全，有些一直到现在还没有配全。

就这样，日积月累，还是搜罗了不少书，本科毕业离开北京的时候已经有三十多箱子书，博士毕业再次离开北京的时候，已经有一百三十多箱，运到南京的时候，那场面还是很壮观的。

毕业之后到南京，正赶上金陵旧书业最后的繁荣，也见证了本地的旧书业从兴盛到衰落的全过程。那个时候，夫子庙、仓巷、南京大学一带有很多旧书店。一到周末，朝天宫到仓巷一带到处都是书摊，不花上一天时间是看不完的。仅仅是南大周围的旧书店，没有一天时间也是看不完的。我的藏书有相当多是在南京淘到的。

其后随着网络书店的兴起，随着电子书的出现，买书变得越来越方便，淘书的乐趣自然也就打了折扣。到孔夫子旧书网、京东、当当、亚马逊一搜索，自己需要的书就出来了。至于配书，也不过是敲击几下键盘的事情。容易自然少了意外，也就没有多大的惊喜。

在此期间，实体旧书店受到严重冲击，因房租、人工、水电等成本过高，无法生存，纷纷倒闭，剩下的一些实体店，也多是靠网络销售维持生存。

如今在南京，淘书已经变成一种怀旧之举，实在淘不到什么书了，只能安慰愁眉苦脸的老板几句。如果没有政府政策的支持，倒闭的旧书店将越来越多，乃至逐渐消失，这是可以预言的。

旧书店越来越少，很多书就淘不到，淘书的人就越来越少，旧书店的生存就更加困难，这是一个恶性循环。目前这个问题还无解。

网络和数字化不仅改变了书籍的形态、传播的渠道，而且改变了我们淘书、藏书乃至读书的方式，也可以说是深深地改变了我们的生存状态与生活方式。

我们在享受着现代科技带来的巨大便利的同时，也深深怀念那些传统的生活方式，书香已逐渐淡去，但当下流行的手机阅读这种碎片、肤浅、浮躁的阅读方式就是我们需要的吗？我们找到适合这个时代新要求的理想读书方式了吗？

对于淘书、藏书和读书，面对日新月异的变化，我们有很多话要说，也有很多事情要做。

附记：

2017 年 11 月 23 日，应南京大学出版与阅读学会、悦读书社之邀，我为同学们做了一场名为《远去的书香：话说读书与淘书》的讲座。此前多是讲古代小说，没有讲过这类内容，因此很认真地做了准备，写了一个提纲。现场所讲与此有比较大的出入，现刊出，聊博诸君一笑。

目录

001　远去的书香

——话说读书与淘书（代前言）

第一辑

003　南京街头的旧书店

017　曾经是毛贼

021　想起老姚

025　一只会织网的猫

028　琉璃厂的黄昏

——对一处人文风景的怀念

032　马来西亚淘书记

037　结缘网络淘旧书

第二辑

047　体制内的革命

——读《晚清学部研究》

052　寻找失落的大学精魂

——读蔡元培《大学教育》一书所想到的

059　人奇才奇文更奇

——读《“苏州奇人”黄摩西评传》

069　远去的背影与迷失的路标

——从石钟扬《五四三人行：一个时代的路标》

一书说起

076　铮铮铁骨　文人本色

——从石钟扬先生《文人陈独秀》一书说起

086　董康和他的东游日记《书舶庸谭》

094　纷纷千古事　历历眼中过

——从《胡适日记全编》说起

105　但沾古泽一心欢

——读《仓石武四郎中国留学记》

114　民间的力量

——从《乡村戏曲表演与中国现代民众》说起

126　寻找戏曲的原点

——从近年出版的两本戏曲同仁刊物谈起

第三辑

135 从爱国志士到千古罪人

——秦桧心路历程解读

145 朱家角：翻开大上海的第一页

152 恻恻芬芳绕侠气 惊才绝艳谁能媲

——记晚清才女刘清韵

157 国内第一部中国文学史著作究竟何属

162 大器晚成

165 依然白发老书生

——从陈独秀的晚年生活说起

175 王云五的意义

181 独树一帜的学者型藏书家

——胡适藏书漫谈

189 胡适对海内学人的酷评

197 元明杂剧搜孤本 梅茁金瓶图书文

——郑振铎与他的通俗文学收藏

211 买书买尽宋元版 读书穷探沧瀛奇

——周越然和他的言言斋藏书

220 王古鲁和他的东瀛访书

229　既欲求真实　宁复计辛苦
——由郑骞《从诗到曲》一书所想到的
242　我们需要与学校名声匹配的校史
249　要宽容，还是要霸权
——也说现代旧体文学应入文学史
265　在茶与壶之间

第四辑

273　奢华背后的凄凉
——重读《陶庵梦忆》
280　当平凡成为奇迹
——重读《浮生六记》
287　《浮生六记》的传奇与迷局
296　风月秦淮视野中的故国情怀
310　《书香小品》前言
323　《明清文学的青春解读》前言
327　《寻梦金陵话红楼》前言

333　后记

第一辑

南京街头的旧书店

毕竟是六朝古都、文化名城，南京的书香虽不如北京、上海等地之浓之盛，不过细说起来还是颇有段辉煌历史的，单看《金陵卖书记》《白门买书记》等相关记载，不难想象当年金陵书业的盛况，且不说明清两代的红火景象，即便是民国年间，夫子庙一带林立的书店、铺排的书摊吸引了多少读书人流连驻足。

如今，六朝古都的文化气息已经在高歌猛进的现代化浪潮中日渐稀薄，一座座散布在高楼大厦间、被高墙重重包围成孤岛的园林建筑早已失去当年的灵气，沦为一件件为经贸唱戏、吸引外资的文化道具。如果还有些怀旧心理，想在钢筋水泥的丛林中寻找些许古都韵味的话，街头大大小小的旧书店也许是个理想的去处。

说起金陵的书店，确实容易让人生出一种今不如昔的感叹。自然，事情还没糟到令人绝望的地步，就当下南京的书店而言，还是有些可说之处的。不过其特色不在那些经营新书的书店。随处可见、千人一面的新华书店自不必说，即便是有些规模和名声的南京书城、长三角图书批发市场之类，也实在想不出有什么个性和特色，因为这样的书店随便在哪个城市都可以找到。

唯一可说的也就是先锋书店了。只是如今的先锋书店正处在瓶颈期，规模不断扩大带来的诸多问题还在消化，当年的活力与锐气已消磨不少，经营管理方面的弊端在读者越来越多的抱怨声中开始显露。周围万象书坊、南京大学社科书店等虽然在规模、声势上还不能与先锋书店相比，但它们实实在在的价格优势对其已形成不小的冲击。

实际上真正办出特色、给人留下深刻印象的，还是南京街头那些大大小小的旧书店。别看这些旧书店不起眼，每天都有不少外地读书人慕名前来，它们实际上已成为这座古城的一张文化名片。

南京的旧书店大体上可以分成两类：

一类是传统意义上的旧书店，即专门经营出版时间较早的旧书，从明清刻本到民国毛边本，从新中国成立之初的平装书到八九十年代的内部印刷物，都在经营之列。但由于价格和货源所限，唱主角的还是那些建国后印刷的平装书。

另一类是近些年刚兴起的五元店，这类书店专门经营出版不久的图书，因多数图书卖五元一本而得名。这是一种介于新书店与旧书店之间的新型书店，所经营图书多为十年之内出版的积压货。内行人都知道，积压的并不一定是坏书，相反，其中不少是很有学术价值但读者面较窄的学术论著。

由于折扣很低，通常是二折、三折，买丛书、全集之类的大书如《民国笔记小说大观》《香艳丛书》《朱光潜全集》《周振甫文集》之类最划算。这些书店更新速度快，新上架的图书往往几天内就销售一空。常常是有些书在新华书店里还按原价销售，在五元店里已经以五元一本的低价大量出售。因为价格低廉，很受欢迎。别的城市也有类似的五元店，但皆不如南京这里规模大、数量多，堪称南京书店的新风景。一些外地朋友来到南京的五元店，常常一出手就是几千元，大呼过瘾。

从地域上看，南京旧书店的分布较为集中，并逐渐形成了两个中心：一个在南京大学附近，一个在夫子庙地区。从数量上看，南京大学附近的旧书店数量最多也最好。道理很简单，这里做学问、买书的老师、研究生多，同时离南京师范大学、东南大学、河海大学等高校也不远，有较为充足、固定的客源。

先从南京大学东面的中山路说起吧。在汉口路与中山路交叉路口的东北角，快到鼓楼地下隧道的地方，路东，有一座不起眼的小楼，里面开着三家书店。其中最有名的是学人旧书店，老板名叫阚炜，瘦高个，是个相当精明的小伙子，年纪不大，却已从事旧书业多年，比较懂行。店面已从原来的一间扩为两间，图书多且全，品位也比较高，分门别类摆放，清爽醒目。加上老板勤快，时常到上海、合肥等地进货，故店里常有一些市面上少见的好书。

书好，自然价格也就不会太低，经常可以看到一些学生在颇为认真地和老板讨价还价。好在老板在经营方面也很有一套，会在定价的基础上让些利、打点折，多数情况下都能成交。店里还设有每周新书栏，每周五上午上书，为老客户提供了不少方便，每次到店里，总是能淘到一两本中意的好书。老板人也挺和善的，混熟了，买书之余，还可以像老朋友那样，聊聊天、吹吹牛，毕竟围绕书这个话题，大家总是有话可说的。这种家常的气氛在新华书店、南京书城等书店那里是感受不到的。

其实不光是这家书店，在笔者后面要提到的其他旧书店如小唐五元店、雅籍旧书店、古逸书店、唯楚书店、品雨斋书店等，也是如此。不少老板本人也喜欢读书、藏书，买书时间长了，一来二去，大家也就成了君子之交。其实，旧书店的引人之处也正在于此，不像那些新书店，纯粹是买卖关系，缺少亲和力。

学人旧书店北边隔壁，有家小唐书店，因老板姓唐而得名。该店主要经营五元书。唐老板三十多岁，人很本分，多数时间在外面进货。经常守店的是老板娘，老板娘年轻漂亮，对人也很热情，经常和老客户拉家常，颇有人情味，不知不觉就把生意做活了。

原来小唐书店卖的书比较杂，生意不太好。后来在一些书友的启发帮助下，调整思路，以经营学术著作为主。由于价格便宜，很受读者欢迎，生意从此火了起来，店面也从一间扩到了两间。唐老板不大懂行，对书把握不准，胆子也不够大，一些很有卖点的学术著作未能及时进货或进货太少，失去不少赚钱良机。周围的五元店越开越多，竞争越来越激烈，小唐书店也面临着越来越大的压力。

从小唐书店往北隔两家门面，还有一家书店，名字想不起来叫什么了。老板瘦瘦的，是个中年人。该店主要经营旧书，但书比较杂，既有一些学术著作，更有不少中小学教辅读物，好书不多，价格也比较贵，即使可以还价，但价格标得过高，让人没法还，所以干脆不要。加上老板沉默寡言的，很少主动招呼顾客，因此店里的生意和学人旧书店、小唐书店相比可就差远了。

守着这样的风水宝地，却赚不到钱，说明经营思路确实有问题。经常看到老板或老板娘一个人静静地坐在那里，颇为寂寞地望着门外，真有些替他们着急，但遗憾的是几年下来，还是不见有什么改进。

由于不断传出拆迁的消息，这三家书店都面临着搬家问题，学人旧书店已未雨绸缪，在青岛路开了个分店，并将经营重点放在那里。小唐书店曾在青岛路开过一个分店，但没开几天就走了，不知道将来要搬到哪里去，想必总该在南京大学周围吧，毕竟这里有不少老客户，人气本身就

人朴实本分，话不多，不过混熟后也喜欢拉拉家常，聊聊天。汤老板不大懂行，店里的书一般，还未形成特色，不过由于进货渠道不同，有时也能淘到别的店里难见的好书，而且价格也比较便宜。店门口经常摆一些两元、四元的书或杂志，如《读书》《文史知识》《明清小说研究》之类，耐心挑挑，说不定还能捡漏，所以也值得常去看看。

唯楚书店

西边的一家叫得利复兴书店，是家五元店，刚开不久。老板是南京最大的五元店——天宫书店老板的妻弟，只是不知道书店为什么叫这么个奇怪的名字。该店主要经营学术著作，店面比较大，品种也多，图书更新快，每周都有新书上架，所以生意相当火，对周围几家五元店造成了很大压力。

南京大学西南的青岛路，不到 200 米长，也是个开旧书店的好地方，先前在路南头有家华章旧书店，生意好的时候，曾开有两家分店，后来出了点事故，竟然都关门歇业了，让不少老顾客惋惜不已。

如今在这条路上开店的，除了前面所说的学人旧书店和几家专营自学考试教材的书店外，还有家品雨斋书店，这是家旧书店。老板姓马，年纪不大，人高高胖胖，经常笑眯眯的。马老板原来也喜欢藏书，藏着藏着，就自己开起店来。店最早开在东南大学那里，后来搬到中山路一段时间，今年又搬到青岛路。为了找到一个合适的地点，老板还真是动了不少脑筋。

由于入行晚，竞争激烈，老板除了在进货上下功夫，也常在价格上做文章，经常举办一些优惠活动，比如举办特价书展，实行会员制，根据以往买书的金额打折等。书不错，两个老店员人也蛮好的。

其中的老姚说起来也是个资深店员了。原来在华章旧书店干，该店关门后到天宫书店，如今又来到品雨斋书店。

他本人也喜欢读书、藏书，眼很近视，给人一种老学究的感觉，在旧书店里工作倒也挺合适的。近来去青岛路，发现在一家鲜花店里又新开了一家旧书店，书平常，量也不大，不过在鲜花丛中淘书的感觉确实不错，所以也可以不时过去瞄上几眼。

品雨斋书店

夫子庙周围是南京旧书店的另一个中心。先前太平南路到夫子庙一带书店林立，可谓读书人淘书的乐园，可惜如今只剩下杨公井古籍书店这么一家像样的旧书店了。这是家国营书店，店很大，有两层，二楼主要卖旧书，不过书很一般，杂且乱，更新也慢，经营远不如个人旧书店灵活。好在书多，细细搜罗一遍，也许还能找到一两本中意的好书。

二楼还有一个店中店，专营线装旧书，可惜很多时候不开门。不过即使开门，也是看的多，买的少，因为价格太高，非一般读者所能承受。只有一套书让笔者动过心，那是郑振铎所编的《清人杂剧》初集，一函十册，扉页还有郑氏的签名，写着赠给叶圣陶的话，看来书为叶氏所藏。当时想买，又有些犹豫，等自己下定决心要买，书却已被人买走了。

一楼主要卖新书，主要经营中华书局、上海古籍出版社、巴蜀书社、齐鲁书社等古籍出版社出版的文史哲研究著作，可惜不打折，但这里经常有先锋书店、新华书店等新书店所没有的学术著作，所以需要的书该买还是得买，不过一次少买几本而已。

由杨公井向南，在夫子庙四周特别是建康路上，有不少五元店，据笔者所见，差不多有七八家，其中最有名的要数建康路东边的两家书香斋了。两家店离得不远，一大一小，为同一老板所开。该店老板进书很有一套，前两年曾进了一大批生活·读书·新知三联书店、上海古籍出版社、北京出版社等老牌出版社的书，以五元一本的低价出售，一时引得南京的很多读者蜂拥抢购，很是赚了一些钱。如今其经营重点在大众流行书籍，由于地段好，客流量大，生意一直很红火，春节后去过一次，店里人多得可以用拥挤一词来形容，由此不难想见其生意的红火程度。

书香斋外，建康路上其他几家大大小小的五元店还是值得一逛的，比如西边的白鹭书店，曾进过一批李时人所编的《全唐小说》，原价近两百元一套只卖五十元，没过几天，就被抢购一空。在这条路上原先有家较大的书店，叫二十一世纪书店，一楼卖新书，二楼卖打折书，但生意一直不好，后来改成只在一楼卖五元书，但生意还是不行。前不久再去，竟已经改成药店了。可见即使在黄金地段，也有个如何经营的问题，并不是随便开个店就能日进斗金的。

如今先锋书店也在夫子庙地下开了个规模很大的分店，离开文化气息浓厚的大学，到闹市区去开学术书店，这实际上是一种风险很大的尝试，效果究竟如何，外人不得而知，老板钱晓华心里自然最清楚。

除了上述两个旧书店较为集中的地区外，朝天宫里外的书摊、书店也值得一说。这里过去是江宁府学，如今已改成旧货交易市场。每到周末，如果天气好的话，里面常常摆满了大小不一的书摊。不过，书比较杂，得认真挑选，据说常有人在此捡漏，淘到一些珍稀的图书，但笔者几年间一次也没遇到这样的经历，书倒是淘了一些，但都称不上意外或惊喜。

原来朝天宫的旧书很有名，每到周末，里面不说，墙外沿着河边，密密麻麻，全是书摊，还有几家小书店，粗粗看过一遍，也得半天时间。后来经过整顿，外边不许卖书，只准里面摆摊，已不复当年的盛况，用鸡肋一词来形容并不为过。有些书摊、书店则转移到朝天宫南边的仓巷里继续经营。

说是巷，其实是很宽的街道，与附近地区的热闹喧哗相比，显得有些破败冷清，这种闹中取静的气氛倒也适合旧书店。不长的一条街道上，集中了十多家旧书店，可以称作旧书街了。书店都不大，多数连名字都没有，书很杂，摆放得也比较乱，要买一本想要的书并不容易，不过书价确实比别处低，这也是它的优势所在。来这里得有空闲，平心静气地慢慢淘。

到了周六，朝天宫这里还有鬼市，从凌晨二三点开始，到早上六七点结束，别看时间很早，人气还挺旺。除一般的藏家外，不少旧书店老板也来这里进货。由于时间太早，光线不好，得备把手电筒。在鬼市上倒是能淘到一些价廉的好书，捡漏的机会也比较多，这也是鬼市的诱惑力所在。不过，偶尔去个三两次还行，长期坚持，场场不落，只有那些发烧级的藏家才能做到。

朝天宫往西，是天宫西街，这一带也叫堂子街。一直向前，走到丰富堂大药店旁一个巷子口，往南拐，走不远，有一家天宫书店。这是南京规模最大的一家五元店，从书店的格局看，似乎是由一家商场或超市改成的。里面书很多，放得也杂，得细细挑选。书也很便宜，三元、五元一本，不知不觉间，就能挑到一大摞。零售之外，该店也搞批发，老板不断进货，故图书更新很快，隔一段时间就得去一趟，否则会错过不少好书。笔者曾多次带外地朋友来淘书，他们都无不夸这里书多、便宜，往往要买几百元甚至上千元才住手。确实，对那些喜爱读书、经济又不是很宽裕的人来说，这里是个淘书的好去处。

上面所介绍的，只是南京街头的部分旧书店，并非全部。还有一些旧书店，如成贤街附近的老版本旧书店、中山北路的两家五元店等，也有一些如长江路及曙光影院周围的旧书店，由于城市改造等原因已被拆除，这里就不再一一细说了。

总之，骑辆自行车，随便沿着一条街巷慢慢走，留意两边的店铺，不时就会见到一家旧书店。下车进去瞄上两眼，也许就有意外收获，发现自己寻找多时的好书，笔者有些书就是这样淘到的。即使淘不到书也不要紧，权当出去散散心，外带锻炼身体。

2004 年 7 月于南京

曾经是毛贼

撇开别人的褒贬不说，如果让我来客观地评价自己，三个字就够了：真小人。谈不上正人君子，也不算是伪君子。从来就不想当圣人、楷模之类，也没朝这个方向努过力，只是本着个人的性情做人，好得上不了天堂，坏得下不了地狱，而且好在明处，坏也坏得一眼可以看穿，就像一处池塘，虽然也有点深度，但还能看到底，绝不把水搅浑蒙人。

至于数得上来的优点就不必说了，还是深挖灵魂深处的丑恶吧。别看自己就那么一丁点长的人生足迹，细细数来，污点还真够惊人的。别的不提，先坦白一下自己的“窃贼”经历吧。

说实话，自己是属于那种有贼心没贼胆的人，一生想干的坏事无数，但真正干成的没有几件。天生胆小，缺少做窃贼的基本素质，但就是这样，还是被人带着，干了两次小毛贼的勾当。

印象中第一次做“贼”还是母亲教的。那时候是大集体，什么东西都是公家的，连每天吃的青菜都得靠生产队分配。可以想见，在这种情况下，只有弄到家里的，才是属于自己的东西，所谓偷窃之类，在村民眼里并不算是多大的丑事，关键是得偷公家的，不能偷邻居或别人家的。

记得有一天深夜，睡得正香，忽然被母亲喊起来，说要到队里的菜园里去偷东西，当时心里顿时“扑通扑通”的，好在有家长撑腰，同去的还有很多邻居，所以胆子也就壮了许多。后来的偷盗过程倒没什么可说的，出乎意料的顺利。当时天特别黑，用当时比较流行的话来形容，就是伸手不见五指，抬头不见月牙，反正是在菜园里摸到什么就拿什么。

虽然队里也派有守夜看菜园的人，但我们那么多人，弄出那么大的声响，他竟然一点儿没有发现。现在想来，要么是他睡得特别死，要么是他知道，但见怪不怪，故意不吭声，但绝对不是因为我们技术好没被发现，这是可以肯定的。但就是这样，回到家里，还是被吓个半死。这还不算，因为拿的东西太少，还受到妈妈的一顿批评，别人都是连装带拿，弄了一堆东西，而我只摘了一个比黄瓜大不了多少的小南瓜，确实够丢人的。

印象中从那之后就没再偷过东西，也许有，但确实记不起来了。还能记起来的，就是大学期间的偷书了。那时候很穷，家里省吃俭用，每月给寄五十块钱。在“京城”这个高物价的地方，这点在家里看来颇为奢侈的钱加上助学金，除了吃饭，也就剩个十块八块的。别看这点钱，日常所有开销都在里面。

比较糟糕的是，那时候我就已经有淘书的癖好了，记得每到星期五，都要出去逛一趟书店，大多是去中国书店，因为只有这里才卖便宜的旧书。不过，虽然逛书店的次数不少，但淘的书并不多，不是没有好书，而是没有钱。记得那时买的多是两块钱以内的旧书，超过五块的，除非特别需要，一般都不考虑。日积月累，到毕业时，倒也搜罗了十几箱子书。

当时班上同学的家境大体都差不多，不过，慢慢就发现一个问题。有位同学时不时就会有一些比较新而价高的书籍入藏。一问，都是哥们，倒也坦率，偷的，而且已经偷了不少，从未失手过。说到得意处，还要拉我入伙，并给我介绍许多实战经验，比如要胆大，越胆大越安全，选择春秋冬不要在夏天动手，要多穿衣服，穿宽而大的衣服，一定得站在两个书架构成的角上等等。说得我有些动心，但还是不敢干。那位老兄看我这样，就自告奋勇，要给我示范一次，人家到了这个份上，只好跟着去。

于是，两人都穿上大衣，来到琉璃厂的邃雅斋。虽然那位老兄在来之前已给我打足了气，但一进书店，不知怎么的，气一下没了。平时倒没觉得，此时紧张得不得了，感觉营业员都在看着自己，表情极不自然，但又不敢多看那个哥们，怕看得多了引起注意。反正是怎么都不自在，可谓度秒如年，也不知过了多长时间，那位老兄过来拍拍我说，走吧。一听这话，如释重负，立即跟着他出去。

等走出一段距离，那位老兄像变戏法似的，从腰里摸出一本《十日谈》来，并声明是为了教我，特意拿了本厚的，并问我收获怎样。有了这么一场惊魂之旅，我的立场倒是坚定了，说由于过分害怕，根本没看清楚，什么也没学到，而且再也不敢干这种事了。

倒不是自己高尚，而是自己实在胆小，下不了手，要是被吓病住院，花的钱肯定比偷到的书要多得多。那位老兄看我如此，也就决定不再培养我了，还表示在毕业前，再偷一本《十日谈》送我做礼物。后来由于发生各种变故，日子过得都不如意，礼物也没送成。

从此之后，再没做过窃贼，甚至连这个念头都没有了。大学毕业后的日子如同池塘里的那点水，有涨有落，但大体还算可以，最起码有了份稳定的工作，手头比过去宽松多了，虽然称不上富裕，但咬咬牙，一个月买上三五千块钱书的事情也是有过的。

随着年龄的增长，做“窃贼”的成本也越来越高，在可以想象的将来，是不会再干了。不过也难说，万一哪天陷入困顿，逼到无以自存的地步，也难保不会重操旧业。但将来的事，谁说得准呢？不说也罢。

想起老姚

短平的头发，厚厚的镜片，身材高大，背微有些驼，六十来岁的年纪，温和、斯文，像个文弱书生，或坐在店里看书，或忙于整理书架。这大概是我对老姚的全部印象。称老姚固然是出于礼貌，但也是无奈之举，因为直到目前为止，我都不知道他的名字，也许永远都不会知道。

认识老姚说起来也有些年头了。我是 1999 年到南京谋生的，刚到南京不久，就认识了他。当时他在位于青岛路的华章旧书店上班，当然店不是他的，他只是帮人打工。那时，南京的旧书店远没有现在红火，规模最大、生意最火的就数华章，这家旧书店在南京有三家门面，青岛路的那家属于分店。这家店离我住的地方很近，去得自然也就勤些。一来二去，大家彼此熟悉起来。

老姚在书店上班是再合适不过的，表面文质彬彬的，像个文弱书生不说，他是真喜欢书，到书店上班不仅仅是为了谋生，更多恐怕是为了爱好。每次到书店，看到他不是静静坐在那里读书，就是在忙着收拾书架，绝不像有的店员那种百无聊赖、度日如年的样子。看到我进店，他总会亲切地打个招呼。淘书之余，大家还经常聊上两句。老姚在我认识他之前就已经在书店上班，对南京旧书业的变迁颇为熟悉，我知道的一些人物和掌故有不少是从他那里听来的。

大概是2002年左右，华章旧书店成贤街的总店因为旁边的店铺失火，书大多被消防队的水龙头浇湿。这次事故对华章的打击很大，因为没过多久，三家店面全部关门。在相当长一段时间里，没有多少书店可逛，心里感觉空落落的。好在学人、品雨斋、古逸等旧书店不久纷纷开张，弥补了这一缺憾。华章关门之后，差不多有一年多的时间没有见到老姚，也没有听到他的消息。

再次见到老姚，是在青岛路的品雨斋旧书店。此前，品雨斋旧书店曾在太平北路、中山路开店，但生意都不大好，后来终于选定青岛路，情况才有所好转。猛一看到老姚，颇感意外，一番寒暄之后，才知道，华章关门之后，老姚转到堂子街附近的天宫书店上班，那是一家经营新书的特价书店，规模很大。但奇怪的是，我在那里买书多次，都没有见到过他。

在品雨斋，老姚是和一个阿姨轮班。很遗憾，我虽然和那位女阿姨也比较熟，经常拉拉家常，但一直不知道她的名字，而且连姓也不知道。两人有时是早班，有时是晚班，不断轮换。有几次我正好在他们换班的时候来淘书。每次都是已经下班，那位阿姨催了几次，老姚还是没有走的意思，这里看看，那里摸摸，总是有些恋恋不舍的样子。

等老姚走后，那位女阿姨悄悄告诉我，老姚之所以不走，也是有缘故的。因为他是单身，回到家里一个人冷冷清清的，连饭都没有人做，还不如待在店里，人来人往的，还热闹些。老姚原先在一家工厂上班，后来工厂倒闭，才到书店来打工，而且他的身体也不好，经常得病。收入本来就不高，再一生病吃药，生活还是挺艰难的。没想到在老姚温和、斯文的面容背后还隐藏着这么多人生的辛酸。

之后每次看到老姚，感觉似乎和以前有些不同，不知道是出于同情还是其他什么，聊天的时候有时想安慰他，但又不知道说些什么好，这样谈话反倒小心翼翼地，不如先前那样自然了。

就这样，又过了一两年，大概是去年也就是2005年的下半年吧，品雨斋书店换了店员，老姚不见了，那位阿姨也不见了。店还是那家店，书还是那些书，人换了，淘书的感觉似乎也有些变化。以老姚那种敬业的精神，估计是不会被老板辞退的，该店的马老板人挺和善的。应该是出于老姚个人的某些原因吧。没想深问老姚为什么不来，毕竟我也帮不了他什么忙，如果店是他开的，也许还能多照顾些他的生意。

一位朋友约稿，让我谈谈书人书事，也许这位朋友是想让我写写那些著书立说、名满天下的名家学者吧，这样的人倒也认识一些。但遗憾的是，当我动笔时，头脑里首先想起的就是老姚。在谈到南京的旧书业时，人们经常提及的是那些藏书家或开店的老板，至于像老姚、阿姨这样默默守店的小人物，似乎没人提起过，也不屑谈起，因为他们身上没故事，也不够风雅。

初冬的南京，阴雨连绵，一下就是十几天，阴冷阴冷的，心情也变得比较抑郁。在这样的日子里，老姚也许并不像我想象的那么孤寂冷清吧，毕竟他喜欢看书；也许他的病会慢慢好起来，也许哪一天又能在旧书店意外地见到老姚。雨总不能天天下吧，到时候大家再好好聊一聊。

附记：

写完这篇文章不久，竟意外地在广州路的尚文书店见到了老姚。大家彼此寒暄了几句，话题仍不离南京的旧书店，为这两年旧书业的不景气而感叹。自然，我不会告诉老姚写文章的事情，也不会更多地打听他个人的事情，就像先前一样，否则就太不自然，有些做作了。

老姚的气色比先前要好，有些红光满面的样子，看来生活得还不错，我的担心似乎多余。尽管不再卖旧书了，但他对书的兴趣并没有减弱。只要都喜欢书，大家隔三岔五地总能见到，毕竟南京不大，书店也就那么几家。

一只会织网的猫

认识花猫是在2002年夏天，当时大家都在天涯社区的“闲闲书话”玩，网络售书刚刚起步，花猫是第一批网上售书者。那时候的花猫与其说是只猫，不如说是只鸟，整天叽叽喳喳的，灌水的热情要超过卖书，经常在深更半夜时发帖，呼朋唤友的，基本上属玩票性质。一来二去，大家也就成了朋友，于是在买书时还能得到花猫额外的赠书，这些赠书比所买的书还要好。

后来，网络售书逐成气候，花猫也就成了半职业化的旧书老板。把售书当作事业来做，想法自然就比较多了。花猫属于有雄心壮志的那种女孩子，加上容易激动，于是决定到北京谋求发展。迁徙对从小就闯荡江湖的花猫来说不算什么，她的适应能力强，很快就打开局面，在北京结交了一批朋友。

谁想过了不久便叫苦连天，虽然住在潘家园附近，但生意好像一直没有起色，更为重要的是，与不少南方人一样，她始终不习惯北京那种比较粗糙、忙碌的生活方式，特别是饮食。待了一段时间后，又返回广州。不过，她回广州可不是走麦城，因为临走前，她创办的缘为书来网已经正式运转起来。

当初她创办网站、征求意见时，我谈得较多的是担心，当然还有谨慎的鼓励，因为其中的风险是可以想见的。毕竟她不是大款，拿自己的血汗钱来做网站，是只能赢而输不得的。但她一直表现得很自信。

事实证明她走的这一步是对的。她在网上的人缘不错，关键时刻总会有贵人相助，这是多少钱都买不来的。虽然她经常说自己不看书，是大草包，但实际上还是相当精明的，比如她对版本还是挺在行的，毕竟学习知识的途径有多种，通过实践得来的经验往往更为可贵。年纪不大就离开家乡，独自在外闯荡，而且活得有滋有味，这不是每个人都能做到的。记得有一次戏称她为江湖猫，但她不同意，觉得其中有圆滑、世故之意，其实我的本意在说她人生阅历广，社会经验丰富，属于那种胆大心细的女孩子。

本来以为她只是办个纯粹的旧书网站，但她显然并不满足于此，反而在社区建设上下了更大的功夫。尤其是对文学原创版，她是寄予了很大希望的。此前她也是位爱做梦的文学青年，曾在榕树网站发过不少帖子，经常写些散文、随笔之类的东西，有些写得还是蛮不错的，特别是那篇写老鼠的文章，在网上流传得挺广。看来她对文学创作还是颇有些感情的。

也许是要求过高，花猫对网站的发展总是不太满意，时常打电话诉苦，或担心人气不足，或忧虑原创帖子太少，或抱怨售书量上不去。其实在网站竞争如此激烈的今天，创办仅仅一年能发展到这种程度已经不错了。压力自然是有的，但有时自我欣赏一下也是有必要的。

期望太高，有时候就沉不住气。虽然她曾劝我，要习惯于网络那些直接、尖锐的发言方式，不必太介意，但这不过是旁观者清，轮到她自己的时候，照样动不动就跳起来，实际上沉默的功夫还不如我。

虽然套了这么多近乎，但说起来和花猫也并不算太熟，毕竟我们的联系多数是通过电话和短信，面则只见过一次。大概是 2003 年春吧，她来南京看望朋友。可能是我太土气的缘故，印象中她的穿着好像很时尚，一身黑衣服，打扮得比较利索、俏丽，说话和网上一样，一直是笑嘻嘻的。后来看到一篇文章，说她梳着两个大辫子，穿双拖鞋，一边吃冷饮，一边上网，大大咧咧的，写得虽然也很传神，但和我见过的模样和神态感觉不太一样。

不知现在见到花猫，还能认出她否。

琉璃厂的黄昏

——对一处人文风景的怀念

曾经是古旧书店云集、珍本秘籍迭出的北京琉璃厂不仅盛况早已不再，而且也已逐渐从当代知识分子的视野中淡出，这话可能说得有些偏激或过分，但它确实道出了北京琉璃厂在现时的尴尬生存境地。如今，全中国没到过甚至没听说过北京琉璃厂的青年读书人多的是，这已不再是令人难堪的笑谈，自然，它更排不进脚步匆匆的外地游客的短暂行程，毕竟从视觉效果上，故宫、颐和园、八达岭等处更为美丽壮观。

自然，一个地方并不一定非要和知识分子联系在一起才算有名，才显得特别有意义，何况琉璃厂先前曾是一个像天桥一样热闹的地方，流连于此的除一帮文人才士，更多的还是生于斯老于斯的布衣平民。不过，琉璃厂这个地方毕竟同天桥不一样，但凡稍了解近现代中国文化史者都知道，这个地方曾与中国的文化学术界结下过多么密切的亲缘，这个地方在传统文化薪火传承中曾起过多么重要的作用，更不用说那些前辈学者笔下令人神往的购书豪举、书林佳话了。

毫不夸张地说，这里曾一度是读书人心目中的文化圣地，人们在这里得到的并不仅仅是渴望已久的珍本秘籍，还有那浸润着几千年文化传统的人文精神。

但如今，我们还能在琉璃厂里找得到这些吗？

走在琉璃厂狭长而又拥挤的街道上，穿行于红墙飞檐的仿古建筑间，看着人流中比例显得过高的一群群老外，总有一种似曾相识但又十分隔膜、遥远的感觉。这里古色古香的门面倒是不少，整条街都是，匾额上也绝对是文化名流的真迹，摆出的古玩字画远远多于古书，真假姑且不论，仅是那带有一连串零字的价格就足以令刚过了温饱关的国人望而却步。

这里每年一次的古旧书市和图书拍卖会照样开得热火朝天，但明眼人心里都明白，它已不复当年的盛况，如今的意义对不少读书人来说，已经可以用鸡肋一词来比拟，话虽说得不恭，却是实情，不来淘书，担心漏掉好书，但到了这里，又会在将价格提了数倍的旧书前长长叹息，不少人在一年又一年期待和失望的几番折磨中终于忍痛放弃。作为北京古旧书业的唯一传人，总店设在这里的中国书店曾经具有一种保存文化薪火的象征意义。

但如今一提起中国书店，人们脑海中联想到的却是另一种景象：将旧书提价数倍的短见之举，营业员冷漠的神情，冷落萧条的店面等等。先贤们笔下的琉璃厂访书趣闻已成为一种不可复制的文化神话，如果今天有哪位读书人也想去体验一下，那肯定会像那位四处碰壁的堂·吉诃德一样悲壮和可笑。

前几年，看到多家报刊报道中国书店陷入困境、呼吁保护古旧书业的消息，还曾感慨世道的不公，不明白以北京之大、知识分子之多、文化氛围之浓厚，为什么竟养活不了一家古旧书店，可是后来当万圣书店、风入松书店、国林风书店等几家民营书店脱颖而出，把生意做得红红火火时，人们才明白，中国书店的日渐式微，并非是读书人的无情，否则便无法理解那些后起的民营书店为什么会如此快地崛起。

以中国书店在学术圈多年的声誉，以中国书店和知识分子之间的传统关系，以中国书店遍布市内的营业点，它更有资格和实力去经营学术书店，完全可以做得比这几家民营书店更好。但情况恰恰相反，当中国书店将旧书价格提高到比新书还贵很多，想乘机赚上一笔时，那些经营者可能没有想到，其举失去的远比将旧书提价得到的多，它不仅丢掉了生意，也失去了多年苦心经营赢得的名声。

于是，大批的读者离开中国书店而选择了风入松或国林风，同时中国书店的营业点越来越少，西单的两个点不见了，前门的点不见了，虎坊桥的点也不见了。最重要的是，中国书店作为古旧书店的特色也逐渐消失，原先主要经营的古旧书不仅价格提到令人难以接受的程度，而且数量也大大减少，已经成了一种摆设，一种表示书店性质的摆设。但就新书而言，若要论规模之大、品种之全，它无法和北京图书大厦、王府井新华书店、三联韬奋图书中心相比；要论学术品位，它远比不上风入松和国林风。没有自己的特色和准确的定位，自然吸引不到顾客，其经营状况也就可以想见，更不用说和知识分子之间的亲和关系了。

也许这就是时代的变迁吧，但时代的变迁一定要以老字号的衰微为代价吗？按说在市场经济时代，一家书店的兴衰本属常事，但作为老字号中国书店的式微却给人很多苦涩的感觉。也正是笔者曾有十多年在中国书店淘书的经历，亲眼看到它的日渐没落，才会在这里小题大做。毫无疑问，古旧书业的式微也是我们的损失：我们失去了购买旧书的机会，失去了淘书的乐趣，也失去了曾经拥有的那份美好回忆。

以前每次到琉璃厂买书，都要花上一整天的时间，等提着一摞厚重的图书离开时，往往已经到了黄昏时分。夕阳的余晖洒在红砖绿瓦间，绚烂中透出一种沧桑之感，凄清别致的风景总是能给人很多联想。这难道就是当下琉璃厂的写照吗？“夕阳无限好”，笔者不由得想起了这句古诗，不过下句是无论如何念不出口的，毕竟自己在这里曾买到了不少好书。

马来西亚淘书记

到异国他乡去了近一个月，没带回什么土特产，倒背了一大堆中国旧书回来，我的马来西亚之行也因此算是有了一点特色。

比起前些年，如今出国可是容易多了，即使没有探亲、留学的机会，只要有钱，想到国外转转已不算什么问题，尤其是马来西亚、泰国、新加坡这些东南亚国家，正是当下出国旅游的热门地区，花上几千块钱就能转上一大圈。不过，去的人虽多，待的时间却很短，一个星期的走马观花，想要对这些地区的风土人情有较为深入的了解，就不容易做到，更不用说淘旧书了，这只能在对一个地方相当熟悉的情况下才能做得到。

相比之下，我就幸运得多，不仅在马来西亚待了近一个月，整天和当地人混在一起，更为重要的是，在这里以很便宜的价格淘到了一批中文旧书，对当地的图书市场有了些直观感性的了解和认识。想想也真有意思，这些中国图书本来是肩负传播文化薪火的神圣使命越洋过海来到马来西亚的，结果使命没完成，被我背了回来，也许这正应了一句中国老话：叶落归根。

我所去的地方叫槟城，是座岛城，为马来西亚第三大城市，同时也是华人最为集中的地方，华人占当地居民总数的百分之六十以上。在这个城市里，根本不用担心语言问题，操着普通话、闽南话或粤语，吃饭、购物都不成问题。本来我去的时候也有买书的打算，主要想买一些港台版的图书。虽然如今大陆地区开放的力度不断加大，但要在内地购买港台版图书还是相当困难的，虽然也有少数几家书店做这种生意，但数量太少，根本买不到自己想要的书籍。

刚到槟城的那几天，自然是游山玩水、品尝小吃，足迹也就不限于槟城，远到云顶，近到太平、大山脚等地，匆匆忙忙地跑了一圈。渐渐地，就犯了老毛病，问当地的朋友有没有书店可逛，这个心愿很快得到满足，市里几个稍大点的书店都去了，但逛的结果并不满意。

这里的书店多卖英文、马来文图书，华文书太少，而且还大多是大陆版的，不过把定价翻一倍而已。寥寥的几本港台书价格昂贵，加之没有自己特别想要的书，也就没有购买的欲望。但还不死心，专门请教了几个喜欢淘书的朋友，才知道这里有一个专门卖旧书的地方，叫棺材街，因街道两边除书店外还有不少棺材店，所以就叫了这么个很晦气的名字。

当我来到棺材街，走进一家名叫商务书馆的书店时，凭直觉意识到，这个地方来对了。这是一家品位很高的书店，主要经营人文社科类图书。仅是海峡两岸出版的张爱玲作品及研究论著，就摆满了一个小书架。不过让笔者更感兴趣的则是楼上的打折旧书。

楼上所摆多为大陆版图书，也有一些港台版图书，这些图书不仅出版年代较早，而且所打折扣也很低，一类是四折，一类是二折。折算成人民币不少只要几块钱甚至是几角钱。比如卢前的《明清戏曲史》，建国后就没有再版过，这里有香港商务印书馆 1961 年版的，竟然只要 0.28 元。中华书局香港分局 1979 年版的吴恩裕的《考稗小记》，国内没有出版过单行本，竟然只要 1.2 元。再比如《小说书坊录》，国内早已绝版，很难买到，在这里 2.2 元就可到手。这与国内书店将旧书大幅度提价的做法恰恰相反。

据店员介绍，这些旧书都是从吉隆坡总店进的，因长期积压，只好打折处理。不过也没有特别兴奋，因为回国行李有限制，只能带二十公斤，且自己要带的东西本已不少，要是邮寄，价钱昂贵，也不划算。所以也就不能放开买，只能买一些跟专业关系密切的书，毕竟自己买书的目的是为了研究需要。那些不太急需的书只好放弃。就这样，挑挑选选，还是买了一大堆。

跑了两趟后不甘心，想到还有这么多好书在那里受冷落，甚至有要当废纸卖的可能性，加之有传言这家书店因生意清淡很快要关门，不禁为这批旧书操起心来。即使自己带不走，也要为它们找个妥当的安身之处。于是向当地一家学院的负责人力荐，猛说一通这些书如何有价值、书价如何低之类。

结果还真有效，校方马上决定让我帮他们的图书馆挑书，上限为两千马币（相当于人民币四千元）。钱虽然不多，但书定价那么低，这笔钱已经能买不少了。于是和校方人员专门又去了一趟，将自己认为有价值的图书择要挑了一批。自然，顺带着又为自己淘了几本。事后据一些老师讲，这家学院平时买书还没有这么大方过，看来我还真办了一件好事。

书店之外，还和书友一起去逛了一次当地的跳蚤市场。据他介绍，在这里随时可能会有意外发现。可惜我运气不好，没有那种眼前一亮的奇遇，只是在一个印度老人的杂货摊上见到一本 1875 年出版的中英文对照的中国文学作品选。可惜里面被虫蛀得实在太烂了，没法翻阅，虽然开价只有十马币，但还是没买。后来想想，又有些后悔，但因行程较忙，也就没有返回再买的机会了。

到大山脚玩的时候，正遇到当地办书展，这自然是要看一看的。可惜书展已近尾声，书大多打包了，所剩的也多是大陆版的新书，在国内很容易买到。

在马来西亚淘书，还有一个好地方不能错过，那就是各类寺庙。槟城这个地方华人多，佛寺也多，香火很盛。不少寺庙里都摆着书籍，有些是信徒捐钱刊印的，有些是信徒家里的藏书，内容自然都是与佛教有关的，品种很多，耐心挑选，说不定能有惊喜的发现。这些可以随便拿，不像中国那样要用钱买。因我素来对佛教有兴趣，也就挑选了不少。

就这样连淘带拿，加上当地朋友所送的书籍，不到一个月的时间，竟搜罗了满满一桌子书。全部带回肯定不行，于是又费了不少心思，进行了一番筛选工作，自己不能带回去的，就只能抓紧时间阅读，送给朋友了。为此，还着实用了几天工夫读书。

这些从异国淘来的旧书，虽没什么珍本秘籍，但对自己来说，还是很有用的，而且淘书的过程也是蛮有趣的，也算是不虚此行吧。只是有点对不住这些书籍，本来是到人家那里传播中国文化的，结果任务没完成，活生生被我背了回来。

结缘网络淘旧书

四百多张汇款单，两万多元书款，上千册来自四面八方的图书，一批至今未曾谋面的书友以及围绕买书、读书所发生的一系列或庄或谐的故事……这是笔者两年多来网络淘书的一份真实记录，也是一段弥足珍贵的人生记忆。仅就个人自身的体验而言，其间所见所感新奇而深切，已非感慨万千一类词语所能形容和概括。

确实，需要为日渐成熟和繁荣的网络旧书业说些什么了。在虚拟的网络世界里竟然能够找到前辈学人琉璃厂、隆福寺淘书的那种美妙感觉，这是笔者短暂网络生涯的一个意外收获，它使笔者对影响日增的网络空间有了一种全新的认识。

从某种角度来说，两年多来的淘书经历已使笔者幸运地成为一位历史见证者，一位目睹中国网络旧书业从无到有、从萌芽到成型全部历史的见证者。对笔者这种菜鸟级的网络漫游者而言，能成为这样的见证者颇有些偶然，也许这就叫缘分吧。

2002年5月，经一位朋友的介绍，笔者在天涯社区（www.tianyaclub.com）注册，正式成为其“闲闲书话”论坛的一名成员。国内读书类论坛数量虽然不少，但像“闲闲书话”人气如此之旺、品位如此之高者寥寥无几，这也是它成为网络旧书业摇篮的一个重要因素。

在论坛里，众网友虽然职业各异，文化程度不一，但多属爱书者，围绕读书、淘书，总是有很多话题可谈，因而气氛也很是不错。不像后来，日渐浮躁，屡起纷争，老网友不断出走，到如今热闹倒也热闹，但那种友善、融洽的气氛却已不见。虽然只有两年多的时间，说来已有今昔之感，网络上的兴衰起落较之现实生活更明显，让人感触也更深。

论坛人数一多，自然就会有淘书、换书的内在需求，因而也就产生了难得的商机。有些头脑灵活的网友顺应变化，抓住机会，成为网络旧书业的第一批淘金者。起初上网卖书者并不多，只有三十年代、花脚猫、舞鹤游天、史眼镜等少数几人，多属玩票性质，商业气氛也不浓，买书、卖书者多是较为熟悉的书友，加之采取资格审查备案制度，不存在信任问题，书价也不高，于是经常出现供不应求的局面。

每到预定的旧书交易时间，大批网友齐聚网上，抢购图书，点击率奇高，其场面很是壮观。站方对这一新生事物也很支持，为此专门另开了一个名为天涯旧书交易所的分论坛，后又将其升格为天涯书局，纳入主版。此后，参与者越来越多，不少业余性质的卖家成为专业网络书商，书局逐渐形成规模，并产生了较大的影响。

不过，随着交易的增加和深入，这种随帖售书方式的弊端也越来越明显，它固然有及时、便捷、灵活等特点，但时效性太强，售书帖容易淹没，且不便检索，为交易带来诸多不便。但不管怎样，天涯社区对中国网络旧书业是有奠基之功的，后来的网络书商有不少在这里受过熏陶和锻炼。

孔夫子旧书网站（www.kongfz.com）的出现在中国网络旧书业发展史上无疑具有标志意义，它可谓第一家真正意义上的旧书交易网站，其页面、栏目、菜单的设计充分考虑了网上交易的特点，量身订做，无论是购书、结算还是检索，较之天涯书局，都更为专业，具有明显的优势，对淘书者颇具吸引力。短短两年的时间，入驻店铺达到 480 多家，注册会员 2 万多人，旧书积存量达 40 多万册，其存书规模及交易量已超过现实生活中的任何一家旧书店，在书友中有着较大的影响。

随着店铺、书友及交易量的增加，其中隐藏的一些弊端也逐渐显露出来，有的是网络交易皆会遇到的普遍现象，如诚信问题。对买家而言，有随意取消订单、拍卖叫价而不交割等行为；对卖家来说，更有收钱不发书、虚报品相等问题，为此曾引起不少争论。

虽然这些问题大多通过协商的方式得到解决，站方也开始实行黑名单制度，但网上旧书交易如何形成有效的规范和制约，这依然是一个需要认真思考的问题，可以说，这一问题至今仍未得到真正解决，已成为制约网络旧书健康发展的一大隐患。

其后，缘为书来（www.ywsl.com）、布衣书局（www.booyee.com.cn）等多家专业旧书网站相继出现，昭示着网络旧书业的战国时代已经到来。这些旧书网站大大小小共有 10 多家，它们的集中出现标志着网络旧书业更加成熟，也预示着其间存在的巨大商机，自然它们相互之间也存在着激烈竞争。

这些旧书网站的创办者有些如三十年代、花脚猫等皆曾在天涯书局、孔夫子旧书网站卖过旧书，在网友中有着较大的影响力和较好的声誉，这也是他们赖以创业的主要资源，其重要性甚至要超过资金等物质因素，这也是旧书网站与现实书店很大的不同之处。

在网站运营前，这些创办者皆进行过认真充分的市场调研，起点较高，其网站设计处处为书友着想，更加富有人情味，也更为符合网络交易的特点，因而创办伊始便相当红火，并逐渐形成自己的风格，为投资商所看好。

比如缘为书来的创办者沈帅女士为第一批专门从事

网络旧书交易者，她非常注重与书友之间的交流，目的在于精心打造一个网上淘书者的乐园，故而以旧书交易为依托，重点经营文化社区，并邀请赵珩、止庵、陈子善等文化名人，与网友就关心的相关话题进行交流，收到很好的效果。这家网站虽然创办仅半年多时间，但已办得有声有色，显出勃勃生机，拥有一批铁杆的网络书友，其中加盟书店将近 110 家，注册会员达到 2800 多人。

如今，网络旧书交易已与现实生活中的旧书店、旧书摊、旧书邮购等并驾齐驱，成为旧书交易的一条主要渠道，发挥着越来越重要的影响力。

需要指出的是，网络旧书交易已使全国各地的旧书交易联结成一个相互呼应的整体，其价格走势对全国的旧书行情起着风向标的作用，像北京潘家园、上海文庙这些著名的旧书交易市场，其图书价格行情已基本与网络协调一致。不少旧书店如成都的淘书斋、毛边书局，南京的学人旧书店、品雨斋书屋等也纷纷上网开店。

网络旧书分配调剂全国旧书资源的功能更是传统手段所无法比拟的。毫不夸张地说，尽管异地交易、邮费过高等因素对网络旧书交易的发展形成一定制约，尽管它还不能完全取代传统的旧书交易方式，但它代表着旧书业的未来发展方向，仍有很大的发展空间，这是可以预见的。

与现实世界相比，网上淘书有着许多传统方式无法比拟的优势，其中最为明显的就是其跨地域优势。在现实生活中，人们通常只能在自己所在的城市里淘书，偶尔也会利用出差、访友等机会到别的城市去逛，但活动的范围较为有限。况且如果不是生活在北京、上海、南京、杭州这样具有深厚文化底蕴的都市，而是在一个较为偏远、书店稀少的中小城市里，淘书所受的局限则更多。

网络则完全克服了这一地域上的限制，给每个淘书者以自由淘书的平等机会。一家上规模的专业旧书网站足可将全国各地的旧书店整合在一起，地域的广泛也就意味着图书来源的广泛，许多因出版数量较少或内部印刷仅在一些地方流传的书籍可以很容易地被外地需要的书友淘到，从而实现旧书资源在全国范围内的合理分配。

一些港台书商的加入，更是弥补了国内港台图书交易的空白，对那些研究课题较偏或偏重某类图书的收藏者来说，由此带来的便利是不言而喻的。就笔者个人的接触和见闻，除新疆、西藏、海南等少数地区外，全国大多数省份都已有旧书店在网上售书，并因此产生了一批专门从事网络旧书交易的新型书商。

其次是网上旧书交易的便捷性。书友足不出户，仅靠点击鼠标，就可以淘到自己需要的图书。从了解图书信息到下订单，再到结账付款，皆可在网上轻松进行。比起现实世界中的奔波劳顿，不知道要方便多少。数码相机、扫描仪的广泛使用也克服了网络交易中容易出现的隔山打牛似的不利局面。尽管是在虚拟世界里淘书，但并不感到空幻，它和现实生活中一样真实可信。

值得一提的还有旧书网站所营造的那种和谐、友善的气氛。在现实生活中，淘书多是个人行为，和书店老板也基本上是一对一的交流，虽然也可以成立协会、组织联谊之类的活动，但往往受到经费、场地、时间等各种主客观因素的制约，多有不便。

有了旧书网站，情况就完全不同了，站方在交易之外，往往还开办一些主题论坛，为书友提供交流便利。无论是买书者还是卖书者，围绕着书这个中心，总有许多可以交流的话题，可以说大家怀着对书的喜爱聚集在一起，每个论坛都是一个小型俱乐部。

每个书友在论坛里都会找到一些志同道合的朋友，借助网络的便利，建立友谊，或聊天，或切磋问题，或赠书，或提供信息。而且由于是在虚拟空间，这种友谊也是可进可退的，不必有过多的顾虑。如有必要，可以在私下聚会，如无必要，则可以一直维持这种不知真实身份的网络君子之交。

自然，网络旧书交易的局限也有一些，比如交易不够直接、对交易双方的约束力不够、邮费偏高等，不过随着科技的发达、网络商贸发展的日渐成熟，有些问题是可以克服和解决的。不可否认，有些问题则还要经过一段时间的探索才能真正解决。

相对于全国庞大的书友队伍，目前的专业旧书网站无

体制内的革命

——读《晚清学部研究》

1905年成立的学部虽然是个短命衙门，仅仅六年时间就随着满清王朝的退场而成为历史陈迹，但是它的出现却有着不可忽视的意义，无论是其表面的象征意义还是其内在的历史意蕴，说它是打开晚清政治、教育、文化之门的一把钥匙，也并不为过。

它的成立、演变既是晚清政治变革的重要内容，也是中国教育、文化现代化进程中的关键一环。因而对其进行专门的研究是必要的，具有多方面的学术价值。

《晚清学部研究》一书系作者在博士论文基础上修改而成的，也是国内第一部对晚清学部进行专门研究的专著。其选题的重要价值不用多说，它的选题、研究思路及具体操作方式都代表了近年晚清历史研究的新趋势。

随着近年晚清历史研究的深入，以往研究中对革命神话般的歌颂已逐渐变成一种理性的思考，研究者对晚清的新政改制也从一味地批判变为冷静的关注，这种从熟视无睹到正面探讨的转变不仅可以解读成视野的开阔，而且也意味着观念的深刻变化。

对晚清历史日益全面深入的研究使我们对以前被有意涂抹的历史真相有更为明晰的了解，同时也让我们联想到历史演变的另一种可能，即在暴力之外、体制之内革命的可能。尽管历史不能作文学般的假设，但这种基于历史事实的假设并非想入非非，毕竟中国近代历史演进的过程中充满了太多的遗憾和偏差，而且这种假设可以加深我们对社会变革的理解，应该说它还有一些现实意义，因为当今的时代潮流是稳定代替变乱，对话代替对抗。

尤其是政治家们在进行社会改革时，如果不是纯粹出于私心的话，必须要考虑社会成本和民众的承受能力，因而妥协调和并不一定就意味着顽固和保守，改良派也不一定非要画上丑角的脸谱。如果从这个角度反观世纪初的历史进程，我们不能不进行一连串的假设。体制外的暴力运动固然有其正当性和合理性，但体制内的革命应该说也不是一种最坏的，甚至可以说是一种不坏的选择。

对晚清的新政，学界历来持批评和否定态度，满清政府的改革出于被动，而且时刻不愿放弃权力，以新政的名义不断变换花样维护皇权，时走时停，犹犹豫豫，这些都是无法否认的历史事实，但是，为历史潮流所推动，为社会新生力量所推动，它的新政也确实有一些新的实质性的内容，毕竟是在向现代化的旅途上迈步，这也是不容忽视的事实，科举的废除、学部的成立就是明证。

在武昌举义的前夜，也正是清政府进行宪政改革的关键阶段。很难想象，这一行程如果不被打断，20世纪的中国历史会朝着什么方向演进。毕竟在这个世纪里，除了外族的侵略外，社会内部的变乱和动荡使民众付出了过于昂贵的代价。我们的父祖们是否有机会可以避免这些非自然性的灾难呢？思考这一问题相信并不是多余。

《晚清学部研究》一书研究的虽然只是晚清学部一个部门的变迁，但一叶知秋，从其提供的大量资料和翔实的分析中我们可以看到晚清体制内革命的具体情况。从民国政府建立之初对晚清新政后政府体制上的一些沿袭可以看出，改朝换代并不能割断历史文化的血脉，尽管这种承袭和延续经常被人为地忽视或遗忘。确实，我们不能去改变历史，但可以从历史中找到指向现实的答案，以避免社会变革中过高的社会成本，一个多灾多难的世纪已经过去了，我们不能总是处于交学费的不成熟状态。

前面笔者提到，对学部的研究具有多方面的学术价值，从这一政府机构的设置、演变可以看出晚清实施新政的具体情况，可以看出近代教育的发展进程，也可以看出中国文化学术的转型。

作者的着眼点基本在历史和教育，这和其所学专业有关。她对学部设立经过、主要职权、人事决策、权限关系、经费使用、内部管理及对近代文化事业的推进等方面进行了实证式的研究，弥补了此类研究中的不足。对制度体制变革的高度关注，并加以强调，是该书的一个特色。应该说这种关注本身就有新意。以前学界的研究过于关注意识形态的演变，对制度层面的变化注意不够。

在晚清，正如作者在书中所讲的，观念与实现的距离往往有很大的差距，甚至就是政府的命令也未必逐一都得到实施，或实施时大打折扣，因此，对当时的现实情况需要依据材料进行认真辨析。虽然制度层面的变化要慢于思想层面的变化，但从某种角度来看，这种变化更为重要，因为它将观念的变化用制度的形式物化，并落实下来，对社会产生实际的作用。

以教育而言，中国传统的教育一直是建立在科举的基础上，不重视知识的灌输和技能的训练，更谈不上全民的素质教育。到了近代，在困境反思和西学东渐的文化语境中，不少有志之士受西方教育思想的影响，提出了各种改革教育的构想。这些思想是有很大分歧的，但毫无疑问，其实际影响力的大小取决于在制度层面上得到的反应。随着科举制度的废除，中国也按照西方的模式并根据国情再造教育。学部的建立就是从制度上对种种新教育思想的落实，保证新教育的实行。

从学术发展的角度看，高等教育的建立，使中国的学术研究从私人化转向以高校为核心的公共化，从制度上保证了学术的发展，并培养了后备人才。进入民国后，虽然政府机构设置上改革较多，但在教育方面并没有从根本上抛弃前清的体制，只不过更为西方化而已，毕竟在近代教育的现代化进程中，有许多共性的东西，学部已经做过的，后来者就不一定非要从头再来，再起炉灶，可以很方便地利用这些资源，所有这些都是值得探讨的。

《晚清学部研究》一书为学部及近代教育的研究提供了一个良好的学术平台，在此基础上还可以进行更为广泛深入的研究。从近代学术文化转型的角度来看，这一问题还有很大的学术研究空间。如果以学部的研究为契机，在更广泛的层面上对中国学术文化的近代化进程进行切实的研究，当会有更大的收获。

寻找失落的大学精魂

——读蔡元培《大学教育》一书所想到的

2018年注定是一个特别且不平静的年份，这一年蔡元培诞辰一百五十周年，他亲手打造的北京大学也迎来了一百二十岁的生日。这所高等学府校庆期间所发生的种种或庄重或滑稽的事情并不会随时光的流逝而消失，因为这些都已成为校史的一部分，不管谁想有意无意地抹去它，都是无法做到的。

蔡元培

蔡元培的《大学教育》一书系北京大学元培学院为纪念蔡元培诞辰和北京大学校庆特意选编出版的，由蔡元培的孙女蔡磊砢担任主编，收录蔡元培谈论大学教育的相关文章及演说四十五篇。在笔者看来，该书的价值并不仅限于对蔡元培本人的纪念，在中国大学日益沦为论文制造工厂，沦为衙门、名利场，抄袭、性侵丑闻频出的今天，还有着针对性很强的现实意义。

重读蔡元培当年的这些文章，实际上是在重返现场，重返中国大学初创时期的现场，去聆听先贤的声音，寻找当下大学失落的精魂。时光已经过去了一个世纪，再读蔡元培的这些文章，仍然感到鲜活，充满激情，那是一个漆黑但不缺少光明的时代，草创虽然不易，但有着一往无前的信心和勇气，反观当下一些高校乌烟瘴气的现状，感慨良多，很难做到心平气和。

蔡元培到底给北京大学，乃至中国的高等教育留下了什么遗产或者传统？这个话题说高深也高深，可以用几十本乃至更多专著的篇幅进行探讨，事实上这方面的著述已有很多，但说简单也简单。就笔者阅读蔡元培这些文章的体会，有如下几个关键词无疑是值得反复回味的。

一是学问。大学就是做学问的地方，这是大学创办的宗旨，也是蔡元培反复提及的，没有用一大堆术语绕圈子，直接明快，就这么单纯，不会引起歧义。在 1917 年 1 月 9 日就任北京大学校长的演说中，他只讲了三件事，其中第一件就是要抱定宗旨，那就是“大学者，研究高深学问者也”。

耐人寻味的是，蔡元培在就任演说中讲完三件事之后，又说了两件准备马上要做的事情：一是改良讲义，二是添购书籍。如此具体、细小，当下的校长们在就职典礼上即便慷慨激昂地讲一百件事情，都不会讲到这两点，这种事情自有手下的教务处长、图书馆长去处理，校长是不会亲自过问这种小事的。

在此后的文章及演说中，蔡元培反复重申，“大学是包容各种学问的地方”，“所谓大学者……实以是为共同研究学术之机关”，“本校的宗旨，每年开学时候总说一遍，就是‘为学问而求学问’”，“要以学问为惟一之目的，而不要包办一切”。当下流行一句话，叫不忘初心，如果要说中国大学的初心的话，那就是学问。

既然大学是做学问的地方，就要真正尊重学问。只有发自内心的尊重，才能给学问以应有的地位和尊严。蔡元培是这样说的，也是这样做的。他能容忍鼓吹复古、言行怪癖的辜鸿铭，他能礼贤下士，聘请没有资历的梁漱溟、吴梅进大学课堂，他能接受行为不检点的陈独秀做文科学长，这一切都是为了学问。是学术将这些政见不同、立场各异，甚至会成为敌人的学人凝聚在一起，组成一个学术共同体，形成一股合力，使北京大学成为中国现代学术的摇篮。

不少人只看到蔡元培宽厚包容的一面，而不了解其严苛的一面。他进入北京大学之后，一方面延揽了不少学有专攻的学人，但另一方面也坚决辞退了一些不学无术的教师，包括那些有驻外使节撑腰的外国教师，为此承受着很大的压力。也许后一个方面更能见出蔡元培对学术的坚守。

如果大学里将教书做学问作为官员被贬后的下场出路，如果大学里几十个乃至上百个教授拼命去竞争一个处长的位置，如果各家大学争着向官员赠送博士帽，校园就肯定会沦落为教育衙门，在这里还能找到学问的影子吗？蔡元培当政之前的北京大学基本上就是这个样子的，正如他本人所说的："其时北京大学学生，颇为社会所菲薄……学生之入大学，仍抱科举时代思想，以大学为取得官吏资格之机关。"当下的大学里不可能再有科举思想了，但种种急功近利的所作所为是在传承蔡元培开创的大学教育传统，还是在背离这种传统呢？明眼人自会做出自己的判断。

身处喧闹浮躁的年代，面对种种名利的诱惑，更需要对学问的坚守，这种坚守不仅是老师、学生的责任，更是学校管理者的责任。不是赞助一笔钱就可以做客座教授的，不是给点好处就能在学校混个教授头衔的，不是官阶大级别高就可以白送一顶博士帽的。应该说学校管理者的坚守更为重要，因为它关乎一所学校的走向和命运。

二是学生。大学教书育人，应该以学生为本。蔡元培担任校长期间，除了管理校务，推动现代大学各项制度的建设之外，还花费了大量时间和精力在学生身上。他鼓励学生创办各类研究会，如北京大学新闻学研究会、北京大学画法研究会等，支持各类学术文化刊物的创办，如《北京大学日刊》《北京大学月刊》等，并亲自撰写发刊词或文章，勉励有加，用他本人的话来描述，就是"助成体育会、音乐会、画法研究会、书法研究会等，以供正当之消遣。助成消费公社、学生银行、校役夜班、平民讲演团及

《新潮》等杂志，以发扬学生自动之精神，而引起其服务社会之习惯”。他希望学生能具有责任感，承担国家、民族和社会的重任。

需要指出的是，蔡元培爱护学生但并不纵容学生，他与学生的意见也并不全都一致，比如五四运动期间，他曾一度劝说学生不要上街；他也与学生发生过冲突，需要坚持原则的时候，他寸步不让，反而赢得了大家的尊重。

反观当下的大学，招生宣传时将本校的名教授吹上天，恨不能当作娱乐明星包装，等学生入校之后，则连教授的影子都看不到。在一些学校当上博导就不再给本科生上课成了一种不成文的规定。没有一家大学说自己不爱护学生，不重视教学。但实际情况如何呢？从评职称这件事就可以看出一个大学的导向。

评职称是每所大学里教师最关心的话题之一。尽管每家在制定评职称标准时都对教学做出要求，看似很重视，但事实上，评不上者大多是因为科研成果不合要求，很少听说教师因教学不好评不上教授的。在这种重科研轻教学指挥棒的遥控之下，让老师们用心教学，靠的不是学校的提倡和鼓励，而是个人的良知。一所不能善待学生、不能有效保护学生安全和尊严的学校注定是有问题的。

三是自由。蔡元培对这个问题说得很明确：“大学以思想自由为原则。”“我绝对不能再做不自由的大学校长。思想自由，是世界大学的通例。”自由是大学赖以生存的根基，有了自由，学校才可以根据自己的特点进行管理和服务，教师才可以真正研究学术，学生才可以真正有观念和方法的选择。

思想自由，兼容并包，这也是人们评价蔡元培主政北大业绩时屡屡提及、大为称道的。没有思想的自由，兼容并包只能是一句空谈，这与以学问为大学宗旨是一体的，也是蔡元培特别看重的，否则学问之说就落不到实处。之所以特别看重，源于他对中国传统文化的深刻体察："中国素无思想自由之习惯，每好以己派压制他派，执持成见，加酿嘲辞。"

蔡元培日后在回顾自己主政北大的经历时曾屡屡提及这一点。"大学者，囊括大典、网罗众家之学府也"，"每一种学科的教员，即使主张不同，若都是'言之成理，持之有故'，就让他们并存，令学生有自由选择的余地"，"虽在一校中，两相反对之学说，不妨同时并行，而一任学生之比较而选择，此大学之所以为大也"，相信这也是蔡元培希望后任者特别留意的。如果老师因提出不同见解而被解职，学生因参与学校事务而受到威胁，当思想自由、学术自由以教职、文凭、人身安全为代价，还能对真正的学问有期待吗？

正是有了这种真正的包容，主张白话的胡适、陈独秀、钱玄同才可能与维护文言的刘师培、黄侃、吴梅成为同事。北京大学是五四新文化运动的发源地，是中国现代学术的摇篮，但如果没有那些持反对立场的守旧学人，这段历史还有那么精彩，还那么令人回味吗？无论是刘师培还是黄侃，他们虽然逆历史潮流而行，但其对自己文化立场的悲壮坚守是值得钦佩的，受到了后人的尊敬。在当下的高校里，恰恰缺少这样的坚守者，多的是见风转舵、随波逐流者。

蔡元培主政北大期间，给这所高等学府乃至中国高等教育带来哪些影响深远的改变，留下了一笔什么样的学术文化遗产或传统，这是需要专门研究的课题，非一篇小文所能尽述。蔡元培主政北京大学，可说的事情实在太多，比如开办平民夜校、坚持男女同校、教授治校、极力提倡美育等等，笔者之所以特意强调上述三点，主要着眼于种种尴尬的现实，而这三点正是当下各高等学府所欠缺的。一所不以学问为宗旨、不以学生为本位、不以自由为根基的高等学府注定是没有灵魂的。问题是，放眼望去，没有失魂落魄的学校如今还剩多少？

从学理层面来看，蔡元培当年提出的主张并不深奥，如今早已是人人明白的老生常谈，无论是从教的老师还是学校的管理者，对这些道理都心知肚明，问题是一百年前蔡元培为何可以做到，而今人却偏偏就做不到，动作往往走形乃至严重偏离。“非知之艰，行之惟艰”，前贤真是有先见之明，几千年前就已经看透了这一点。

人奇才奇文更奇

——读《“苏州奇人”黄摩西评传》

应该说，这是一部迟到的学术著作，其原因当然不是因为作者本人的懈怠，为写作这本《“苏州奇人”黄摩西评传》，王永健先生已经过多年的酝酿，用力甚勤，不仅查阅了大量的书籍文献，而且还专程到传主的家乡实地考察，访故问老，获得了不少珍贵的第一手资料，对传主的生平事迹颇多发现。

说迟到是相对于人们对传主黄摩西这位奇人的期待而言的，虽然这是海内第一部全面系统评价黄摩西生平思想、学术成就的传记，具有开创之功，但它的面世毕竟与传主这位一代奇才的去世已经有遥遥80多年的时间距离。

但凡研究中国文学史或对中国近现代学术发展状况有所了解者，一般都会读过黄摩西的《小说小话》或听说过他的《中国文学史》。但是长期以来，人们对这位传奇人物的了解并不多，多是知之不详或知之不切，这固然与文

《“苏州奇人”黄摩西评传》

献资料的缺乏有关，但更为根本的原因则是重视程度不够，而不重视也就往往意味着一种有意识的遗忘，或许是出于偏见，或许是出于隔膜。但不管是出于什么原因，缺少这位奇才的中国文学史或近现代学术史不仅显得单调，而且也是残缺不全或缺乏应有深度的。

以今天文学史研究的实绩来看，也许黄摩西当年的许多创见早已成为学术界的常识，但如果将其放在百年以来中国近现代学术转型变迁的谱系中来看，黄摩西这个名字则焕发出日益夺目的光彩，毕竟我们不能以现代学术的高度来苛求前人，正如著名史学家陈寅恪所言，对前人更多的应报以理解之同情。好在王永健先生以其多年的不懈努力，终于将这位近代传奇人物的一生进行了全面而传神的勾画，读者不难根据该书丰富翔实的资料和准确妥帖的论述做出自己的评价。

时代的激荡与文化的巨变在那些聪慧敏感的心灵上往往会烙下过于复杂的印记，新与旧的更迭、中与西的交锋，激进与保守、消解与重建，各种文化因素的涂染绘就了色彩斑斓的时代场景和历史舞台。黄摩西所生活的时代正如李鸿章所言："处数千年未有之奇局，自应建数千年未有之奇业。"

历史的特殊机缘使近现代成为一个奇人辈出的时代。乱世出英雄，这是着眼于政治的解读，从文化学术的视角来看，也同样可以说乱世出奇才。不过，这种奇并非仅仅穿戴打扮、言行举止上的与众不同，虽然这种别出心裁、易于辨别的外在形式更能将特立独行的奇人与世间的芸芸众生区别开来。

有着数千年文化传统的古代中国是一个尊崇中庸之道的国度，但也是一个孕育奇才怪杰的摇篮，从阮籍、嵇康，到徐渭、李贽、金圣叹，足可列出一个长长的奇人名单。

正是这种文化基因的变异与突破，使得传统文化既能得到稳定持续的积累和传承，又能不断变化出新，并因之而更加丰富多彩，保持足够的灵性与活力。

从黄摩西的身上无疑可以找到当年阮籍、嵇康等人的影子，但他的经历和思想已非奇人怪才一词所能概括，毕竟孕育成就他的那个大动荡、大变迁的时代也并非简单的改朝换代、历史轮回所能概括。较之前代的奇人怪才，近现代史上的这些奇人有着更多文化上的象征和蕴涵，他们当中有不少是很有分量的文人学者，从当时就被尊为国学大师的章太炎，到当下仍有商业卖点的辜鸿铭，无不如此，在他们放荡不羁、特立独行的言行背后有许多令人不得不深思的社会文化内涵。

就一般人而言，新与旧、先锋与保守，往往呈现出较为单一的状态和取向，但这些奇才却不然，传统与新学、消解与创造往往在他们身上达到一种奇妙的融合和平衡，并行而不悖，这正如笔挺的西装外套着一件中式的马褂，装满民主、进化等种种新思想的脑袋后面拖着一根长长的辫子，一般人的这种装扮只能属于精神失常者，但在这些奇人身上，却透出一种带有浓郁诗意的特别韵味。

在这方面，黄摩西与同时代的章太炎、黄侃、辜鸿铭等奇人有着很多的共性，他们怪异言行的本身就足以成为一类文化事件，成为一门供世人欣赏的艺术，正是他们的奇才怪行构成了近现代史上最为璀璨夺目的奇特文化景观。

但不管怎样，黄摩西首先还是以一个奇人的形象出现在世人面前的，在该书中，王永健先生记述了黄摩西生活中许多传奇故事般的逸闻趣事，比如他的早年学道，“常尽月不寐，数日不食，独游山中，夜趺坐岩树下”；比如他的读书入迷，将钉鞋卷入被絮，把被子弄了个大洞，脏乱不堪；比如他的偏爱宠物，与众猫共食共眠；比如他最后的以忽患狂疾而终。

但作者并没有沉湎于奇人逸事的娓娓叙述中，而是更多地通过政治思想、哲学思想、文学思想以及其文学创作、学术成就等各个层面进行详细的解读和剖析，发掘人物怪异言行背后深刻的社会文化内涵，以解释说明传主“奇”的具体表现，传主何以成为苏州五大奇人之一的内在根源。

作者开篇就从“奇”这一角度切入立论，拈出“奇”这一重要文化现象，应该说这一切入点形象而准确地把握到了传主的内在精神和独特个性，同时也增加了这部评传自身的生动性和趣味性，毕竟在后现代生存状态下人们循规蹈矩、千篇一律的平淡生活和传主生活其间的传奇年代距离实在太远了，追述其生平如同进入一个充满奇异色彩的童话王国，如同置身金庸笔下光怪陆离的江湖世界，这本身就可以给现代人很多精彩或无奈的感慨和遐想。

对这位才华横溢、“惊人奇句千百篇”、“大块文章逐渐论”的近代学者和作家，确实很难用一个固定的标准来衡量。从黄摩西的身上，可以看到魏晋名士狂放不羁的身影：才华出众，能诗善文，追慕仙道，愤世嫉俗，特立独行，完全是一副旧派文人的做派。

但身处“千年未有之奇局”的他同旧派文人已有了本质的不同，这正如钱仲联先生在该书序文中所讲的，同样身为不世奇才的龚自珍尽管“数百年所仅有”，但“固未能越旧学之藩，创四大部洲之域，亦不可能越此藩也。摩西则不然，处清末革命风云摩荡之秋，其向往民主与科学，乃若为其后五四运动所揭麾帜做前驱者，其卓识不易及亦不多见也，与定庵较，固后胜于前矣”。话讲得很精辟，拿龚自珍进行的比较也很能说明问题，它点出了黄摩西身上超越传统的新的一面及其重要意义，而这也正是以前人们所经常忽略的，所以这里有必要加以强调。

从旧派文人到近代启蒙者，这种升华使黄摩西的“奇”带有鲜明的时代色彩，面临新旧交替的时代为每个人都提供了施展才华的舞台，但它能培养遗老也能造就弄潮儿。是继续走旧派文人吟咏风月、玩世不恭的老路还是进化为中国现代文化的启蒙者和催生者，这是当时许多文人墨客都必须面临的人生选择，对后者的选择也正是黄摩西的高明和特异之处，但这并不是每个人都能做到的，它需要救亡图存、汲取新知的坚定信念和告别过去、面对现实的非凡勇气。

在黄摩西的头脑中，对皇帝圣明的期盼已经让位于对自由和民主的追求，对大同社会的向往已经让位于亲身经历的革命实践。同样，对国学的沉迷和热爱并不妨碍他成为一位领时代潮流的先驱者。

和王国维、吴梅等人一样，黄摩西在创作之外，还投身于学术研究，不拘成见，敢于创新，完成了由旧式文人向现代学者的转变，成为中国现代学术的缔造者和实践者。是他独立撰写了国内最早的中国文学史，是他编撰了具有现代意义上的新型辞典。

既能承前，又可启后，这正是黄摩西在文学创作和学术研究上的特点。将个人不俗的才学融入日渐成型的中国现代学术制度中，使他成为开一代学术新风的大师。

该书对传主的文学创作成就进行了详细的分析评述，但更多的笔墨是用在对其学术成就的总结和评价上，作者将黄摩西定位为一位得风气之先的现代学者，特别强调了其作为学者的创新的一面，应该说这种把握是有眼光的，这种定位无疑也是十分准确的，同时它也有助于改变以往人们对黄摩西的片面印象，对黄摩西的生平思想、学术成就有着更为全面真切的了解。

其中有关《中国文学史》的部分，该书还列有专章，进行详细的介绍和分析，并理清了该书编撰的动机和基本过程，满足了人们详细了解这部著作的愿望。

只要将黄摩西和同时代另一本《中国文学史》的编撰者林传甲进行一下比较，就可以更为清楚地看出其学术上的创新之处。

至于谁是中国第一本《中国文学史》的作者，学术界目前还有争论，这种争论对解决辨明学术史上的一些疑点、难点是很有必要的。不过，如果放在学术发展史的长河中来看，早几天晚几天编撰《中国文学史》并不是很重要，因为这两部《中国文学史》之间的时间差很小，用同时分别撰写更为恰当，他们之间并没有相互影响的关系。关键是要看在这两部著作中，哪部更具开创性，能为学术界提供更多更富有创见的新东西。

显然，在这一点上，林氏远远逊色于黄摩西。前者的著作虽然也具有开疆拓土的重要价值，但带有过多旧的因素，仅从对待通俗文学的态度这一端就可以看出两人的差别。林传甲的《中国文学史》虽然取材于日本学人笹川种郎的《支那文学史》，但他对笹川氏将小说纳入文学史的做法很是不以为然，认为这是“自乱体例”、“识见污下”，显然他还停留在正统封建文人的认识阶段，甚至还不如李贽、金圣叹等人。他认为“元人文体为词曲说部所紊”，并攻击当时的小说翻译：“近日无识文人，乃译新小说以诲淫盗，有王者起，必将戮其人而火其书。”

尽管林氏标榜自己不“以风气所趋，随声附和”，他的著作以《奏定大学堂章程》《奏定优级师范学堂章程》为蓝本，但他本人的这些观点确实可以用“识见污下”来概括，日后的文学发展史已经证明了这一点（上述引文见林氏《中国文学史》第18篇第16节）。

而黄摩西则不然，其思想见识远比林氏高明，他不仅亲身参加当时轰轰烈烈的小说界革命，具有十分丰富的文学实践，创作小说、评论小说及翻译小说，担任小说杂志的主编，而且对通俗小说有着系统而深刻的认识，他的《〈小说林〉发刊词》《小说小话》至今已成为研究近代文学的必读材料。

在《中国文学史》中他更是为小说戏曲列专节，将之视为近世文学中的新文学，对小说进行较为完整全面的论述，其不少观点在今天看来也很有启发意义。应该说，这是国内学界第一次将小说、戏曲等通俗文学纳入文学史，由此不难看出其深远的意义。

而且从整体上来看，黄摩西的《中国文学史》在思想观念、内容选择、结构框架、章节设计等方面与林氏著作迥然不同，独出心裁，具有更多的原创性。但是由于各种因素的制约，黄摩西的《中国文学史》出版较晚，流传也远不如林氏著作广泛，至今仍很难看到，因而其影响也相对较小，这也是它没有得到学界足够重视的一个重要原因。

全书全面、翔实的论述建立在丰富的文献资料基础上，从书中大量征引的文献资料中不难想象作者背后的辛勤劳动和巨大的付出。书后还将今天已不易见到的黄摩西的有关作品和著述加以搜集整理，分文录、诗录、词录、曲录等类编排，并选录了《中国文学史》的部分章节，作为附录刊出，这无疑也是方便读者之举，意在为更进一步的研读提供重要参考，增加了全书的文献价值。

如能在该书的基础上继续努力，将现知黄摩西的著述特别是那部学界盼望已久的《中国文学史》全部整理出来，出版一部黄摩西的文集或选集，当能为学界带来更多的便利，相信作者也已经有了这方面的考虑和准备，我们期待着。

远去的背影与迷失的路标

——从石钟扬《五四三人行：一个时代的路标》一书说起

经典之所以能成为经典，不仅仅在其影响力和知名度，更为重要的是它为后人提供了无限的想象和谈论空间，即便几十年、几百年过去了，人们仍然可以津津有味地谈论它，常谈常新。这里所说的经典，既可以指文学艺术、学术著作，也可以指那些著名的历史人物和历史事件。

比如五四，如今它成为一段神话，其对20世纪及其之后中国的深远影响不用笔者多言，相关的研究著述可以用成百上千来形容，但只要静下心来，细细回味这一历史事件，仍然能获得一种鲜活的感受，仍然能从中获得启发。近读石钟扬先生的《五四三人行：一个时代的路标》一书，对此感触颇多。

在该书的前半部，石钟扬先生用了较长的篇幅以及颇为生动、感性的笔墨，重新回顾、描述了这段历史，既讲到了前台的学生，更讲到了幕后的老师，当然，其重点在蔡元培、陈独秀、胡适这三位人物，由此切入，分析五四发生的历史背景及必然成因，特别强调“五四三圣”人物的重要历史贡献。其中不少事件和细节，我们已经颇为熟悉，但在阅读时仍然感到新鲜，仍然会被打动，读罢全书，意犹未尽，心潮起伏，难以平静。何以如此？这是一个值得深思的问题。

俗话说，读史可以使人明智。之所以这样说，是因为人们在阅读历史的时候，有自身所处的现实作为背景，不时可以进行对照，从历史反观现实，从中获得人生智慧和启迪。石钟扬先生写作此书，显然也有这个用意在。三人行则必有我师，作者以此作为书名，正表达了这个意思。我们今天回味五四这段历史，之所以感到新鲜，之所以仍能被打动，显然与我们自身所处的社会现实有关，对那些我们生活中欠缺的东西往往会格外关注，引起共鸣。

如今回顾这段历史和人物，特别是蔡元培、陈独秀、胡适三人，心中的第一感受就是：这是一段不可复制的神话，这样的人物再不可能出现。再也没有这样一位兼容并包、思想自由的校长，再也没有这样充满生气、不拘一格的文科总长，再也没有这样一呼百应、开疆拓土的教授。更不用说这三位人物自身的巨大人格魅力了。

当下大师、泰斗之类的阿谀之词满天飞，写几篇文章、出几本书就是专家；弄了几个奖、当了个官，就成了著名学者；熬得年岁大些，就变成了大师、泰斗。有的人竟然还欣然接受，颇为自得。评价得有标准，将当下这些所谓的大师、泰斗和蔡元培、陈独秀、胡适等人放在一起，其荒谬可笑立即就会显现出来。

江山代有才人出，各领风骚数百年。这样的规律到了当下似乎已经失灵，号称或被尊为大师、泰斗的人倒有不少，但其中有几个能领风骚几百年哪怕几十年？如今的教育及学术体制与五四时期的草创相比，要更为系统、完善，中国人口也已是当年的数倍，教育的普及程度也非昔日可比，学术积累日益丰厚，有更多经验、教训可资汲取、借鉴，按道理说应该出现更多像蔡元培、陈独秀、胡适这样的人物，但为什么这样的人物再也没有出现呢？

相反，不少人在谈论现在的大学和学术研究时，更多的是充满忧虑和无奈。翻开报刊，打开网络，要么是教授抄袭，要么是学术不端，要么是学术腐败，要么是文凭作假。当严禁抄袭、遵守学术规范变成对教授学者的最高要求，需要反复强调时，当抄袭者比揭发者还理直气壮时，你还能指望这个时代能出现蔡元培、陈独秀和胡适这样领时代风骚的人物吗？

石钟扬先生将蔡元培、陈独秀、胡适三人定位为时代的路标，这是非常准确到位的，也是颇有启发性的，它实际上反映了作者内心对知识分子的一种期许。反观当下的教授学者，其影响力早已不能与这些人物同日而语，他们不仅不是时代的路标，相反还被公众丑化，成为卑琐、无能的代名词，甚至被视为时代的绊脚石。

这固然是因为各自所处的社会文化背景不同，但更重要的是，人们对这一阶层的看法和评价也完全发生改变。当下，“白天是教授，晚上是野兽”已成为一个流行语，教授、学者从人们敬仰的对象已经变成被嘲讽、蔑视的靶子。如此鲜明的对比，怎么能不让人为之感慨万千，产生今不如昔的感叹呢？当大学失去灵魂，当知识分子丧失人文精神，自我矮化，沦为官僚或论文机器时，你还能指望他们成为时代的路标吗？

据说该书最后一章围绕着一个假设展开论述，那就是蔡元培、陈独秀、胡适三人如果生活在20世纪下半期的大陆地区，他们的命运该会如何？这样的假设是很吸引人的，此前人们曾热烈讨论过类似的问题，不过主角则是鲁迅。

当然这一假设会让一些人感到尴尬乃至不舒服，所以这一章最后被删去了，读者无缘看到。笔者对这一话题颇感兴趣，觉得可以继续问下去，提出如下一个假设，也许更有意思，也更有现实感：那就是假如三人生活在21世纪之初的中国，他们的命运又会如何？

依照笔者对当下高校教师生存状态的了解，最可能的情况应该是这样的：

身为大学校长的蔡元培肯定比当时更忙，他必须应付上级主管部门的本科评估以及各类名目繁多的检查，要为本校多上几个博士点，多出几名院士、长江学者之类的面子人物而积极公关，更要为学校的搬迁和基建费心，要么坐在谈判桌上，要么坐在主席台上，要么坐在酒店的包间里。至于本校的学生和老师，那是肯定见不到这位校长的，除非在开学或毕业典礼这样的场合，因为他是副部级干部，因为他是大官。

身为文科总长的陈独秀尽管行政级别不如蔡元培，但他忙碌的程度也不亚于校长，让他费心的，是各种学科、中心、基地、项目、奖项的评选以及各种名目的考核、会议。他还要为全院的创收和教师员工的福利绞尽脑汁，和校内、校外的其他单位竞争，至于老师的职称、住房，乃至同事间的吵架、配偶的偷情、孩子的入学等，都是他必须关心而且要解决的。他会忙得像华威先生一样满天飞，平常很难见到其踪影。如此忙碌，自然没有心思来办《新青年》，即使办的话，也难免不收版面费。

至于身为名教授或学术明星的胡适，同样会忙碌异常，职称、项目、评奖一个都不能少，都是需要极力争取的，否则很难在学校立足。电视、报刊上露露面，保持知名度，也必不可少。闲暇时再到什么讲坛、讲堂之类的地方走走场子，挣点外快。至于文章，也不能随便发表，一定得选择核心刊物，最好是CSSCI收录的期刊，否则像《文学改良刍议》《水浒传考证》《红楼梦考证》这样的文章在年终考核时，什么都不算，不管这些文章水准有多高，影响有多大。假如任务量或工分不够，是要被扣津贴的。

忙碌归忙碌，个人的好处自然是少不了的。假如蔡元培、陈独秀、胡适生活在当下，他们得到的东西可能连他们自己都感到惊奇，从自己写、编的到挂名的一套套、一本本的学术著作，到国家级、省部级的各类金光闪闪的荣誉、奖项、名号，再到连自己都弄不清名目的各种收入。

尽管五四期间教授的工资相当之高，曾令后人羡慕不已，但蔡元培、陈独秀、胡适如果生活当下，他们的收入肯定会超过当时。但问题在于，如此庸庸碌碌的蔡元培还是蔡元培吗？如此八面玲珑的陈独秀还是陈独秀吗？如此利欲熏心的胡适还是胡适吗？

答案是肯定的，也是令人感到悲哀的，理由不必多说，用一句流行语来说，那就是地球人都知道。这也正可以解释，为什么 90 多年过去了，中国再也出不了蔡元培、陈独秀和胡适这样的人物，大家只能在平庸的年代里随波逐流、稀里糊涂地过着平庸的生活。

一个人再睿智，再有能力，也无法改变整个社会，何况当下的知识分子早已没有改造社会的雄心壮志，大家更愿意与时俱进，同流合污。更多的时候是环境改变人，而不是人改变环境。蔡元培、陈独秀、胡适他们能大刀阔斧地改造当年的北京大学，但他们假如生活在今天，可能面对一个中文系都一筹莫展，在铁板一块的教育和学术制度面前碰壁。

当大学沦落为等级森严的衙门，当校长、院长沦落为摇头晃脑的官僚，当教授沦落为麻木不仁的论文机器，你还能指望这样贫瘠荒芜的土地能培养出蔡元培、陈独秀和胡适吗？畸形的机制产怪胎，这大概是对当前高等教育及学术研究体制的准确描述。至于何时能有所改变，目前还是一个未知数。

感谢石钟扬先生和他的《五四三人行：一个时代的路标》提供了这样一个浮想联翩的好机会，它让笔者重新回顾了这段历史，也更看清了现实。

铮铮铁骨　文人本色

——从石钟扬先生《文人陈独秀》一书说起

陈独秀

用文人一词来称呼陈独秀，这对那些习惯于将右倾机会主义、投降主义、托派、叛徒、反革命之类词语与陈独秀划等号的人来说，着实会感到新鲜和陌生，甚至不自在。但无论是从历史事实还是从陈独秀本人的体认来说，较之先前的种种动听或刺耳的“佳冠”，这都是一个十分恰切的称呼。称呼的改变意味着对人物形象的重塑，近读石钟扬先生的大作《文人陈独秀》，对此感受颇深。

俗话说，盖棺定论。但这一历史定律对陈独秀这位在中国现代史上有着重大影响且经历、思想、言行又异常复杂的历史人物来说似乎并不适用，虽然过去也曾有不少人进行过为其盖棺定论的努力，将所谓右倾机会主义、投降主义、托派之类的紧箍咒硬戴在陈独秀头上，使这位生前就已饱受各种政治势力诋毁的老人在身后仍然蒙受不白之冤，但个人的主观意愿并不能成为历史的定论。

尽管我们无法完全还原历史，但历史也不是任人打扮的小姑娘，毕竟还有公平、正义在。那种回避历史事实、以偏概全、戴着有色眼镜所下的定论是站不住脚、经不起时间检验的。随着越来越多的历史文献被披露，随着人们思想观念的开明，蒙在这位历史人物身上的种种灰垢被逐渐洗去，其真实的面貌日益清晰地显现出来，人们对其认识自然也就发生很大改变。

石钟扬先生的《文人陈独秀》一书正体现了这一认识和研究趋势，他从学术文化这一独特的视角为读者勾勒了一个全新的、具有立体感的陈独秀形象，一个活生生的现代文人形象。对那些习惯于从政治角度观察这位历史人物的读者来说，书中的不少材料和观点无疑是令人耳目一新的。

但这种新并非标新立异之新，作者所做的其实是一种较为基础的还原历史的工作，他以大量可信的历史史料来还原陈独秀这位历史人物的真面目，为人们正确、客观评价这位历史人物找到了一个可以凭依的原点。

从 1942 年到 2005 年，横跨两个世纪，一个花甲过去了，我们才能看到一位重要历史人物的真面目，纵向的历史回望无疑会使人们生出许多感慨来，这到底是该庆贺还是该感到悲哀呢。从某种角度来说，《文人陈独秀》是一本迟到的书，一本早在半个世纪前就应该面世的书。

无论是用政治家、演讲家，学者、教授，还是报人、作家、书法家等种种称呼，陈独秀都是当之无愧的，但上述称呼只能体现其人生的一个侧面，无法涵盖这位经历坎坷、思想复杂、在许多领域都有建树的重要历史人物的全貌和神采。

《文人陈独秀》一书的导言部分看似是历史资料的摘抄，但它是有深意的，它以众声喧哗的方式来勾勒陈独秀的复杂形象，出于不同的立场、阅历、动机和背景，人们眼中的陈独秀形象无疑是面目各异的，甚至是相互矛盾的。正是这种差异和矛盾以直观、形象的方式展示着这位历史人物的丰富性和复杂性，也显示着评价这位历史人物的难度。石钟扬先生用文人一词来评价陈独秀，笔者是心有戚戚，十分赞同的。

既然是文人，就必须具备文人所特有的那种才气和学识，否则，志大才疏，不过是三家村的穷酸秀才而已，是不足为道的。显然，陈独秀是当得起文人这个称谓的，这有他在多个学术文化领域的才能和建树为证。他是开风气之先的时代领军人物，无论是倡导、发起五四新文化运动，还是创办《新青年》，担任北京大学文科学长，客观地说，能参与其中任何一件，都足以在中国现代文化史上重重写上一笔，而这些都集中在陈独秀一人身上，可以说，其在现代文化史上的地位和份量是无人可以替代的，对此任何

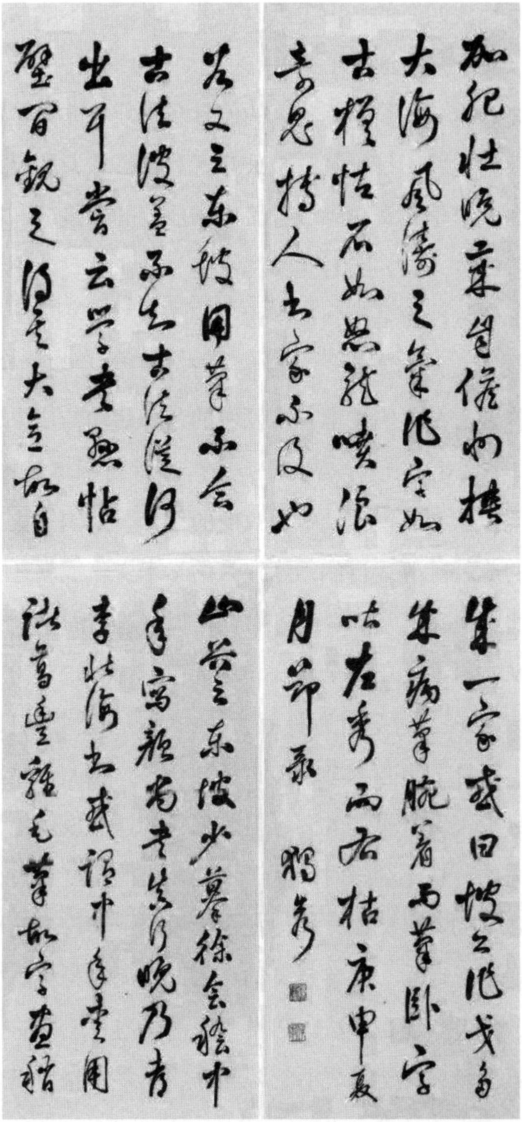

陈独秀手迹

人都是无法回避的，历史可以遮蔽一时，但不能永远被隐瞒，事实已多次证明了这一点。

尤为重要的是，陈独秀的倡导和呼吁并非只是停留在口头上，他并不仅仅是一个破坏者和宣传家，相反，他是一位在多个学术文化领域有着不俗成就的建设者，以往人们多忽视这一点，或对此关注不多。事实上，认识到这一点对了解陈独秀是十分重要的。

在《文人陈独秀》一书中，石钟扬先生为我们详细勾勒了陈独秀在中国文学艺术领域的各种活动与成果，其中包括中国小说的创作与研究、中国新诗与旧体诗的创作、中国现代杂文的创作、中国戏曲的创作、中国书法、绘画艺术的成就等等。自然，陈独秀的学术文化成就还不止这些，比如他在文字、音韵方面也是很有造诣的。

从学术文化角度全面、详尽地对陈独秀进行研究，并写成专著者，就笔者所见而言，石钟扬先生应该是第一个。由于社会事务繁杂，涉猎领域众多，相关作品和论述从数量上来看并不是太多，但陈独秀的这些成就绝不是可有可无的，也不会过时。从学术文化史的角度来看，其开风气之功固不可淹没，即使在今天看来，其许多精彩的见解也是不乏启发、借鉴意义的。因此，无论是称陈独秀为作家、学者，还是书法家之类，他都是当之无愧的。

五四新文化运动之后，陈独秀将更多的精力投入到政治运动中，对文学创作和学术研究只是偶一为之，否则，如果专门致力于此，以其深厚的学养和过人的才气，他在这些领域的成就当更大，这是可以肯定和期待的。

胡适就是一个很好的参照系，石钟扬先生在其大作中专门设立专章，详细、深入地探讨两人的关系，相信也有这层用意在。从两人进入北京大学时而言，陈独秀显然比胡适有着更高的起点，在五四新文化运动期间，他也比胡适有着更高的社会威望和更大的社会影响。

有一则材料很能说明问题，1924 年，北京大学曾进行过一项“你心目中的大人物”的民意测验，结果依次为：孙中山、陈独秀、蔡元培、胡适、梁启超。它代表着北大学子对陈独秀的认同，这一民意测验还是很能说明问题的。

如果今天在北京大学再做一次这样的民意测验，结果又将会如何呢？具体结果固然难以预料，但有一点是可以大体想象到的，那就是陈独秀是进不了前两名乃至前五名的，而且不管名次如何，他的名次是要低于原在他后面的蔡元培、胡适、梁启超等人的。假设虽然代表不了事实，但它可以促使我们深入思考很多问题。

经过五四新文化运动时期短暂的合作之后，陈、胡二人及钱玄同、刘半农等人由于志趣、观念不同，走上了各自选择的发展道路。

胡适虽不时涉足政治，撰写时评、担任驻美大使，乃至差点当上总统，但其重心仍在学术研究，以学者面目示人，人生道路可进可退，较为从容。而陈独秀却由学术文化转向政治斗争，成为政党领袖，人生的得失也往往显得更为直接。

人生道路的不同选择也就决定了各自历史定位的差异。两人命运、结局的鲜明对比自然也是耐人寻味的。胡适无疑是一位成功者，作为中国现代学术史上的一代宗师，其历史地位和社会影响在其同时代人中可以说是罕有能比者，新中国成立后大陆批判胡适的声势、重视程度及所下的功夫十分形象地显示出这一点。事实上，胡适本人也曾从中国大陆对他的九项清算中反观自己的学术成就。[①]

相比之下，作为政治家的陈独秀却是一位不折不扣的失败者，而且败得很惨，不仅生前就已不见容于各种政治势力，无论是重庆、延安，还是共产国际、托派，都以最为严厉、刻薄的言辞攻击他，就连死后都无法安宁，被扣上种种莫须有的帽子，被叛徒、反革命之类的阴影长期笼罩着。一代英才，何以落得如此结局？这无法不让人生出许多颇为悲怆的感慨来。

作为政治家的陈独秀和作为学人的陈独秀，到底哪一个更为符合时代和历史的需要，相信这是一个很有争议的问题。假如陈独秀也选择类似胡适那样的学者之路，其人

① 唐德刚译注《胡适口述自传》，华东师范大学出版社 1993 年版，第 209—210 页。

生结局又会怎样呢？历史是不能假设的，但这种以假设为前提的想象并非无聊，它可以使后人获得人生的启蒙。而且需要指出的是，与陈独秀有着类似命运者还有不少，比如瞿秋白，由此读者还可以想到更多、更深的东西。

尽管在政治上是位失败者，但历史并不总是以成败来论英雄的，陈独秀参加政治运动所获得的各种教训都是有价值的，这是一笔十分珍贵的历史财富。随着时间的推移，其重要价值和意义也愈发清晰地显露出来。作为政治家的陈独秀虽然失败了，但这无损其高大形象，其人格也因之更显魅力、增加光彩。

在那样一个国家和民族面临危亡的年代里，如果仅仅是一位埋首书斋、两耳不闻窗外事的学人，是不能被称作文人的。因为文人在才气和学识之外，还常常需要一种人格和精神。这种人格和精神早在两千多年前就已经通过一位圣贤之口进行了精彩的归纳："富贵不能淫，贫贱不能移，威武不能屈。"老实说，在中国现代史上能当得起这一评价的人并不是很多，而陈独秀就是其中的一位，用铮铮铁骨、文人本色来形容他再恰当不过。

有关陈独秀的特立独行，人们关注甚多，这有许多广为流传的逸闻趣事为证，但言行的不俗、奇特，不过是表面的现象，显现在背后的乃是对理想和原则的恪守，这也是他与古代狂狷文人的不同之处。

笔者十分赞同陈氏后人陈长璞先生的看法，陈独秀

“是个具有鲜明个性的理想主义者”（陈长璞《文人陈独秀》序）。确实，文人从政，有利有弊，长处在有完美的理想和远景，短处在缺少变通，而变通虽然有时意味着权谋、机变，乃至人格的出卖、背叛，但它恰恰是政治家，特别是中国的政治家所必需的。

政治的通常规则是游戏改变人，而不是人改变游戏，显然陈独秀是反其道而行之的。结果，他失败了，他不仅未能改变游戏，反而被剥夺了游戏资格。从某种角度来看，陈独秀的存在及其获得的评价是对中国政治民主和开明程度的一个检验。

确实，陈独秀未能改变中国政治的游戏，但游戏也未能改变他，因为他是一个文人。因为是文人，才能置个人生命于不顾，在法庭上谢绝好友善意的辩护；因为是文人，才能宁愿卖文为生，穷困潦倒，也不接受带有屈辱色彩的施舍；因为是文人，鲜明的个性和高大的人格始终未能被种种恶习所遮蔽，成为终身的反对派。

对于政治的诸多潜规则，他不是不了解，而是不愿意接受，不愿意以人格的代价来换取现实的利益。毫无疑问，陈独秀的命运也是中国现代历史的一段写照，他的悲剧，他的失败并不仅仅属于他个人。在他身后留下了许多值得我们思考的珍贵文化遗产，无论是政治层面的，还是学术文化层面的。

在该书中，作者还提出一些很有意思的观点，比如他认为陈独秀是鲁迅小说《狂人日记》的精神原型，并用较为翔实的资料给予有相当说服力的论证，给人耳目一新之感，尽管未必每个人都会同意这一看法，但它无疑为解读陈独秀与鲁迅关系提供了一个新的视角，具有启发和借鉴意义。

再比如作者提出，陈独秀首先是文化领袖，其次才是政治领袖。对陈独秀的这种历史定位相信也是有争议的。好在作者用诸多篇幅论证了这一点，为更为深入的探讨提供了一个很好的起点。

此外，作者所表现的坦诚和勇气也是值得钦佩的，在书中，他对学界有关陈独秀不同的看法几无保留地谈出自己的见解，该反驳者则毫不客气地进行反驳，有时甚至会很尖锐，比如对新文化保守主义者所表现出的愤怒，比如他认为杨林所说陈独秀书法纯熟帖学风格是“看花了眼，未得要领”等。不过，通常都是对事不对人，本着对学术负责的态度知无不言，言无不尽，这是一种十分认真、严谨的治学态度。

感谢石钟扬先生为我们提供了一个重新观察陈独秀这位重要历史人物的学术文化平台，但这还只是刚刚开始，随着研究的深入，已有越来越多的学人开始关注这一领域，比如陈独秀研究会的筹备成立，编辑《陈独秀全集》的事情也已提上日程等等，这些都是可喜的现象，相信在不远的将来，对陈独秀的研究将成为一个新的学术热点和增长点。期待看到石钟扬先生更多、更有份量的大作出版。

董康和他的东游日记《书舶庸谭》

对一般公众而言，董康是一个相当陌生的字眼，远不如梁启超、王国维、胡适等名字来得响亮，即使是学有专攻的青年学子们，也未必人人都了解。不过，无论是站在中国近现代政治史还是学术文化史的角度看，这都是一个很难绕开的重要历史人物，其人其事还是有很多可说之处的，刻意的回避只会因噎废食，并不是一种对历史负责的态度，特别是在当事人早已去世，许多历史事实都已经弄清的今天。

但凡了解董康生平事迹者都知道，在其身上集中了太多不协调、反差极大的东西。深究起来，其中既有社会时代的因素，也有个人性格的原因。这些都是题外话，并非三言两语所能说清，笔者在这篇小文中着重说说他的东瀛访书之举及其《书舶庸谭》。

访书东瀛在20世纪初曾成为中国学界的一种风尚，

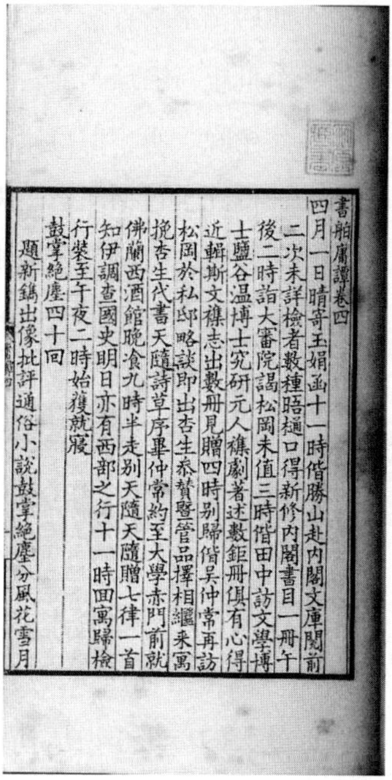

書舶庸譚卷四
四月一日晴寄玉娟函十一時偕勝山赴内閣文庫閱前
二次未詳檢者數種晤樋口得新修内閣書目一册午
後二時詣大審院謁松岡未值三時偕田中訪文學博
士鹽谷温博士究研元人雜劇著述數鉅册俱有心得
近輯斯文雜志出數册見贈四時别歸偕吴仲常再訪
松岡於私邸略談即出杏生忝贊暨管品擇相繼來寓
挽杏生代書天隨詩草序畢仲常約至大學赤門前就
佛蘭西酒館晚飡九時半走别天隨天隨贈七律一首
知伊調查國史明日亦有西部之行十一時回寓歸檢
行裝至午夜二時始獲就寢
鼓掌絶塵四十回
題新鐫出像批評通俗小説鼓掌絶塵分風花雪月

《书舶庸谭》

是中国现代学术创建过程中文献积累的一个重要步骤。董康可以称得上是其中的开风气之先者。自然，他也并非东瀛访书第一人，因为在其之前，杨守敬、傅云龙等人已着先鞭，并曾将东瀛极为丰富的藏书情况撰文介绍，特别是杨守敬的《日本访书志》，为国内学人展示了一个来自异域的文化典籍宝库，影响甚大，激发了众多学人的兴趣和热情。此后，不断有学者到东瀛访书，此种风气一直持续了近一个世纪，绵延不绝。

虽然稍晚一步，但董康的东瀛访书之举仍有相当的开创意义，得到了包括胡适、傅增湘在内的很多学界名流的称许。原因无他，就在于他眼光独特，对此间收藏的通俗文学给予了特别的重视，契合了当时崇尚通俗文学的学术风尚。在此之前，国内学人对日本极为丰富的通俗文学收藏情况并不了解。胡适曾称赞董康“是近几十年来搜罗民间文学最有功的人”（胡适《书舶庸谭》序）。

此前，杨守敬等人的注意力主要集中在经史领域，注意宋元旧刻，但对通俗文学关注不够。不过，仅是杨守敬披露的一篇《游仙窟》，已足以令国人惊叹了。这篇在中土久已佚失的传奇小说填补了唐传奇发展演进的一个重要环节，在20世纪之初曾引起一场小小的学术热潮，引起了鲁迅等著名学人的极大兴趣。

董康家境富裕，素喜藏书，对通俗文学比较偏爱，此类收藏甚多，其中不乏珍本秘籍，仅曲学类就有《乐府考略》、《盛明杂剧》初集、《盛明杂剧》三编、《博山堂乐府》、《南曲九宫正始》等世间罕见之书。

收藏之外，他还陆续将自己所搜罗到的珍本秘籍刊布出来，他曾说自己“一生以影印异书为唯一之职志”（《书舶庸谭》卷一）。由于他挑选版本态度审慎，注意搜罗罕见之本，校勘精良，故所刊印之书多为精品，在当时即为学界所重。

比如仅戏曲一类就刊布有《杂剧十段锦》(1913年刊行)、《梅村先生乐府》三种(1916年刊行)、《诵芬室读曲丛刊》(1917年刊行)、《盛明杂剧》初集(1918年刊行)、《石巢传奇》四种(1919年刊行)、《盛明杂剧》二集(1925年刊行)、《曲海总目提要》(1928年整理出版)、《杂剧三集》(1941年刊行)、《苏门啸》(民国间刊行)等数种,数量多,质量精,这在中国近现代收藏、印刷史上也是少见的。

傅增湘对董康此举有很高的评价:"取之以鉴藏,用之以雠校,公之以传布。能殚毕世之功,卒成不朽之业者,同时朋辈殆鲜比伦……横览当代通目录、版本之专门,合收藏传刻为一手者,毛黄之后宁属他人?"(傅增湘《书舶庸谭》序)

正是因为有这种爱好,董康在东瀛访查珍贵典籍时其关注点自然与杨守敬等人有所不同,因而成为正式向国内学界披露日本古代小说戏曲等通俗文学收藏情况的第一人。在其影响之下,才有傅芸子、孙楷第、王古鲁等人的日本访书,才有《日本东京所见小说书目》《中国通俗小说书目》等经典著作的问世。

董康在二十世纪二三十年代前前后后曾到过日本七次,其中最为重要的是1926年年底因政治原因避难东渡的那一次,这次他在日本待了将近半年。对一直在政坛上十分活跃、身份显赫的董康来说，虽然出行前颇有些狼狈和不愉快，但却意外得到了一次十分难得的清闲和良机。

在日本，他一洗政界人物奢华浮躁、逢场作戏的旧态，访书论道，潜心学术，几乎与日本所有著名的汉学家、藏书家都有往来，并且得以饱览此地公私藏书，成为一个纯粹的学者，且不说身边还有红袖添香，日子倒也过得十分浪漫而惬意。除了与当地学人密切交往、谈文论艺、校勘典籍外，他主要的精力大都用在访书上，尤其是对日本的通俗文学给予了特别的关注。

在日本期间，董康曾查阅过图书寮、内阁文库、静嘉堂文库、东京帝国大学文学部研究室等多家公私藏书，过目的小说、戏曲等通俗文学作品也有二百多种。而且他并不是走马观花似的过目，“凡遇旧椠孤本，记其版式，存其题识，积时未久，居然成帙”。访书的结果就是在其后学界颇有盛誉的《书舶庸谭》（或称《东游日记》）一书。

董康在《书舶庸谭》一书中记载了其所寓目的一些小说、戏曲等通俗文学的情况，其中有不少作品在当时还不为国内学人所熟知，如《绿窗新语》、《全相平话》、《清平山堂》、“三言”、“二拍”、《鼓掌绝尘》等，对一些特别稀见的通俗文学作品，他还抄下目录、序跋。从当下人们所掌握的文献资料来看，作者所提供的这些学术信息也许已不算什么，甚或有过于简略之嫌，但在还处于通俗文学研究草创阶段的当时，它的确是一份十分珍贵的学术信息，使国内学人对日本所藏中国通俗文学典籍的丰富性和珍贵性有了十分形象而具体的认识，而且为更进一步的访书和研究提供了重要线索。

以小说、戏曲为代表的通俗文学成为专学，与经史之学并立，这是中国近现代学术史的重要特色与巨大成就，但因先前缺乏必要足够的学术积累，因此，访书、藏书这种文献搜集的普查工作便显得十分重要。中国古代通俗文学向不为人所重视，很少有人专门搜集整理，加之中国古代改朝换代频繁，战火不断，典籍破坏较为严重。在通俗文学研究展开之初，作为学科基础的文献搜集整理工作便显然十分迫切而困难，全靠那些早期的研究者亲自寻访和收藏。日本由于历来珍视中国典籍，通俗文学也在搜罗之列，加之历史上战事较少，不少在中国本土已经失传的重要文化典籍反倒在这里得到很好的保存。可以想见这样一个巨大的通俗文学宝库对研究者来说意味着什么。

不可否认，在二十世纪中国古代小说戏曲等通俗文学的研究过程中，于文献方面确实借重日本收藏之处不少，尽管这一现象令不少研究者感到相当尴尬，但却是一个不得不认真面对的现实。在此背景下，不难体会该书在现代学术史上的重要价值和意义。

因为时间的宽余，董康采用日记体的形式逐日记录了其在日本的行踪。在《书舶庸谭》一书正式刊布之前，董康曾将其中有关小说、戏曲的一小部分单独成文，以《日本内阁藏小说戏曲书目》为题刊布在《国学月刊》杂志1927年1卷4期上。该文选自作者1927年1月10日的日记，披露了日本内阁文库所藏一百余部小说戏曲的情况。

《书舶庸谭》初版于1928年，共4卷。其后作者又去过三次日本，并陆续对该书进行了续写和修订，共成九卷。不过，这几次作者虽然又在日本查阅了不少公私藏书，但关注点已有所转移，主要放在法制类典籍上，对通俗文学已不复当年兴趣之浓厚。不过即使是这样，他还是记录了《万锦情林记》、抄本《浪史》、明刻残本《剪灯新话》、《辽海丹忠录》、《隋史遗文》等稀见通俗小说的基本情况。

这样，依据出版先后、内容卷数的不同，《书舶庸谭》一书有两个版本：一个是四卷本，一个是九卷本。将两种版本对照来看，九卷本较之四卷本增补删改的地方不少，大量字句的细微改动不说，还有不少重要内容的更改，由此也可见出董氏心态的前后变化。因此，如果要进行深入研阅的话，则必须将两个本子进行对照。

中华人民共和国成立后，由于历史及意识形态方面的原因，这本书在几十年间没有再版过，不少人对这部书是只闻其名，不见其书，翻阅不便。直到近几年，随着文化政策的宽松，这种状况才有所改变，而且两种版本都得到了出版，一个是辽宁教育出版社1998年出版的四卷本，一个是河北教育出版社2000年出版的九卷本。两种书的整理出版态度都比较认真，质量不错，可以为相关研究提供良好的保证。

令人遗憾的是，董氏对通俗文学的关注仅是出于个人兴趣，还没像王国维、胡适等人那样达到学术的自觉，其毕生的精力主要用在仕宦升迁及法学研究上，在政治上他可以说是彻底失败了。

平生苦心经营的事业未必能流芳百世，倒是那些玩票式的爱好传了下来，受人珍视，可见人生的得与失是不能一概而论的，明乎此也可以使我们这些后学者多些谨慎，少些狂傲。否则，以董康如此丰富珍贵的收藏以及对通俗文学文献的熟悉程度和学术功力，如果能像梁启超那样转而投身学术事业，用更多的时间来留意学术研究，是完全可以做出更大的成就来的，其在学术史上的名声与王国维、胡适等人一样响亮也并非不可能的事。

“此人是一个好人，但不配处于这个时代这个地位。我很可怜他”（胡适 1922 年 7 月 1 日日记），胡适八十年前的这段话很值得回味。但历史毕竟是不能假设的，难以弥补的种种缺憾只能使后人生出许多学术之外的感慨来。

纷纷千古事　历历眼中过

——从《胡适日记全编》说起

一批新挖掘的材料有待整理和研究；这些材料足以引起研究者的广泛关注和兴趣；通过研究这些材料能够填补学术研究中的一些空白，有助于人们了解一些未知的历史空间，帮助人们建构新的历史图景。如果依据上述有些学人所规定的显学标准①，近年来势头正劲的胡适研究确可称得上是当之无愧的显学。

就构成显学至关重要的新材料而言，最近数年间陆续披露的与胡适有关的珍贵文献可谓丰富多彩，令人目不暇接。耿云志主编的《胡适遗稿及秘藏书信》，欧阳哲生所编的《胡适文集》，耿云志、欧阳哲生所编的《胡适书信集》，周质平所编的《胡适英文文存》《不思量自难忘——

① 欧阳哲生《解析胡适》前言，社会科学文献出版社 2000 年版。

胡适给韦莲司的信》，胡适纪念馆所编的《论学谈诗二十年——胡适杨联升往来书札》等书籍的相继面世，为胡适研究乃至中国现代政治、文化研究提供了一个巨大的学术空间，仅仅是胡适与他人往来的一万多封信件，就如耿云志先生所言："可以毫不夸张地说，细心阅读这些书信，再广泛查阅有关资料，在《胡适与 ×××》的题目下，可以写成数十本有价值的传记著作。"（耿云志《中国现代史史料的丰富宝藏——胡适先生私人档案介绍》）

胡适画像

克服有些书籍印量较小、价格昂贵的因素之外，要充分消化融会这些材料，将其融入现代政治史、文化史的宏大叙事中，还需要一段相当长的时间。在这段时间里，由于新材料披露所带来的一些为媒体和公众所关注的轰动效应自在情理和意料之中。

对于这些新披露的珍贵资料，确实有许多话题可说，"一切治中国现代史——无论是现代通史，还是专业学科史——的学者，都可以在这里找到极有价值的材料"。（耿云志《中国现代史史料的丰富宝藏——胡适先生私人档案介绍》）这里从新近出版的曹伯言先生整理的《胡适日记全编》谈起。

在中国近现代文化史上，像胡适这样长年笔耕不辍、坚持记日记的人可能有不少，但将记日记作为一项严肃的著述工作，记得如此包罗万象、极富史料价值者却并不多见。这与胡适个人的地位、影响有关，也与胡适对日记的态度、方式有关。胡适生逢其时，早年即得大名，在许多领域卓有建树，成为开风气之先的领袖级人物，以其在社会上的巨大声望和影响，与其有关的人和事，哪怕是一些日常生活琐事，都有值得琢磨挖掘一番的价值。

一般人的日记能达到这样的规模，固然勇气可嘉，据此可见一定时段范围的人心世态，但其史料价值却是无法与胡适日记相提并论的。胡适本人心里也很清楚这一点，其成名前后的日记有着明显的差别，成名之后，他知道自己的日记将来肯定会被后人公开刊布，成为具有学术价值的重要史料，因此，有意识地记详细一些，记全面一些，以为后人多保存一些史料，并在日记中粘贴了大量剪报。

自然，这种记日记法就带有明显的著述性质，在写作中肯定会有一些忌讳，尤其是在评述国事，臧否人物，表露观点、情感时，就不像一般人的日记那样随意自在。为此，胡适曾遭到一些人的诟病和嘲讽。其实，这也不是什么是非问题，没有多少可指责处，毕竟日记的写法多种多样，不必千篇一律，作者有权选择自己的著述方式。

胡适记日记的有意识保存史料之举固然在当时显得有

些矫情造作，但在今日看来，却是应该给予感谢的，否则胡适研究将因之而带着不可弥补的缺憾。可惜具有胡适这种保存史料意识的重量级人物太少了。不少重要人物因为没有记日记、写自传的习惯，结果人去之后，许多问题因当事人记述的缺乏而成为疑案。

尽管只是个人的见闻感想，但由于胡适在现代文化史上的重要地位以及其清醒的史料意识，其日记的重要价值是可以想见的，可以说，胡适通过日记形式整整记录了一个时代。

由于可以想见的政治原因，长期以来，胡适在大陆学界总是以箭靶的形式出现，大量毫无价值的人身攻击和无理漫骂之外，一直缺乏真正学术意义上的研究。其手稿、日记、书信等大量私人资料虽侥幸未遭毁坏，但尘封多年，未能得到公开披露的机会。倒是台湾学界做了一些扎实的资料搜集整理工作，出版了《胡适手稿》《胡适演讲集》《胡适口述自传》等著作。

进入新时期后，随着大陆地区政治文化环境的宽松，情况有所好转，胡适研究走上正常的学术之途，逐渐升温，并成为一门显学。不过，大量新材料的披露还是在进入20世纪90年代后。

此前就胡适日记而言，除建国前公开出版的胡适留学日记之外，只有中华书局1985年出版的一本《胡适的日记》，而且还是仅选录少数年份，根本称不上全。不过，

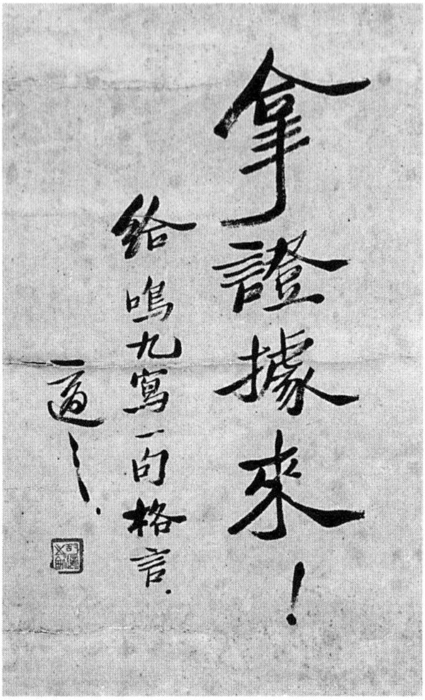

胡适手迹

尽管该书只是选录，但在当时已经弥足珍贵，成为不少胡适研究者的第一手珍贵资料，引用率极高。在 80 年代胡适研究的起步阶段，资料缺乏带来的研究限制一直是一个难以解决的学术难题，直到 90 年代中期以后，随着大量资料的公开出版，这一问题才大为改善。

就大陆地区胡适日记的出版而言，先是耿云志主编的

《胡适遗稿及秘藏书信》将胡适部分日记手稿影印出版，其后曹伯言先生根据台湾远流出版公司的《胡适的日记》手稿本与黄山书社的《胡适遗稿及秘藏书信》等图书资料，补缺漏、去重复，译外文，理顺颠倒关系，弄清模糊之处，“忠于原稿，保持原貌”，“为读者提供一套完整清楚、使用方便的《胡适日记》”。（曹伯言《胡适日记全编》前言）

这样，在胡适逝世 40 多年后，我们终于可以看到现今所能找到的全部胡适日记。长期的尘封与禁锢有违胡适当初记日记的初衷，全部公开出版，其目的也算是部分达到了。应该说，这对中国学界是一件值得庆贺的事情。

当然，胡适日记全编之说只是相对而言，不仅胡适当日所记曾有缺写和中断，即使是其已写成的日记，也有今天仍无法见到的。

《胡适日记全编》应该说是当下收录胡适日记最为完备的整理本。这些日记的全部公开刊布为胡适及其相关研究提供了大量新的珍贵资料。胡适是中国现代许多重大事件的当事人或见证人，他在日记中记下了许多个人见闻及亲身感受，其日记内容可谓包罗万象，丰富多彩，从军国大事到家庭细故，从友朋往来到治学札记，从剪报粘贴到附录文件，无不网罗在篇幅巨大的日记中。因此，其日记的重要价值是不言而喻的，它是学术研究的第一手原始资料，是一座蕴涵丰富的矿藏，可供多角度的开掘。这里只说笔者阅读时感受较深的两个方面，以见其一斑。

首先，它有助于对胡适其人更为全面、深入的理解。以往人们对胡适的印象是谦谦君子，谈吐儒雅，三教九流，皆有朋友，很少当面揭人之短，言人之过，与人发生不愉快的争执。但从胡适日记所载来看，他待人固然热情宽厚，但并非没有原则，这可以从其对国内学人的评价上看出来。比如他在日记中对吴宓及其学生陈铨的激烈批评与极低评价，就与其素常表现出的谦和形象形成鲜明对比，可以使人们看到胡适性格中尖刻、严厉的一面。

而且即使是过从甚密的朋友，胡适在其日记中也照样言其所短，比如他为赵元任未能取得所预期的学术成就而感到有些失望。胡适在日记中对一些学人的评述与其致该学人书信中所言往往存在着一定的差异。

以其对冯友兰的评价为例。1930 年，冯友兰将其《中国哲学史讲义》寄赠给胡适请教，胡适于 3 月 20 日回信说："承你寄赠《中国哲学史讲义》一八三页，多谢多谢。连日颇忙，不及细读，稍稍翻阅，已可见你功力之勤，我看了很高兴。将来如有所见，当写出奉告，以酬远道寄赠的厚意。"[①] 话说得很是委婉客气，看不出有什么不满之处。

但翻开胡适日记就会发现，在表达自己的真实感受时，胡适的话就说得没有这么温和了。"前些时曾见冯友

① 杜春和等编《胡适论学往来书信选》，河北教育出版社 1998 年版。

兰的 *A Short History of Chinese Philosophy*（《中国哲学简史》），实在太糟了。我应该赶快把《中国思想史》写完。”（胡适 1950 年 1 月 5 日日记）过了几年后，他对冯友兰的这一不良印象并未改变：“写完冯友兰《中国哲学史》书评。*The American Historical Review*（《美国历史评论》）要我写此书英译本［by Derk Bodde（德克·博德译）］的书评，我耽误了半年，今天扶病打完。为此事重看冯书两遍，想说几句好话，实在看不出有什么好处。故此评颇指出此书的根本弱点，即是他（冯）自己很得意的‘正统派’观点。”（胡适 1955 年 1 月 24 日日记）

虽然数年之间评价的并非同一本书，但书信与日记对一位学人评价的极大反差还是很能说明一些问题的。由此可见，胡适的日记也并非都是写给别人看的，其中还是道出不少个人真情实感的。一般说来，胡适在日记中对当时学人的评价要比公开的书信、文章中要严苛一些，这也在情理之中，毕竟书信、文章过于公开、直接，日记则有着更多的私人性质，较为隐秘些。

再者，从这些对学人的评价中也可看出，胡适虽然待人和善，但他并非逢人说好，他说人好话也是有条件的，那就是他所夸奖的人必须在学术上有其可取处。应该说胡适还是颇有识人眼光的，同辈之人不说，仅是能被他看上并加以栽培指点的晚辈，如吴晗、罗尔纲、邓广铭、孙楷第等，日后都是各自领域里的领军人物。可以说，在同胡适打交道的学人中，从学界元老到年轻学子，从学术名流到无名小辈都有，他和学界的接触是十分广泛的，但凡在学术圈有些名头的学人，很少有与胡适从无来往的，不管是直接的面谈还是书信来往。

胡适提携后进、助人成材的美德是特别值得一说的。以其平和友善的性格和涵养，加上个人在学界极高的声望与号召力，胡适事实上成为中国现代学术的一个中心。以前人们只是注重胡适本人的学术成就与治学方法，对其在现代学术中的核心枢纽作用关注不够。

胡适不仅开风气之先，个人著作等身，在多个领域卓有建树，而且整整直接影响了至少两代学人，一代是他的同辈，一代是他的晚辈。从新中国成立后大陆如此兴师动众、发动如此大规模的批判运动这一点，自不难想象胡适当时在学界的巨大影响。治学为文之外，胡适的为人也确实应该大书特书，有大量的回忆性文章为证。

由于胡适在中国现代学术文化史上十分特殊的地位和影响，其日记中不少材料对学术史研究有着十分重要的参考价值。这里仅从通俗文学研究这个方面为例来谈。胡适是新红学的开山祖师，他与顾颉刚、俞平伯等人共同谱写了红学研究的新篇章，这早已是学界公认的学术常识。

长期以来，人们只是看到其《红楼梦考证》一文，对其具体写作过程及思路的变化不甚了解，后来随着胡适与顾颉刚论学书信的披露，这一情况才有所改变。在新披露的胡适日记中对此则有更为详尽的记载，特别是胡适早年学术札记《藏晖室笔记之一：小说丛话》的公开刊布，可以使人们更为清晰地了解胡适的治学历程，其从索隐式到考证式研究的转变可以看作是中国近现代学术转型的一个缩影。这些都是研究红学史的重要资料，其中不少是《胡适红楼梦研究论述全编》一书所未收录的。

《红楼梦》之外，胡适还在日记中记载了阅读其他小说作品如《水浒传》《西游记》《平妖传》《希夷梦》《京本通俗小说》《豆棚闲话》等时的感想。至于日记中大量谈论戏曲的部分，更是不为戏曲研究者所知，对胡适在戏曲研究方面的贡献，目前的学界很少论及。

胡适读书写论文通常有一个习惯，那就是经常在日记中打草稿、写札记，有些草稿、札记本身就是一篇很有学术价值的论文，后来由于各种原因，不少草稿、札记未能整理成文，公开刊布，其中有不少是《胡适古典文学研究论集》所失收的。

从《胡适日记全编》的内容看，不必说历史、哲学、宗教等学科，仅古代文学这一块，就可以为《胡适红楼梦研究论述全编》《胡适古典文学研究论集》等书补充不少新的材料，如果再加上近年来新披露的胡适遗稿、书信中的资料，这些论集的篇幅当会有很大的增加，事实上已完全有重新编辑整理的必要。

由此一端，不难看出胡适日记的重要学术价值。显然，无论是对专业研究者还是一般读者，都可以从胡适的日记中找到自己感兴趣的部分和兴奋点。

但沾古泽一心欢

——读《仓石武四郎中国留学记》

1928 年 3 月 23 日，北京，喧闹的前门火车站，一位来自东瀛的年轻人走下火车，好奇地打量着这座古老、美丽而又陌生的城市。很快，他就消失在熙熙攘攘的人流中，融入这座焕发着春意的都城里，一切都是再普通不过的场景……

历史就是这么富有神秘性和传奇色彩，一件事情的意义往往需要数十年乃至上百年的时间才会逐渐清晰地显露出来，不过，一旦到了这个时候，原先的场景要么无迹可寻，要么物是人非，只能通过残存的文献和个人的揣摩去加以追认和还原了。

这位年轻人名叫仓石武四郎，时年 34 岁，此时的身份是日本京都大学文学部副教授。他是受日本文部省的委派来中国留学的，也是明治维新以来的第二代日本留华学生。此前的留华学生在中国的声誉不大好，常常与间谍这个颇为刺眼的字眼联系起来，这并非捕风捉影之谈，而是有着大量材料可以证明的①。

直到狩野直喜、青木正儿、盐谷温等人开始，才出现了纯粹意义上的学术文化交流，两代日本留华学生的时间界限也许不是很分明，但他们的差异却是很明显的，这主要表现为留学动机的不同，前者多出于学习语言和政治、经济、军事等目的，后者则为学术研究而来。

二十世纪二三十年代是日本留华学生的黄金时期，后来日本汉学界的著名学者大多在这一时期来到中国，如青木正儿、吉川幸次郎、诸桥辙次、水野清一等。当时的北京尽管政局动荡，但学术研究仍保持了相对的独立性和良性的发展，名流云集，俊杰辈出，呈现出勃勃生机。

这种较为集中的访学对提升日本汉学的整体水准和品位无疑是一次十分难得的良机，日本的汉学因此有了十分迅猛的发展，以至于杨树达当时不无忧虑地感叹道："日本多学人，今中国学人，止有冯友兰之哲学、陈垣之史学、杨某之训诂学，足以抗衡日本。"②

话虽说得有些夸张，但由此也可见出日本汉学的进步

① 有关近现代日本留华学生的情况，桑兵《国学与汉学》（浙江人民出版社 1999 年版）一书第七章《近代日本留华学生》有十分详细的介绍，可参看。

② 杨树达《积微翁回忆录》，上海古籍出版社 1986 年版，第 57 页。

之快。日本汉学固然得益于中国学界，同时又反过来对中国现代学术的发展产生着积极的推动和影响，尽管当时的中国学者如董康、傅增湘、伦明、杨树达、张元济、孙楷第、王古鲁、傅芸子等主要是出于讲学或访书目的而到东瀛的。

以戏曲史的研究为例，青木正儿的《中国近世戏曲史》《南北戏曲源流考》《元人杂剧序说》，盐谷温的《元曲概说》等，对中国的戏曲史研究都曾产生过相当的影响。显然这种学术文化交流是互惠互利的。

仓石武四郎很快就喜欢上这座文化蕴涵极其丰富的古老都市，他十分和谐地融入其中，其本土化的程度甚至超过了土生土长的中国人，他的发音远比那些操着浓重江浙方言的大学教授们标准，甚至于有一次口气很重的孙蜀丞在打电话订购书籍产生语言交流障碍时，都要请他来帮忙。

他一身汉装，连生活方式也都是彻底中国化的，据说当年陈垣到他的住所时曾指着一个坐垫说："只有这个不是中国的东西。"与仓石武四郎有着类似行为的还有吉川幸次郎、水野清一等人。这种本土化的行为既有个人喜好的因素在，也是一种有意识的学养修炼，这与其老师狩野直喜、内藤虎次郎等人的影响是分不开的。

以狩野直喜、内藤虎次郎为代表的京都学派提倡师法清学，主张按照中国学人的方法与观念来研究中国学问，当然其中也包括穿着打扮、言谈举止这些十分感性的日常生活体验，从而达到对中国文化的真正理解与同情。

显然，在那个中日关系复杂敏感、日本国内普遍轻视华人的特殊历史时期，仓石武四郎和吉川幸次郎等人的行为还有着更多的含义，他们在同中国人的交往中保持着难能可贵的健康心态。

尽管仓石武四郎对留华学生待遇低于留欧美学生的现象颇为不满，但实际上他在中国的生活还是相当宽裕的，因为他赶上了好时候，当时中国银价正发生着有史以来的暴跌，他每月的奖学金算起来比中国一般大学教授的工资都高。[①] 否则，他也不会有那么多的钱来买书，因为他的买书不是通常意义上的零星购买，完全是一副藏书家性质的豪买架势。

总的来看，仓石武四郎在中国两年半的生活可以说是充实而简单的，可以概括为上课、读书（包括买书、访书）和访学。对于他在中国前一年多时间里的具体活动，现在已难以确知，好在他在最后八个多月的时间里，留下了一份日记，即《述学斋日记》，“述学斋”是他为自己书斋所起的名字。

从这份日记中，不难看出这位年轻人当年是多么勤奋用功。他既到北京大学、北京师范大学、中国大学这些著

① 参见吉川幸次郎《我的留学记》（钱婉约译，光明日报出版社 1999 年版）一书，第 38—39 页。

名大学里接受正规的学术训练，选修音韵学、说文学、三礼、周易、文法、词学、版本目录学等课程，同时也参加那种私塾性质的讲授，比如每周一次到杨钟羲的雪桥讲舍听课。

读书、买书和访书更是每日必不可少的功课。据笔者粗略的统计，仅《述学斋日记》中所提到的书籍、杂志就达到八百多种，由此不难想象，在中国两年半的时间里，仓石武四郎接触了多少汉文典籍。

其平生收藏的数万册汉文藏书，主要都是在这段时间里购置的，其中不乏珍籍秘本。从内容上看，不仅有他深感兴趣的经学、音韵训诂学著作，即使是小说、戏曲也在阅读、收藏之列，比如光是《儒林外史》，他就收有乾隆元年序刊本、同治八年群玉斋排印本等多种版本。

由此，可见其涉猎面之广、之宽。频繁的购书、访书过程中，他也结识了不少北京、上海等地书林中的朋友，与他们建立了深厚的友谊。

此外，仓石武四郎还利用一切可能的机会访师问学，几乎结交了当时所有北京学术界的名流，仅是出现在《述学斋日记》中的中国学人名字就有八十多个，足以开出一份民国学人谱。

一般交往之外，仓石武四郎还和其中不少人如吴承仕、孙蜀丞、钱玄同、伦明、俞平伯、赵万里等人保持着相当密切的联系。这对许多中国学生来说，也都是很难办到的。依其勤奋程度和学术功力，即使是在中国，也必将是学术界中的翘楚。

杨树达初见仓石武四郎，就对其产生了深刻的印象："此君头脑明晰，又极好学，可畏也。"[1] 此前他的老师冈田正之在谈到日本两所大学的优劣时曾说："东不如西也。然今有仓石生者，虽年少，现在京都留学，渠归东之后，东都必有生色。"

可见中日两国的学界都十分看重这位勤奋好学的年轻人，对其寄予厚望。

从对陈寅恪的评价中，也不难看出仓石武四郎过人的学识和眼光，他初见陈寅恪，就作出"陈氏论如利刃断乱麻，不愧静庵先生后起"的论断，比起事后人们的追认来，这种带有预言性质的论断无疑更为精彩。

两年多的留学生涯对仓石武四郎的影响持续终身，成为其一生中最为美好的回忆，凝结为一份挥之不去的中国情结。两年的苦读也造就了一位具有承前启后意义的日本汉学家。

仓石武四郎一生的成就可以概括为两个大的方面：一个是学术研究，主要是在经学、文学领域，编著有《尚书正义（校订本）》《段懋堂的音韵学》《中国文学史问题》《中

① 杨树达《积微翁回忆录》，上海古籍出版社 1986 年版。

国文学史》《目录学》等著作；一个是汉语研究与教育。

此外，他还将大量的中国文学作品译介到日本，编译了很多中国文学作品集，他是第一个将鲁迅作品搬上日本大学课堂的学者。

对仓石武四郎在经学、文学方面的成就人们谈到的较多，对其在汉语研究与教育方面的贡献则谈论不多，或者说是被有意忽略了。

其实，从某种角度讲，它比具体的学术研究成果更为重要，因为语言工具的改变会直接带来学术文化的连锁反应，这里稍作介绍。

仓石武四郎是日本现代汉语教育的创始人，在汉语研究、汉语教育以及词典编撰方面皆有建树，1974 年被授予日本朝日文化奖。

仓石武四郎回国后，首倡“支那语教育运动”，并成立中国语学研究会，主张采用中国现代音读中文，极力主张改革日本的汉语教育。

1940 年，他出版《支那语教育的理论与实际》一书，正式提出改革、调整汉语和日本汉文关系的设想，即在学校教育体制上废除汉文科，把汉文归入国文科，使汉语完全变为外国语。这本 200 多页的小册子在日本汉学界曾引起十分强烈的反响，直接推动了日本的现代汉语教育。

此外，他还将自己的理论应用于教学实践，率先在日本开展以“听”和“说”为中心的新型汉语教育。

1951年，他在仓石中国语讲习会的基础上创建日中学院，并提出“不再让中文成为侵略工具”的办学原则。目的在普及中文教育，使中文成为促进日中两国人民友好交流的一种手段。他主持编撰的《岩波中国语辞典》《岩波日中辞典》自面世后不断再版，早已成为此类工具书中的经典。

对身处网络时代的读书人来说，阅读仓石武四郎的《述学斋日记》会在不知不觉间产生一种羡慕之情，羡慕其徜徉于北京、上海、南京等地书肆间的那份充实和欣喜，羡慕其与学界名流随意从容地宴饮交往。

当然该书的价值并不止于此，它还有着多方面的解读空间。它是现代中日学术文化交流的第一手文献，由于其涉及两国众多的学者和典籍，因此，无论是对中国现代学术史还是对日本汉学史，都可以提供十分珍贵的资料。

作者对北京、上海、南京等地的书坊记载颇为详细，对了解现代图书业的发展无疑也是极有帮助的。同时，它记载了一位日本汉学家在中国的学习生活经历及其所见所闻、所思所想，有助于人们对这位正直、善良的友邦学人进行深入了解。

七十多年后，这份珍贵的日记终于由荣新江、朱玉麒先生整理出版。两位先生颇费苦心的整理和编排，增加了该书的资料性和可读性。他们以《述学斋日记》的整理为核心，并选收作者几篇回忆留学时代和中国的文章，分为上下编。

同时以注释经典的功夫进行精心详尽的校勘和笺注，对书中涉及的人物、书名、地名、机构、有关事件以及典故语词等，无不旁征博引，利用大量的文献资料一一注出。

文字之外还收录有关的书影、图片及照片。书后编制有《交往人名》《著录书名》《地名、机构名》三个索引，方便读者的检索。原书与注释相得益彰，保证了该书的高品位与学术性。

在日中学院，至今仍保存着第一任院长仓石武四郎的亲笔题词："学好中国语，为日中友好架桥梁。"在日中关系不断产生变故的今天，重读这一题词无疑会有着一种意味深长的理解和体会。

2000 年，在新旧世纪更迭之际，《华声报》电子版评选出一百位在二十世纪对中国产生过影响和作用的外国人士，作为对中西百年交往历史的一种回顾，其中就有仓石武四郎。

民间的力量

——从《乡村戏曲表演与中国现代民众》说起

尽管每年都会有一些戏曲节、戏曲汇演、戏曲评奖、送戏下乡之类看起来十分热闹的活动，经各路媒体的卖力宣传倒也颇能造出一派红红火火的声势，但戏曲在当今社会文化生活中的尴尬生存却是一个无须争辩的现实。可以想象，如果失去政府在人力、财力、舆论等诸多方面的行政支持和投入，没有汇演、评奖、送戏之类非商业活动的支撑，遍布在广大城镇里大大小小的各类剧团该会处在一个怎样窘迫冷清的生存境地，何况当下大多数剧团的处境已经可以用冷清一词来形容了。

为什么近年来一直为政府强力扶植的戏曲迟迟不见起色，沦落到无以自保的程度？为什么一门有着上千年悠久传统、曾有着最广泛群众基础的民族艺术在这个古老的国度里几无存身之地？相信每一个关心戏曲命运前途的有识之士都会开出自己的诊断书和药方。但显然，这并不是社会变迁、科技发展、娱乐方式多元之类轻描淡写、浮光掠影似的理由所能解释和解决的。

近读董晓萍、欧达伟合著的《乡村戏曲表演与中国现代民众》一书，对这一问题有了一些新的思考和认识。

该书以华北民间戏曲的文本资料为基本文献，采用田野回访调查和文献分析的方法，以河北定县为工作基地，进行历史学与民俗学的交叉研究，重点研究中国民众经历二十世纪种种革命思潮和政治运动后的思想变迁。

虽然该书着眼于民俗文化和民众思想观念的深层变迁，研究的范围也局限于河北的一些乡村，但它对中国戏曲研究也同样有着重要的借鉴和启发，其中所涉及的一些问题、现象以及所提供的文献资料、研究方法同样应该为戏曲研究者所关注，这并不仅是该书以戏曲文本为主要研究对象的缘故。

跨度长达半个多世纪的演出剧目内容、形式诸方面的前后印证为个案解读增加了历史纵深，据此可以考察作为民众文化核心要素的戏曲在广大乡村的沧桑变迁；田野调查所得的大量鲜活材料营造了学术研究的现场感，可以确认戏曲在二十世纪中国民众文化生活中的实际地位和真实生存状态，这些在以往的书面文献中并不是很容易就能看到的。

以戏曲为代表的民间文化在中国广大民众的文化生活中到底占有怎样重要的地位，民间文化的生命力到底可以顽强到什么程度？这或许是我们思考这个问题的一个必要前提。而要深入思考这一问题，就必须对从二十世纪之初开始一直持续到当下的戏曲改革的实际成绩重新进行一番审视和认定。

长达一个多世纪的戏曲改革从来都不是一个纯粹的艺术命题，而是不约而同地被视作一项政治运动或政治任务，被赋予十分浓厚的意识形态色彩，受到各种政治势力的高度重视。从维新变法到辛亥革命，从新文化运动到土地革命，无不有着最为正当的理由，无不借助戏曲这一最具民众基础的传统文化资源来实现自己的政治诉求。虽然从表面上看，大家都是从戏曲入手，但着眼点却在对民众的改造。自然，由于动机、观念的不同，改造的方式也就各异，或稳中求变、推行教化，或狂风暴雨、强制执行。

因此，并不夸张地说，整个二十世纪的戏曲改革就其实质而言，不过是一场以民众为主要对象的政治实验。在整个实验过程中，民众与戏曲一样，不过是用来检验政治宣传效果的实验品，是被改造重塑的对象，处于被动接受的地位。

一百多年过去了，这场投入巨大、全民参与的戏曲改革运动效果究竟如何？目前戏曲无比尴尬的实际生存状态也许正是最好的回答。面对戏曲存亡这一严峻的现实，我们不能再以社会多元、资讯发达、娱乐业竞争激烈等理由来回避历史和责任，老实说，这不过是一些用来搪塞众口的皮相之言。

从定县近一个世纪民间戏曲发展演进的实际情况来看，戏曲在当地的繁盛发达和巨大影响力是通过民间艺人的世代积累实现的，并非戏曲改革的功效。虽然一茬茬的戏曲改革交替进行着，各种政治力量不断介入，手段宽严不一，但它们对当地民间戏曲的影响力实在是有限，不仅未被民众真正接纳，融入他们的文化传统，反而更多地表现为一种破坏和摧残。在移风易俗、破除封建迷信、愚昧保守等种种极为响亮的口号声中，不仅戏曲本身被屡屡易容，弄得面目全非，就连与戏曲有关的建筑器具、民风民俗等也遭到破坏。

不过，即使是这样，一旦有了较为宽松的政治文化环境，民间戏曲获得自由发展的良机，几乎所有强加在戏曲中的外来改动就会被立即抛弃，顿时成为劳民伤财的无用功，一切又会回到原初的状态。

面对戏曲改革浩大声势与微弱效果的巨大反差，我们有理由追问，一百多年过去了，作为二十世纪戏曲发展主流的戏曲改革到底是成功了还是失败了？如果成功了，为什么到了本该收获的季节还会形成戏曲急剧下滑、需要保护才能维持的难堪局面？如果没有成功，其中惨痛的教训又何在？谁该为此负责？

再者，戏曲已经到了如此艰难的境地，为什么还有不少人在继续为戏曲改革歌功颂德？戏曲界不是曾经创造过一个剧目救活一个剧种的传奇和神话吗？为什么这种传奇和神话未能得以延续？我们甚至可以质疑，在市场经济的背景下，还有一个剧目救活一个剧种的可能吗？面对理论与现实的矛盾和背离，我们不能不对以往的许多提法和共识表示怀疑。

回顾戏曲改革的百年历程，可以说，不管出发点如何，多数情况下都是事与愿违，成少败多，改造变成了扭曲和扼杀。原因固然有多种，但笔者以为，其中一个最为核心的问题就是，很多戏曲改革者没有把戏曲看作戏曲，而是当作一种宣传教化、改造民众的工具，无论教化的内容是宣传维新思想、民主科学还是宣传革命。

对戏曲的内容过分重视，对戏曲本身的艺术特性、对戏曲生存所必需的娱乐和商业因素、对民众的心态和接受情况则关注甚少，甚至是无情扼杀，这无疑会造成戏曲的异化，到二十世纪中期特别是文化大革命期间，更是发展到登峰造极的地步，演出了一场空前绝后的历史闹剧。宣传教化的背后是对民间文化的歧视和曲解，长期以来，民间文化一直被居高临下地视作愚昧落后、封建保守的代名词，改革不过是借助权力推行一己的政治主张，说起来也是一种“殖民话语”和霸权话语。

话再说回来，在百年戏曲改革的历程中，也不是没有亮点的，比如梅兰芳就创造了二十世纪戏曲史上的奇迹。按说以梅兰芳的声誉地位、文化水准以及对社会的号召力，是无法与那些戏曲改革的倡导发起者相比的，但他为什么偏偏能取得成功？除了其本人优越的天赋和后天的努力外，还有哪些可资借鉴的经验？这无疑是值得深思的。

显然，梅兰芳所走的，并不是以改造民众、宣传教化为着眼点的戏曲改革之路，他没有这样的雄心壮志，也不具备这样的政治资源，不过是以一个戏曲演员的身份从戏曲出发，再回到戏曲，为市场、观众所推动，再回过来推动戏曲的发展。戏曲是他的立身之本、谋生之道，因此，他的改革皆是立足戏曲，围绕戏曲自身而进行的。

准确地说，这是当时较为发达的娱乐业和文化市场所创造的奇迹。戏曲成就了梅兰芳，梅兰芳也成就了戏曲。但令人遗憾的是，不少戏曲研究者总是强调其艺术方面的创新，有意或无意地忽视了成就梅兰芳的社会文化背景，而实际上它与前者是同等重要的。

缺少发达的演出市场的支撑和广大观众的认可，所谓艺术的创新不过是少数人孤芳自赏的一种智力游戏。俗话所说时势造英雄，梅兰芳正是这种时势所造就的文化英雄。对戏曲来说，怎样才算是成功？是看票房收入还是看剧本内容？这并非仅仅是一个确立标准的问题。

梅兰芳并没有亦步亦趋地重复前人的老路，他对戏曲改革的力度也是有目共睹的。其改革为演出市场和同行竞争所推动，亦为广大观众所接受。他的成功在政治化的戏曲改革之外提供了另一种范式。

有人认为梅兰芳后来的改革趋向雅化，脱离观众，将戏曲改进了绝路，结果中华人民共和国成立后再无大的创新。这一观点看似有理，其实是一个倒置的结论，因为情况恰恰相反，并不是梅兰芳使戏曲改上绝路，而是当时日益激进森严的文化政策和社会环境使梅兰芳陷入了困境。文化市场的人为中断使他的戏曲改革之路无法延续，高度政治化的社会氛围更是给他增加了许多艺术之外的顾忌。

从中华人民共和国成立之初梅兰芳提出移步不换形意见所招致的风波和麻烦就可以知道，他已经被剥夺了艺术创新的自主权，只能从事“听命艺术”了。尽管梅氏在中华人民共和国成立后的地位和声誉远远高于先前，所享受的条件和待遇也更为优越，但他在艺术上已不可能再有大的作为了。非不为也，不能也。而且从某种程度上讲，他有意或无意地成为一种粉饰太平的点缀。

没有成熟的文化市场的运作，没有广大观众的真正参与，没有剧场票房的支持，仅仅依靠权力来维持的艺术改革是注定不能长久的，实践已经无数次地证明了这一点。

需要特别指出的是，依靠权力推行的意识形态色彩极为浓厚的戏曲改革所造成的危害并不仅仅停留在物质层面，比如以破四旧等名义对文化遗存进行的砸毁焚烧，尤为可怕的是它对灵魂造成的扭曲和摧残，对传统文化所形成的破坏和冲击。

中华人民共和国成立后政府机构设置的周密完备使国

家机器第一次可以真正对乡村施行有效的控制，许多文化政策得以真正在基层落实执行，惟其如此，越来越左。

十年浩劫，中国戏曲遭受着一次次空前绝后的摧残。先前的历代王朝尤其是清朝康熙、雍正、乾隆时期虽然也曾实行过较为严格的文化控制，对戏曲演出颁布了种种禁令，但并未禁掉戏曲本身，而且其政策并未在基层得到认真的执行，但是十年“文革”则不然，它对戏曲造成的是全方位的致命性的破坏，人为终止了文化薪火的延续，造成了文化传承的断裂，形成了戏曲演员和观众的代际空白，在历史与现实之间形成一道难以弥合的裂痕，可以说它毁掉的不仅是戏曲，还包括那种使一个民族产生凝聚力的文化传统。

显然，这比自然灾害和硝烟战火更具破坏性，影响也更为深远。几十年后，等到人们幡然悔悟，着手恢复的时候，这才发现破坏容易重建难，重建工作远比想象的要艰难。直到今天，尽管已经有大量人力物力的投入，但收效并不明显，这一工作并未完成，事实上也是永远无法完成了。

观众接受或偏爱一种艺术形式，往往需要较长时间的熏陶和积累，对于地域性色彩极为浓郁的戏曲来说，尤其如此。让一个在缺少戏曲文化的贫乏氛围中成长的人突然去喜欢戏曲，这几乎是一项不可能的任务，何况他们此时已有了更多的选择。历史造成的演员、观众的一代断层往往需要数代人的努力才能弥合，也可能永远都无法弥合。

就当下的状况而言，不是戏曲工作者不卖力，也不是艺术水准在下降，而是缺少一支数量庞大、能形成年龄梯队的观众队伍，缺少一个能支撑戏曲演出的运作成熟的文化市场。一种仅仅依靠老年观众支撑、缺少可持续性、靠保护才能生存的艺术只能是黄昏艺术。

完全可以追问，是谁把这一艺术推向绝境的？不是日益发达的娱乐业，不是日新月异的传播技术，而是不断被滥用的权力。西方话剧、歌剧的历史不也是十分悠久吗？西方人的科技发达程度与文明进化程度并不在我们之下，为什么他们的传统艺术还能保持着如此旺盛的生命力？少数人的自以为是之举却要整个民族来买单，这个教训实在是太深痛了。

仅就戏曲研究而言，以往我们观察戏曲的眼光也是有些问题的，这表现在不少研究者仅仅把戏曲局限在文学领域，忽视了其极为丰厚的文化内涵，忽视了其与民间生活的密切联系。对在戏曲文化滋养中长大的广大民众来说，戏曲并不仅仅是一种娱乐形式，它已经被整合到他们的生命中，他们从中得到历史文化知识，得到人生经验，从中找到归宿，发现自己。他们的谋生劳作、婚丧嫁娶、社会活动、宗教信仰等等无不与这种艺术形式休戚相关。观看戏曲已是他们日常生活的必需，而并非仅为研究者刻意强调的艺术欣赏。

笔者并不否认前辈学者的辛勤耕耘，但也不能不遗憾地说，一百多年来戏曲史研究者所勾勒还原的只是一幅色彩较为单调的戏曲文化风景，或者说是研究者自己所期待的那种戏曲文化风景。这种观念先行、经过筛选的戏曲史不过是一部记载文人士大夫精致文化行为的戏曲史，它并不能真实还原和反映戏曲发展演进的原生形态。没有民间气息和民众参与的戏曲史注定是残缺的和苍白的。

民众缺席的背后是对民间文化的漠视和歪曲，民间文化的研究固然因历史文献资料的缺乏而增加了不少难度，但这不是一个令人信服的放弃理由，只要用心搜罗，困难还是可以逐渐克服的，《乡村戏曲表演与中国现代民众》一书就是一个很好的例子，只要舍得花时间、愿意深入到民间，而不是一味钻在故纸堆里，以中国地域之广，戏曲在民间影响之大、积累之多，总是能发掘出一些鲜活的资料的。

关键是研究者的文化理念，如果戴上有色眼镜，将民间文化斥之为低俗粗糙、愚昧落后，自然不会在戏曲史的叙述和重构中为它留下一席之地。令人遗憾的是，我们所见到的不少通俗文学研究不过是打着民间文化的幌子，真正关注的还是那些具有文人色彩和情趣的部分，对民间文化缺乏真正的理解和尊重。

可以说，在这方面，研究者与当权者实际上形成了一种“共谋”，或是利用权力，居高临下强制性的推行文化政策，或是在历史风景的叙述和重构中将民间文化予以排除。民间文化在排挤和打压中转入地下，成为一种文化潜流。但是成为潜流并不意味着消失，一旦有宽松的环境，它就会再现其勃勃生机。

在全球化成为时尚和潮流、世界趋向一体的后现代社会里，传统文化的保护和延续已经成为一个民族赖以存在和识别自己的基本条件。在此语境中，如何善待本民族的民间文化，无疑是一个需要重新定位的严肃课题，这并不只是一个剧种的兴衰问题，也不只是一种民俗的存续问题，它关系到一个民族未来的走向和前途。在这方面我们已经有过很多惨痛的教训，但愿悲剧不再重演。

《乡村戏曲表演与中国现代民众》一书带给戏曲研究者的启示是多方面的，其中既有观念层面的，也有方法层面的。它所采用的田野调查方法在戏曲研究领域也可得到较为广泛的应用。

自二十世纪八十年代以来，对民间傩文化的研究就较多地采用了这种方法，取得了不少可喜的成果，为探讨戏曲的产生起源，戏曲与民众宗教信仰、文化心态、民风习俗的关系等问题提供了有益的学术积累。

其实，在此之前，国外学界早已将这种方法应用到戏曲研究中，比如日本学者田仲一成曾于1978年至1985年间对中国南方和东南亚地区戏曲演出的情况进行了较为深入的调查，并有着相当丰厚的收获，先后出版有《中国祭祀戏剧研究》《中国的宗族与戏剧》《中国乡村祭祀研究——地方剧的环境》《中国巫系戏剧研究》等一系列著作。可惜其研究成果一直未能得到中国戏曲研究界的充分重视和积极回应。

将书面文献的研读与地下考古挖掘以及田野调查等方法有机结合起来，构成一种立体的戏曲研究模式，这或许会成为戏曲研究的发展趋势，方法的多元化必将大大拓展戏曲研究的领域，从这个角度来说，戏曲研究还是大有可为的。这种立体全方位的研究将会打破原先的研究格局，中国戏曲史也会因此呈现出一种与以往相关著作迥然不同的景观。但愿这种田野调查方法在中国戏曲研究领域的应用早日走出客串阶段，得到广泛应用，成为一种获取文献资料、阐释戏曲文化的有效手段。

相信民间，理解民间，回到民间，这或许是中国戏曲及其相关研究走出困境的一个最佳路径。没有深厚民众基础的艺术注定是没有出路的。否则，如果只是少数人孤芳自赏的实验品，却动用大量的人力、财力等社会资源去挽救一种已经失去观众的、没有生存能力的艺术，以注射强心剂的方式来人为制造艺术泡沫，这不也是一种话语霸权吗？

寻找戏曲的原点

——从近年出版的两本戏曲同仁刊物谈起

在近几年出版的诸多戏曲论著中，《戏史辨》和《艺坛》无疑是两个引人注目的亮点。之所以将两者放在一起来谈，是因为它们之间存在着太多相似的特点。仅从形式上来看，它们皆属同仁刊物，由一些具有共同兴趣或相近理念的戏曲研究者所创办，前者为胡忌、陈多等人，后者由蒋锡武主编。两者还都采取以书代刊的形式连续出版，到目前为止，前者已出了四辑，后者已出了三卷，而且印量也都不大。

自然，两者的处境也颇为相似，尽管出版后学界的口碑很好，但它们的编辑出版可以用艰难一词来形容，前者靠编委个人出资运作，后者也屡屡困于经费，不能如期出版。

在这个片面追逐经济效益、学术论著出版十分困难的年代里，这些学人克服重重困难，执意要创办一份刊物，发出自己的声音，显然是有着十分明显的用意或追求的。

毫无疑问，太多的相似意味着不谋而合。在笔者看来，在这样一个充满欲望、日益浮躁的年代里，两家刊物在戏曲问题上的不谋而合实在是太难得了，也是很能说明问题的，它们的出现本身就具有一种象征意义。

不平则鸣，这是两家刊物的共同特点，尽管其侧重点有所不同，但从字里行间分明可以感受到作者和编者们对中国戏曲的那种强烈的责任感和深重的忧患意识。毫不夸张地说，是严峻的现实迫使这些戏曲研究者不得不挺身而出了。

从 20 世纪 80 年代以来，对戏曲危机的惊呼一直没有间断过，围绕戏曲出路的讨论也一直是一个热门话题。然而，20 多年过去了，尽管从政府到剧团，从社会到个人，从政策到资金，方方面面，无不做了很大努力，但效果究竟如何呢？一番忙碌之后，人们不得不面对一个无比尴尬的现实：戏曲危机的警报非但没有解除，反而不断加重。尽管戏曲汇演、评奖之类的活动年年都搞得轰轰烈烈，给人一种兴盛不衰的热闹印象，但它对解决戏曲的困境究竟有多少真正的帮助呢？

与 20 年前相比，全国剧团及演员队伍的数量和规模到底是扩大了还是缩小了，每年演出的场次到底是增加了还是减少了，戏曲演出的质量是提高了还是下降了，其间推出了哪些可以称作经典的剧目？在艺术市场日益成熟的今天，还有多少剧团能不依靠政府政策的扶植来进行真正商业性的演出？相信每一个关注戏曲命运的人都可以看得出来，而且不会得出差别太大的结论。

20 多年后，当种种戏曲改革手段屡屡失效、缺乏回天之力的关键时刻，再来谈论戏曲危机及出路这个沉重话题，自然会有一种特别的意义，它不会是前人观点的简单重复，而是反思基础上的深层思索。研究者的思路已经从为戏曲出路的频频支招变成对戏曲原点的耐心寻找。

20 多年来的严峻现实已经表明，缺乏对戏曲正确认识的所谓改革只会加速戏曲的衰亡，好心办坏事的教训实在太多，由此造成的人力物力的大量浪费更是令人痛惜。显然，要想从根本上解决问题，必须回到问题的起点，从最基本的问题开始，正所谓名不正则言不顺，言不顺则事不成。

与其病急乱投医，不如静下心来认真思考一下：戏曲之所以为戏曲的本质要素何在？构成中国戏曲的文化艺术传统究竟是什么？戏曲走向衰落的真正根源是什么？哪些是关键性的因素，哪些是无关大局的小节？只有把这些最基本的问题弄清楚，才能决定取舍，确定努力的重点，彻底解决问题。

而先前，恰恰是这些问题被有意或无意地忽略了，在一片戏曲危机的惊呼声中，大家病急乱投医，手忙脚乱地开药方，结果不仅没有治好病，反而延误了病情，把事情弄得更糟。寻找戏曲的原点，正本清源，这是两家戏曲刊物的一个基本出发点。这既是一个极为严肃的学术问题，也是一个十分迫切的现实问题，其价值和意义都是值得肯定的。

从戏曲研究的发展趋势来看，20 世纪 80 年代以来的戏曲研究同先前相比，发生了巨大的变化。站在 21 世纪的门槛来回望整个 20 世纪的戏曲研究，在为先辈们的杰出成就欢呼赞叹的同时，也能找到很多遗憾。

事实上，发现这些缺憾更为重要，它昭示着未来的努力方向。整个 20 世纪，相关的戏曲史著作出版了不少，所取得的成就也不能算少，但不可否认，它们所勾勒的戏曲史地图都是残缺的，不完整的，是观念和方法使它们遮蔽了一些极为绚烂的戏曲风景。

《戏史辨》同仁们的努力方向就是要将这些遮蔽的风景重新展现，他们的注意力主要集中在古代戏曲，将对以往戏曲研究的纠偏与构建新戏曲史风景的工作结合在一起，重点在历史原貌的复原。确实，以新的戏曲史观勾勒的戏曲史风景会给人一种另类的感觉，但不久的将来，另类将变成人们普遍接受的理念，这是可以预言的。

相比《戏史辨》的关注古典，《艺坛》更为贴近现实，话题多为现当代，并集中在京剧上。从近距离为戏曲把脉，来寻找戏曲的真正传统。自然，他们还原的戏曲传统与人们先前的认识会有很大的不同。

回首 20 世纪的戏曲发展演进历程，我们有太多的疑问，从30年代京剧的辉煌到80年代的全面萧条，仅仅半个世纪的时间，戏曲景象竟然如此不同，其根源究竟何在？戏曲的改良或改革在一个世纪里不断被强化，一直是戏曲发展演进的主旋律，投入的人力物力不可谓不多，但结果如何？伴随几代人努力的竟然是戏曲的不断萧条，种瓜得豆，这难道不值得我们认真总结吗？两种戏曲刊物，关注的具体对象有所不同，但正是因为这种不同，彼此间形成了一种内在的呼应关系。

从更深层的意义上来说，这也不仅仅是戏曲自身的问题，而是涉及民间文化、民族精神在新的历史条件下如何生存延续并发扬光大的重大问题。毕竟在漫长的历史岁月里，戏曲一直是最为流行、影响最为广泛的一门艺术，它们在长期的发展过程中，形成了自己独特的艺术传统，同时也参与构建了中华民族的文化传统。随着汹涌而至的全球化浪潮，中国与世界正在进行着全方位的接轨，外来思想文化的冲击从来没有像现在这样彻底、这样强烈。五四时期的中外文化交融只是局限在少数知识分子中间，而现在已经变成全民性的日常行为。在强势的外来文化面前，民间文化及民族精神处在一个十分尴尬的地位，丧失它赖以生存的文化土壤，成为招揽生意、为经济搭台的小点缀。

戏曲的不景气之外，传统节日同样备受冷落，远不如洋节受年轻人的欢迎，传统工艺更是面临后继乏人的严重局面。曾几何时，我们还自豪地说，只有民族的，才是世界的。而现在的问题却是，我们有太多太多世界的，惟独没有民族的。

民间文化是一个民族的身份证，它的生存困境实际上在提醒我们回答一个问题：在汹涌而来的全球化浪潮中，我们还要不要保持自己民族的文化个性，对文化传统的放弃是不是一个古老民族在现代化进程中必须付出的代价？

显然，这已经危及整个民族文化的生存延续。一个放弃自己文化传统的民族该会是一个什么样子？那是不可想象的。已经到了从增强民族凝聚力的高度来对待民间文化的时候了，不要再拖到不可挽回时再采取行动，到时候一切都晚了。

破坏一种文化传统也许只需要十来年的时间，文革期间对传统文化的摧残就是一个十分典型的例证，但恢复一种文化传统却要艰难得多，它往往需要数代人的努力，很多时候它甚至会变成一项不可能完成的任务，戏曲在最近几十年间的尴尬、冷清景况很能说明问题。

自然，这两家戏曲同仁刊物所进行的学理层面上的探讨不过是纸上谈兵，现实的情况要复杂得多，书面的设想要落实为现实的行动还有漫长的道路要走。但这种探讨哪怕仅仅是抱怨或牢骚，都并非毫无意义，自有其价值和意义在。

如果大家连抱怨和牢骚都不愿意发，那才真正可怕。

天下兴亡，匹夫有责，这句古训在今天仍然适用，文化薪火的传承与良性发展是每一个公民不可推卸的责任和义务。愿更多的有志之士都来关注这一问题，不要将这个全民性的重任变成少数学人的自言自语。

第三辑

从爱国志士到千古罪人

——秦桧心路历程解读

中华文明，源远流长，在数千年的历史长河中，杀身成仁、光彪史册的忠臣义士前赴后继，代代相传。不过，被打入历史另册、落下千载骂名的奸臣小人之流也实在不是少数，仅仅是经常挂在人们嘴边的，就可以列出一个足够长的黑名单。

这个古老的国度既是一个孕育英才的摇篮，也是一个盛产奸臣的地方。我们的先人特别强调名分之辨、忠奸之别，而能引起他们争论的话题又特别多，从抵抗外族的入侵到皇帝立嗣的选择，从帝王陵墓的修建到服装颜色的配置，从制度的变更到个人的言行等等，都是可以引起激烈争论，并能从中分出忠奸来的。导致忠奸之别的由头既多，由此产生的忠臣奸佞数量自然也就可观。

老实说，从现代人的角度来看，其中有不少背了数百年乃至千年黑锅的“奸臣”在今天是可以翻案的，最起码是值得同情、可以理解的，比如王莽，比如曹操，比如王安石，但有些人则是永远不能翻案的，再过几百年乃至几千年恐怕也是如此，比如秦桧就是其中的一个。

不少中国人从小就知道秦桧是中国历史上的头号大奸臣，但老实说，除了他以“莫须有”罪名冤杀抗金英雄岳飞外，人们对其生平事迹了解并不多，大体上超不过小说《岳飞全传》之类的范围。有关史料缺乏，后人不愿为其作传固然是一个因素，更为深层的原因则是人们因唾弃其人而不愿意对其生平事迹有更多的了解。

不过，情感上的厌恶是一回事，学理上的探讨又是一回事，笔者以为，对秦桧生平事迹的研究还是有其重要价值的，最起码可以通过对秦桧走向奸臣心路历程的探讨总结出一些历史的教训，也许由此可以减少几个危害国家民族利益的奸臣产生。

恐怕很少有人想到，以卖国求荣、屈膝投降著称的奸臣秦桧早年还一度是个挺有主见、口碑不错的主战派人士。从来没有天生的奸臣，这是可以肯定的，在古代中国，人们从小接受的教育都是以儒家思想为根基的，儒家所特别强调的忠君爱国，早已成为社会各个阶层的共识。因此，没有一个人会把做奸臣当作自己的人生目标。

中国人很喜欢追溯人的家世，希望由此找到个人的善恶之迹，不过这种经验在秦桧身上并不适用。从有关记载来看，秦桧的家世相当清白，祖上多是不得志的下层文士，到他父亲这一代才开始做官，不过也只是做到县丞、县令之类的小官，而且还以“清白”闻名。由于父亲的早逝，秦桧跟母亲一起投奔家境同样并不宽余的舅父，在贫寒困窘的环境中长大成人。

总的说起来，他还算是个好人家的苦孩子，其后来的飞黄腾达都是个人努力的结果。应该说清白的家世更容易成为孕育忠臣义士的摇篮，历史上此类例子甚多，不胜枚举，不过这个历史定律在秦家却失去效力，这个还算聪明伶俐的子孙日后果然权赫一时，但这并没有达到光宗耀祖、惠泽子孙的效果，相反它带给祖先和子孙的却是无尽的耻辱。

尽管出身贫寒，生活坎坷，但秦桧早年的人生道路还算顺利。他 25 岁时就已考上进士，步入仕途，而且还娶了一位前宰相的孙女为妻，成为豪门大族的乘龙快婿，为日后的仕途修筑了一个相当坚实的人生平台。如果不是随后发生的历史巨变，以其精明才干用于国计民生，他也许会成为一位口碑相当不错的官员，被收入循吏传。

但历史就是历史，不能更改，也不能假设。外族入侵引起的战乱和灾祸对一个国家民族而言是一种大不幸，对那些肩负平天下使命的文人士大夫来讲，更意味着一种历史责任的增加，多了一种人生道路的选择。

起初，在大兵压境的危急时刻，秦桧的抗战立场还是相当坚定的，他临危不乱，反对割地称臣，反对张邦昌的称帝，主张保存赵氏，于危难的国事中逐步显示出其过人的见识和才干，他本人的官职也在这种混乱的场面中节节上升，从太学正一直做到御史中丞，而且在士林中的口碑甚佳。为此他也付出了沉重的代价，激怒了敌方首领，被金人拘捕到北方数年。

应该说，秦桧的表现在当时是相当突出的，非众多惊慌失措、弃官而逃的大臣可比，而且我们也相信他当时言行的真诚，并非是在做政治投机。

但就是这样一位立场坚定的抗战派人士，后来却摇身一变成为言必称和、卖国求荣的主降派，人生前后如此巨大的反差给人们带来许多感慨，也带来很多疑惑。他让人们想到了几百年后有着类似经历的现代头号汉奸汪精卫。

想当年，风华正茂的革命党人汪精卫热血沸腾，潜入京都进行刺杀活动，被捕后大义凛然，宁死不屈，一时间成为多少少男少女心目中的偶像。但谁又能想到，几十年后身为国家领袖的他在国家民族最为危急的时刻竟离国叛逃，主动投入侵略者的怀抱，沦为不齿于人类的大汉奸。

秦桧人生态度的巨大改变发生在他作为俘虏生活在北方的那几年间，至于其间的具体情况，因史料的缺少而难以确知，不过有一点是可以肯定的，那就是作为俘虏的秦桧在那里不会生活得多愉快，无论是物质上的还是精神上的。不过这种磨难没有合乎逻辑地将他培养成杀身成仁的文天祥，反而将其训练成金国的高级“间谍”，这恐怕是很多人没有想到的。

他以“间谍”身份回到南方固然是金国出于当时形势考虑的委派，但更为重要的是，此时的他已经彻底放弃抗战图存、收复失地的正义立场，心甘情愿地充当金国在南宋的政治代理人这一卑鄙角色。何以前后会发生如此巨大的转变?

据笔者之见，秦桧这一巨大转变的主要根源在于他对国家民族前途的绝望。相信当时在北方忍辱偷生的诸大臣中，同样绝望的不仅仅是秦桧一个人。国破家亡，连皇帝本人都做了敌国的俘虏，个人还能有什么光明的前途和希望。

面对绝望，有的人会失去对政治的兴趣，或明哲保身，或别有寄托，或隐逸出世，于苦闷孤独中湮没于漫漫的历史长河；有的人则会选择投机，放弃立场而重新开始人生，秦桧恰恰选择了后一条道路。

多年深受儒家思想熏陶的他不会不清楚这一举动在道德上意味着什么，在史册会留下什么。不过此时先人的谆谆教诲已经不能解决眼前面临的困境，丹心照汗青的雄心壮志也已经让位给个人荣华富贵的选择了。当对国家民族前途命运的绝望一旦和个人日益膨胀的私欲交织在一起，这个人就算完了。

多年维系的道德底线一旦被突破，潘多拉的盒子一旦被打开，个人就陷入了同历史、同道德的狂赌中，就没有什么可以顾及，就没有什么坏事做不来了，其后，秦桧执政期间的独揽大权、卖国求荣、结党营私、枉杀忠良等种种丑行都可以从此找到根源。

汪精卫不也是如此吗？以他当时比秦桧更为显赫的身份和境遇，谁能想到他当汉奸比一般的败类更积极。对国家民族前途的失望，对更多实权的渴望，使他和手下的一班爪牙选择了投降的道路，而且比秦桧来得更为直接，干脆另起炉灶，自己建立小王朝。人还是这个人，硬件没变，但程序已经被彻底改写了，被敌人装上了木马程序。

建炎四年，也就是公元 1130 年的年底，做了几年俘虏的秦桧忽然南归。据他本人说是“杀监己者奔舟来归”，不过当时就有不少人表示怀疑。确实，一个文弱书生囚禁几年后，不仅从防范森严的金国跑出，将监视自己的人杀掉，而且还带着老婆和仆人长途跋涉，竟然如此顺利，安然无恙，除非有特异功能，否则很难相信这一奇迹。

但这样一个漏洞百出的谎话就是有人相信，那位同样曾编造泥马渡河神话的高宗皇帝就深信不疑。老实说，笔者对他是否真的相信秦桧的说辞颇为怀疑，甚至怀疑他可能知道秦桧的间谍身份及其特殊使命。不过对这位老兄来说，只要能维持现状、继续让他做皇帝就行，别的也就顾不上了，也许他和秦桧之间有什么见不得人的秘密交易。

不管怎样，秦桧就此开始了他的新生活。不过，此时的秦桧也不复当年那个风华正茂、满腔热血的年轻人了，两度做宰相，独揽朝政 18 年的仕宦生涯使他过足了官瘾，也铺就了他的罪恶之路，将他牢牢地钉在历史的耻辱柱上。

对那位高宗皇帝来讲，无论是战是和，只要能保住他的皇位就行，既然靠求和能达到这一目的，他就不会选择风险更大的主战，至于国家的尊严和民众的利益，对他来说都是维持皇位可以付出的代价。

就秦桧而言，求和是他南归的重要使命，也是他维系荣华富贵的根本。在主和路线上，君臣有着共同的利益，而且都会坚定不移。从此，在将近20年的时间里，宋高宗和秦桧成为一对配合默契的君臣搭档，将没有廉耻、丧失尊严的投降路线进行到底。而且令他们庆幸同时也令抗金人士无比尴尬的是，由于当时的特殊形势以及金国当政者的胃口太小，这种丧失原则的投降路线并没有导致王朝的覆灭，而是使这个王朝竟然得以苟延残喘了不少年。

几百年后，同样想得过且过的南明小王朝就没有这么幸运，女真的子孙们已经比他们的先人有了更大的野心和更为丰富的经验，他们相信自己的实力，再也不用采用扶植秦桧这种培养代理人的方式来维持南北割据的局面，他们要用武力征服天下。

大概是中原王朝历史上遭到异族过多入侵和伤害的缘故吧，历代的史家都对大敌当前的主战与主和给予特别的关注，往往将其视为忠奸的分水岭，将主和者视为投降派，将主战者塑造成正面人物。

其实，由于形势环境的复杂，事情往往不会这么简单。对这件事不能一概而论，而是应该辩证地来看。自然，按逻辑推理，主战派一般不会投降，两者相比较而言，主和者中的投降派比例无疑要高于主战派，但这并不意味着主和者就一定是投降派，将两者划等号无疑会制造大量的历史冤案。何况主战派也并非一贯正确，仗着自己是主战派，一副老子真理在手，得理不让人的气派，同样会把事情办砸。

令人遗憾的是，南宋小王朝的那些主战派人士正是如此，他们虽然有保家卫国的行为正当性，但缺乏大敌当前的团结精神，在喋喋不休的无谓争论中贻误了很多战机，同时也给主和派以可乘之机，比如秦桧就是在主战派的相互倾轧中渔翁得利而稳稳坐上宰相宝座的。

区别主和者是不是投降派，关键要看其主和的动机所在。因为无论是求和还是主战，对那些饱读诗书、经常舞文弄墨、在朋党斗争中成熟起来的大臣们来讲，需要多少理由可以讲出多少理由，而且都是冠冕堂皇，上得了台面的。

如果只是将和与战当作一个以救亡图存、收复失地为前提的战术问题，比如以求和为喘息备战的良机，目的在保全国家和民族的利益，像这样的和是可以考虑，而且是可以接受的。以当时南宋的不利局面，采取战和结合的灵活方式以图存，并进而光复旧地，不失为一种良策。

但如果求和的目的仅仅是为了个人见不得人的私利、为了得过且过似的苟延残喘，不顾民众的强烈呼声，不顾国家和民族的尊严和利益，这种求和行为无疑是应该给予毫不留情的谴责的。而秦桧的求和恰恰正属于后者，正如前面所提到的，求和是他南归的重要政治使命，也是他在南宋王朝的立身之本。

因此，求和已经成为他的一种近乎本能的反应，哪怕是南宋处在优势的一方时也是如此，这也就不难理解为什么当岳飞等人大获全胜、准备扩大战果时，秦桧却那么着急地怂恿高宗皇帝将其招回，并利用极其卑鄙的手段将岳飞等人除掉。正是秦桧对主战派人士的迫害、屠杀，自毁长城，彻底将抗战事业破坏掉，并形成一种非求和无以生存的困窘局面，使后来的继任者想抗战而不可得，只能在无尽的屈辱和绝望中等待王朝的覆灭。

秦桧以求和得到了个人的最大利益，他成为奸臣的性质与历史上曾得到“奸臣”之名的曹操、王安石截然不同。他的求和是维护个人利益的一种手段，以国家、民族的尊严和前途为代价。

汪精卫也是如此，尽管他和蒋介石有种种矛盾，但这并不能构成他叛国投敌的理由。他在投降前也发表过很多慷慨激昂、激动人心的抗日言论，但转眼间成为人人唾骂的卖国贼，这种转变一时间曾让人感到十分困惑。但只要深入分析，不难看出其中的内在思路。对秦桧和汪精卫这种人而言，对前途的失望和对权力的渴望是决定他们政治动向的基础，战与和不过是一种手段，需要的时候都是可以变化的。

绍兴二十五年（1155）十月二十二日，66岁的秦桧终于在人们等待的目光中走完其罪恶的一生，他的政治搭档宋高宗为其神道碑提额，并将调子定得极高：“决策元功，精忠全德。”

但明眼人都知道，这绝对是对这几个好词的践踏，秦桧是当不起这些词的，不过他也只能这样写，因为否定秦桧就是否定他自己，何况秦桧也确实是功臣，是他得以苟且偏安的功臣。与此形成鲜明对比的是，虽然皇帝带头将神道碑文写得这样好，但下面就是没有人愿意或胆敢为其撰写碑铭，结果碑文就这么一直空着，形成了中国古代历史上绝无仅有的有额无辞的奇特景观。

权倾18年的宰相死后落到这个下场，恐怕是将后事计划得十分周密的秦桧所没有想象到的。他生前曾以种种手段篡改历史，往自己脸上抹了很多香粉。但历史是公平的，不会让一个人将所有便宜占尽。

一百多年后，被秦桧弄得奄奄一息的南宋王朝终于在元王朝的铁蹄下化为历史陈迹，另一个北方少数民族入主中国。尽管有华夷之辨的顾忌，但正是这个少数民族王朝主持编写的《宋史》中首先将秦桧列入了《奸臣传》，将秦桧送到了历史上他应该去的地方。这，就是历史。

朱家角：翻开大上海的第一页

感谢中国近代小说暨陆士谔国际研讨会这个难得的机缘，是它使笔者渴望已久的上海之旅竟然有一个如此别致的开端。会议在上海郊区的一个江南小镇朱家角召开，近代著名小说家陆士谔就出生在这里。

参加会议的代表中有的是第一次到上海，有的则是故地重游，但此前几乎没人听说过朱家角这个名字，没有人能想到在上海这个现代化大都市的西侧竟隐藏着一个原貌保存得如此完好的江南小镇，也没有人能想到这个有着上千年历史，出过五十多名进士、举人的地方还孕育出一位开风气之先的近代小说家。

两天的会议中，代表们沉浸在小镇“小桥流水天然景，原汁原味明清街”古朴雅致的意境中，往返于静谧的小镇与喧闹的都市间。早上还沉浸在江南水乡的幽雅情调中，晚上一下又置身于充满异国情调的上海外滩，看着灯火辉煌的十里洋场，看着高耸入云的东方明珠电视塔、国贸大厦，那种极其复杂的感觉恐怕除了用古人的沧桑巨变一词来概括外，不可能再找到更准确的词汇来描述。

从古色古香的江南小镇朱家角到中西合璧的上海外滩，风物景观、氛围格调的极大反差使这种地域的简单对比获得了一种意味深长的象征意义。几十公里的路程、个把小时的旅途，如同在观赏一部充满诗情画意的艺术影片，两个地点在脑海中的不断重叠形成了一种奇特的蒙太奇拼贴，使地理空间上的闹与静、中与外和历史时间上的古与今、新与旧有机地交融在一起，营造出一种极具沧桑意味的意境和氛围。它使人目睹了上海从江南小镇成长为现代大都市的百年历史。

小镇古朴风貌保存的意义并不仅仅是增加了一个新的旅游景点，更为重要的是，它是透视上海乃至中国近代发展历程的一个绝佳窗口。从这个角度来看，朱家角原始风貌的保存对今天的上海有着特别的意义，它为百年上海发展历程的追溯提供了一个极富诗意的起点。

如果将时光倒转到一百多年前，那时的上海也不过是一个放大了的朱家角镇，但就是在这一个多世纪的时间里，因着历史的特殊机遇，上海走完了从江南小镇到中国最大都市的现代化进程。

在风清月明的夜晚，伴三五好友，信步穿行于小桥流水、亭台楼阁间，流连于狭长幽深的街巷里，看着家家户户专心制作熏豆或饭后闲聊的那种安然自得的情景，仿佛通过科幻小说中的时光穿梭机又回到一个多世纪前的那个时代。

房屋街巷仍是明清时期的房屋街巷，主人却已经换过好几代，但小镇古朴厚纯、静谧安和的韵味仍是一脉相承的。为迎接游人而整修的老宅街巷显得过于精致，让人不自觉地从生活状态进入艺术情景，而对这里的居民来讲，这不过是已经沿袭了数百年乃至上千年的普普通通的日常生活。拍摄古装影片已不需要过多的整饬，随时就可以开机。悠久的历史在这里留下了十分丰厚的文化遗存，依河而建的咸丰酒店、气派精致的马家花园是游人必去的地方，镇上风味独特的特产熏豆和扎肉也是必定要品尝并带回去送给亲友分享的。

在这里，随便一座桥、一座房子、一处石碑，当地人都能对其久远的出处和来历如数家珍，而且大多有文献记载可证，绝非一般旅游景点导游那种捕风捉影似的信口开河。久经风雨的历史及其遗留的丰厚文化遗存是小镇人生命中的有机组成部分，也是全体小镇人的骄傲。

也许周庄的风物景致更有江南水乡的味道，也更闻名，但这里有着其他地方所无法相比的浓郁的文化蕴涵，因为在小镇的背后站着一个中国最大的繁华都市——上海。社会历史的巨大变迁使新旧上海的对照产生心理上的梦幻之感，但只要想象一下从一个江南水乡小镇到现代繁华都市的传奇般的变化，就会明白朱家角为什么具有周庄所难以获得的文化分量。在这个江南小镇开会漫游的两天中，笔者的脑海中总是涌现出上海这个字眼。

笔者的朱家角之行不过是会议组的精心安排，并非个人有意的访古，因为在此之前笔者从来没留意过这个小镇的名字。后来才了解到，就是长期居住在上海的市民到过这里的也不多，正是因为这个缘故，它得以更多地保存了江南小镇的原貌，成为见证上海沧桑巨变的文化活化石。

笔者到这里主要是来参加一个学术研讨会，为了纪念一个出生在这个小镇上的近代小说家，一个从朱家角镇走向大上海十里洋场的新式文人。这个人名叫陆士谔，如今这个名字恐怕就连专门从事近代文学研究的人都感到有些陌生。但在当年，陆士谔可是一位在上海文坛上十分活跃的小说家，其名字频频出现在各类报刊上。

从目前所掌握的材料来看，其创作之勤奋、写作速度之快、作品数量之大实在让人吃惊，即使和拥有电脑、扫描仪的当代自由撰稿人相比也并不逊色。其一生创作的小说作品数量虽然目前还未有准确的统计数字，但至少在一百部以上，仅仅是这个数字在近代已无人能比，更何况在小说之外，他还编著了大量的医学及其他著作。

陆士谔早年学医，手不释卷，遍读古今医书，造诣颇深，学成后曾悬壶朱家角镇一段时间。初到上海时，他准备以祖传的医术为生，但很快他就融入这个得风气之先的现代都市中，转而从事一种赚钱更快、名声更大，同时也更有意义的新职业，自觉走上卖文为生的人生新路。此时小说界革命的呼唤已成为中国文坛的最强音，并已经从最初的倡导进入收获阶段，中国文学正处于从古典到现代的重要转型期。

陆士谔自幼喜爱稗官野史，家中藏书甚丰，加之记性奇好，这使他得以快速地进入小说创作状态。不过，从一名传统名医到一位新小说家的转化，跨度实在是太大了，而且的确具有不同一般的象征意义，这不仅仅是文学创作上的变化，更为重要的是其间所体现的人们的生存状态、生活观念的深刻转变。个人的际遇往往是一段历史的浓缩，陆士谔极富传奇色彩的一生就记录着上海从江南小镇走向现代大都市的艰难进程。

陆士谔写作小说也许有更多的商业动机和谋生考虑，缺少开启民智、唤醒国民的自觉意识，其文学成就在当时也不能算是第一流的，不能和写作《官场现形记》《老残游记》的李伯元、刘鹗等人相比，但是，他的小说有着自己的独特风格，他喜欢旧瓶装新酒，利用古代小说中的人物演绎现代故事，其作品如《新三国》《新水浒》《新野叟曝言》《也是西游记》等皆是如此，以旧人物新世界的巨大错位和反差营造戏剧化的特别艺术效果。

以文为生的写作方式固然带有浓厚的商业气息，但未尝不是对劝善教化创作传统的一种消解和背叛，轻松自如的创作状态使他的作品带有不少游戏意味，比如他喜欢把他本人和身边所熟悉的亲朋好友写入作品中，使得作品真假难辨、扑朔迷离。

应该说陆士谔身份职业的转化较之当时的其他文人具有更多的文化含量，因为他就出生在上海近郊的朱家角镇，也算是地地道道的上海人，因为他曾是一位与文学毫无关系的传统名医。

可以想象，如果没有上海的开埠，没有近代出版业和报刊业的高度发达，没有外地人涌入上海成为新文化的消费者，他也只能是一名循规蹈矩的地方良医，最多不过是一位传统意义上的文人，于行医之余与几位好友吟诵几句诗词而已。

但是上海的社会文化转变给他提供了难得的实现人生价值的机会，他也牢牢地抓住了机遇，终于成为一名开一代新风的近代小说家。上海人精明强干、灵活敏捷、善于借鉴他人长处的特点在他身上得到了充分的体现。上海的沧桑变化固然有太多鲜血和生命的代价，但这一代价也同时记录着中国人走向现代文明之旅的不懈努力。

明丽精致的江南小镇风物景观给人们带来的不仅仅是视觉上的美感，而且还带给人们许多值得沉思的问题，使人们在思古之情的感发中体悟到人生与历史的内在蕴涵。在这里，哪怕是一间普通的房屋或一件粗朴的家具，在主人们经意或不经意间营造的氛围格调中，都会给人一种难以言传的历史沧桑感。

在朱家角镇流连的两天时间里，笔者心中一直在进行古典与现代的对话，意外地温习了江南水乡往日的风貌，纪念了陆士谔这位从朱家角镇走向大上海的文化先驱者，这位代表了当时从乡镇走向大上海的一代新人，尽管在他身上还带有浓厚的泥土味，但毕竟已走出了可贵的第一步。

确实，如果把外滩当作一部上海史的封面的话，朱家角注定就是这部历史的第一页。

恻恻芬芳绕侠气　惊才绝艳谁能媲

——记晚清才女刘清韵

千古文章未尽才，这句话用来概括中国古代妇女的文学创作状况真是再恰当不过。的确，在中国古代，由于特殊的历史原因和文化机制，许多很有才华的女子受到压制或被埋没，能够充分发挥个人才能，和男作家并驾齐驱者可谓凤毛麟角。

至于在被视为小道末技的戏曲领域，女性作者本来就不多，能够和男作家抗衡的也就少之又少。虽然很少，但并不是没有，被著名学者谭正璧先生称为“女性戏曲史上最光荣的一页”的晚清才女刘清韵就是其中杰出的一位。

刘清韵，字古香。生于道光二十二年（1842），因出生时母亲梦见观音手持梅花，故又给她取了个小名叫观音。刘清韵出身于江苏东海一个盐商之家，她的父亲刘蕴堂是二品封鹾商，家业最盛时有盐池 200 座，土地 200 顷。

富裕的家庭条件使她得到比一般家庭女孩更好的教

育，当然这也和她父亲的开明有关，“以稍聪慧，爱而教之读”，加之她本人天资聪慧，很快就崭露头角。据说她一岁能言，二岁识数，三岁认字，四岁而能背唐诗、辨四声，很早就表现出很高的天赋。六岁时，她被送到家塾和男孩子们一起读书，到十二岁时，已是能诗善画、在当地小有名声的才女了。

咸丰九年（1859），正值妙龄的刘清韵嫁给沭阳才子钱德奎。钱德奎，字梅坡，号香岩，多才多艺，是当地有名的才子，著有《谈易》《国学丛书》《宋词比较》等。才子配才女，这桩婚姻成为当地的美谈。

婚后，两人相知相得，生活很是美满。他们经常在一起咏诗赋文，切磋技艺，并相互为对方的作品题诗品评，比如后来刊印的十二种小蓬莱传奇卷首均标明“古僮钱梅坡香岩校订”，刘清韵也为丈夫的书画作品题了不少诗。刘清韵后来总结自己的这段生活，很是满意，“来归外子梅坡，又以笔墨相怜重，人生遭际，可云无憾”。

在这种长时间优裕闲适的生活中，刘清韵创作了不少作品，其中有诗词、散曲，也有戏曲，她还为自己的书房起了十分雅致的名字：小蓬莱仙馆。其间值得一提的是，同治六年（1867），她随丈夫南游杭州，在紫阳书院听讲，并与著名学者俞樾结下师生之谊。

其后，她还随丈夫到沭阳书院听讲，拜当地名士王诩为师。这些机会在当时对一个婚后的女性来讲，是十分难得的，它不仅扩大了刘清韵的视野，对其文学创作当也有一定的积极影响。

光绪十五年（1889），刘清韵开始整理自己历年所作，准备结集刊印。她为自己的集子写了自序，还请老师王诩写序。到光绪二十二年（1896）时，她所作的二十四种传奇也均已完稿。

第二年，她和丈夫再次南下杭州，将自己的诗词集和十种戏曲作品送给俞樾请教，俞樾对她的作品很是欣赏，欣然为其作序，并帮助推荐刊印。然而不幸的是，这年秋天，沭阳暴雨成灾，刘清韵家的房屋被洪水冲毁，其未带出的文稿都埋于泥淖中，其中包括已完稿的十四种戏曲作品。

光绪二十六年（1900），俞樾作序的《小蓬莱仙馆传奇十种》由上海藻文石印社刊印。五年后，她的诗词曲集也分别收入陈蝶仙所编的《著作林》刊印面世。但这时刘清韵夫妇的生活却陷于困顿中，那场洪水不仅冲走了她的文稿，也冲走了她的家产，因生活缺少保障，她再不能像先前那样安然地吟诗作画了。

俞樾得知刘清韵文稿失落的消息后，很是惋惜，曾希望她"将淹没之十四种重写清本，以成全璧"，但刘清韵此时已没有重新写作的条件和心情了。

宣统元年（1909），丈夫因病去世，这对刘清韵又是一次沉重的打击。其晚年很是凄凉，生活窘迫，孤独寂寞，全靠亲友接济维持，"算开门七件，依然无着。这景况，看将来怎好”，这正是其愁苦心境的逼真写照。民国四年（1915），年已74岁的女才子刘清韵终于在贫困交加中走完自己的一生。

刘清韵的一生同宋代才女李清照颇多相似之处，她们都是早年生活优裕，有一个能够理解自己、和自己诗酒唱和的丈夫。晚年陷于不幸，在极端落寞中走完人生旅程。但是，她们在文学领域都取得了突出的成就。

刘清韵多才多艺，一生写作了不少作品，仅刊印传世者就有《小蓬莱仙馆诗钞》一卷、《瓣香阁词》一卷、《小蓬莱仙馆曲稿》和《小蓬莱仙馆传奇十种》，取得了多方面的文学成就。

她的诗词清新飘逸，挥洒有致，言辞间透出豪侠之气，自成一格，其老师王诩称其“不假师授，抗苏辛而揖秦柳”，给予很高评价。另一位当地名士周丹原也高度称扬刘清韵，认为其“诗笔清妙不名一家，词则逼近苏辛，迥非漱玉断肠之比”，“其人散朗有林下风，故笔墨亦潇洒无脂粉气，近代闺媛罕见”。

但是，后世最为关注的还是她的戏曲创作。据已刊行的十种作品来看，题材内容较为广泛，或写儿女恋情，如《氤氲钏》《鸳鸯梦》；或写家庭波折，如《镜中圆》《英雄配》；或写士子归隐，如《千秋泪》《天风引》；或写侠义情怀，如《丹青副》《飞虹啸》；或写市井世情，如《黄碧签》《炎凉券》等，结构布局、遣词行文也都很有特色。

俞樾称其“虽传述旧事，而时出新意，关目节拍皆极灵动。至其词，则不以涂泽为工，而以自然为美，颇得元人三昧。视李笠翁十种曲，才气不及，而雅洁转似过之”。这既指出了刘清韵剧作的特点，又对其进行了比较公允的评价。

正因为刘清韵在文学上特别是戏曲方面的突出成就，后世屡有文章评述，像谭正璧的《中国女性文学史》、周妙中的《清代戏曲史》都将刘清韵列专节介绍，《历代妇女著作考》《中国大百科全书·戏曲曲艺卷》《中国戏曲志·江苏卷》等大型辞书也都将其收入，列为专条，散篇的评价文章也屡屡见于报刊。

近年来，由于研究者的努力，在刘清韵的家乡陆续发现了不少珍贵的材料，如 1987 年，淮阴市文化局李志宏在刘清韵家乡发现了民国间刊印的《沭阳县钱氏族谱》，解决了学术界悬而未决的刘清韵生平、生卒年、名号等问题。

1990 年，李志宏又发现了民间传抄的久已失传的两种刘清韵戏曲作品《望洋叹》和《拈花误》，这样人们已能看到刘清韵的十四种戏曲作品，无疑，这对刘清韵的研究具有较大的推动作用。相信随着研究的不断深入，还会有更多的人关注这位晚清才女。

国内第一部中国文学史著作究竟何属

第一部中国文学史出于外国人之手，这是学术界所公认的，至于国内第一部中国文学史著作究竟出于何人之手，则成为一桩学术公案，长期以来众说纷纭，未能得到彻底的解决。因事关中国文学史研究的起点标界和源流变迁，因此有必要予以辨析。

长期以来人们一直将林传甲的《中国文学史》看作是国内学者所编撰的第一部中国文学史著作。但是从二十世纪八十年代起，陆续有一些研究者如钱仲联、王永健、孙景尧等提出质疑，他们将黄人的《中国文学史》视作第一部国人编撰的中国文学史著作。

近来王永健先生在《“苏州奇人”黄摩西评传》一书中旧话重提，根据新发掘的有关文献资料，对这一问题进行梳理辨析，再次认定黄人的《中国文学史》为国内第一部中国文学史著作。[1]

王先生的考证理清了黄人《中国文学史》的编撰动机、编撰过程及发表、出版时间等有关情况，为研究者提供了新的学术信息，但他所做出的黄人《中国文学史》为国内第一部中国文学史著作的结论则不能令人信服。

一般来说，比较两部著作的早晚有两种比法，一是比编撰时间的早晚，一是比发表、出版时间的早晚。以笔者之见，以编撰时间为标准进行比较似乎更合情理些。

以前的比较之所以引起争论，是因为它存在两个方面的问题：一是没有真正弄清楚两部中国文学史著作编撰、出版的具体时间；二是将一部著作的编撰时间与另一部著作的出版时间相比。王先生的结论之所以不能令人信服，就在于他是以黄人《中国文学史》的编撰时间去和林传甲《中国文学史》的出版时间进行对比。显然，要解决这一问题，首先要弄清楚这两部著作的具体编撰时间和出版时间。

先看林传甲的《中国文学史》。学界一般认为该书初版于宣统二年（1910）六月，笔者所见到的是1914年由武林谋新室出版的第六版，开本、页码、出版、印刷、发行机构与宣统二年六月版本完全相同。[2]

① 王永健《“苏州奇人”黄摩西评传》，苏州大学出版社2000年版。

② 陈玉堂《中国文学史书目提要》，黄山书社1986年版，第3页。

值得注意的是，该书后面的版权页上同时还写着“宣统二年六月朔校正再版”的字样，显然这表明宣统二年六月印本并不是初印本。该书卷首有一篇署名弋扬江绍铨的序言，文中明确交代了林传甲编撰《中国文学史》的具体时间和过程：“甲辰夏五月，来京师主大学国文席，与余同舍居，每见其奋笔疾书，日率千数百字，不四阅月，《中国文学史》十六篇已杀青矣。”

甲辰是光绪三十年（1904）。这段文字交代了林传甲进京师大学堂并开始编撰《中国文学史》的时间是光绪三十年农历五月，编撰时间是三个多月。江绍铨和林传甲当时住在同一个宿舍，由于是亲眼看见，他的话应该还是比较可信的。

《中国文学史》目录后林传甲的一段说明也与此相吻合：“传甲不才，今置身著述之林，任事半年，所成止此”，文后所署时间为“光绪三十年十二月朔”。由于林氏的《中国文学史》是作为讲义使用的，最早刊印的时间应该当在1904年。陈玉堂《中国文学史书目提要》中也说“讲义本署名林归云，1904年印。又有1906年印”[①]。

黄人开始编撰《中国文学史》的时间据王永健先生所引徐允修《东吴六志·志琐言》是在1904年，具体月份则

① 陈玉堂《中国文学史书目提要》，第3页。

不清楚。黄人编撰该书共用了 3 年时间，到 1907 年才全部完成。

至于出版时间，王先生认为在编写过程中就已随写随印，并进一步说明“当系内部发行，印数不多，外地见者极少”。[①]1907 年，《东吴学报》和《学桴》刊发了其中的一部分。1926 年，经王文濡整理后出版。

至于该书没有标明出版时间的上海国学扶轮社印本，王永健先生认为最早当刊印于 1911 年，而陈玉堂先生则认为上海国学扶轮社印本约于 1905 年前后出版[②]，不知两者孰是。

由上面所做的梳理辨析可以看出，林传甲和黄人的《中国文学史》都是作为讲义而编撰的，开始编撰于同一年，即光绪三十年（1904），尽管无法确知黄人开始编撰的具体月份，但两者之间的时间差不过区区几个月，因此完全可以说是同时编撰的。因为是作为讲义，很可能都是随写随印，所以刊印的时间也基本上是一致的。

至于对外刊布正式出版时间的早晚，因黄人的《中国文学史》上海国学扶轮社印本的具体出版时间不能确知，所以无法进行比较，但相差也不会太多。因此，国内第一部中国文学史著作作者的称号应该由两个人分享，他们同

① 王永健《“苏州奇人”黄摩西评传》，第 206—207 页。
② 陈玉堂《中国文学史书目提要》，第 1 页。

是中国文学史著作的开创者。至于两部中国文学史著作水平的高低、影响的大小，这已不是本文要解决的问题。

不过将来随着新材料的发掘和研究的不断深入，这一问题可能还会有新的结论，陈玉堂的《中国文学史书目提要》一书在黄人、林传甲的《中国文学史》之后，紧接着就介绍了窦警凡的《历朝文学史》，它也很有可能是国内第一部中国文学史著作。只是现在没有看到该书，不知道其性质及编撰、出版时间，还无法下最后的结论。

大器晚成

人的资质经历不同，出道成名的时间自然也就有早有晚，如果较之通常情况晚上三五年或十数年，就叫大器晚成。当然这只是个含糊的说法，到底人晚到什么程度成名才叫大器晚成，并没有谁去做硬性的规定，每个人拥有天赋机遇的情况不同，出名成家的年龄也就没有固定的标准。

不过生活自身的魅力正在于此，大器晚成这种富有戏剧性的人生经历不仅让我们这些普通人领略了平淡生存的神奇和诱惑，而且给了我们一些摆脱平庸生活的希望和借口。近来读到李贵连先生的《沈家本传》一书，对大器晚成这个词有了一些更为感性的理解和体会。

尽管沈家本这个名字对一般人来讲颇有些陌生，但凡对中国近代历史有较深了解者都知道，这位老先生在晚清政坛上可是一位了不得的风云人物，他曾担任晚清钦定的修律大臣，主持修撰新法，中国第一批具有现代色彩的法律就出自他的手下；又有很好的学问，精通法律，著述等身，既是中国传统法学的集大成者，同时又开中国现代法律一代新风，是中国传统法律走向现代化的先驱者。

但与此形成鲜明对照的是，这位有着不朽业绩的大学者的人生经历却相当平淡，没有多少值得一说的传奇故事。在六十二岁之前，他的生活基本上可以用“不如意”这三个字来概括，无论是仕途还是学业。

他虽然也曾有过少年得志的短暂喜悦，很早就在乡试中奏捷，但很快，他便长时间地陷入科考的怪圈中，整整有十八年，他都在为赢得更进一步的科举功名而努力。后来总算随了心愿，但在其后的很长一段时间里，他不过只是刑部一位精通律例的普通公务员，在烦琐忙碌的公务活动中进行着人生的积累。

和蒲松龄等人一样，沈家本一生中的大部分光阴就这样被白白消耗掉，如果清政府也像现在一样实施六十岁退休制度的话，沈家本也就失去了大器晚成的机会，恐怕如今也就不会有这么多学者如此关注他了。

这就是沈家本平淡而神奇的人生。直到六十多岁时，他才获得重用，被任命为修律大臣，施展抱负，终成一代律学名家。总的算来，上帝只给沈家本留有十年的时间来实现个人的价值。

短暂的十年相对于先前漫长的六十年，正好是后者的六分之一，时间确实是短暂了些，但对精通律学、富有司法经验的沈家本来讲，这已经够了，他毕竟最终等到了这个难得的机会，比起那些沉郁终生而默默无闻者还算幸运。

正是这十年兢兢业业、卓有成效的工作成就了沈家本，使他在中国法律史上留下了重重的一笔，也正是这十年的辉煌，使先前寂寞等待中的漫长六十年获得了价值。六十二岁，照常理应该已经是追忆和总结人生的年龄，但它却成了沈家本人生辉煌阶段的开始。如此晚的大器晚成真可谓空前绝后，后世能够与之媲美的大概只有画家齐白石等极少数人。

在笔者看来，少年得志固然让人羡慕，而大器晚成则更令人钦佩，因为前者有不少天赋和机遇的成分，这是无法以个人之力得到的，而后者则纯然是靠个人的后天努力和毅力。能够到六十多岁而仍然不放弃，终于等到实现人生价值的机会，这并不是谁都能做到的，也许这就是伟人和庸人的一道分水岭。

在生活中我们常常见到有些人刚过四十岁甚至是三十多岁就已经放弃了人生该有的冲刺，将自己看来无法实现的梦想让子女去实现。这样，即使是有朝一日天上掉下馅饼，得到了施展才能的机会，恐怕也因才疏学浅而无法胜任。

可见，人的命运不到最后一刻确实是很难说的，不要轻言放弃，要甘于在寂寞中等待，在等待中把握机会。大器晚成是没有什么时间限制的，沈家本的人生经历也许可以给那些到了收获年龄还没有成就的人们一些信心和安慰。

依然白发老书生

——从陈独秀的晚年生活说起

自来亡国多妖孽，

一世兴衰照眼明。

幸有艰难能炼骨，

依然白发老书生。

1942年5月27日，四川江津城三十里外、一座偏僻的乡间小院，一个寂静得使人窒息的夜晚，一位瘦骨嶙峋的老人在饱经忧患磨难之后，终于没能逃脱死神的魔掌，极为不甘地停止了呼吸，在无限凄苦、孤独中走进了另一个世界。

很难将眼前这位满脸沧桑的老人与当年那个如雷贯耳的名字划上等号，也很难把如此悲凉凄惨的场景与这位老人早年轰轰烈烈的壮举联系起来。这不是虚构的戏剧情节，也并非夸大其辞的文学渲染，它是活生生的残酷现实。

而此刻，几百里外，火光冲天，炮声隆隆，这个令他念念难忘、深深眷恋的古老民族正在苦难的深渊中艰难挣扎。这位生性倔强、刚强，一生被捕五次，被称为“永远的反对派”的老人的去世对某些人来讲无疑意味着麻烦的结束和尴尬的解脱，但“盖棺定论”这句古话对这位老人来说显然并不适用，因为他此刻还背负着“汉奸”、“托匪”、“反革命”、“机会主义”等种种极为恶毒的骂名，即使其中只有一项罪名成立，也足以使老人跌进无边的深渊而永无出头之日。

滚滚长江东逝水，浪花淘尽英雄，但所有的是非成败都能随着一盏生命之灯的熄灭而从此变成虚空吗？

没有哪个人包括这位经常预测世界未来走势的老人本人能想到，一位叱咤风云、风流倜傥的历史领军人物最后竟走到穷途末路，以至于靠朋友接济来维持生存的悲惨境地。为什么一个一呼百应、对整整一代人产生过巨大影响的政治、文化领袖到最后竟然会被各种政治力量所抛弃，成为一个在夹缝中苦苦挣扎的多余者？为什么这个号称礼仪之邦的古老国度如此吝啬，竟然未能给一位如此挚爱着他的优秀儿女一个哪怕是仅仅维持生计、安身立命的归宿？

确实，这位老人在晚年陷入了重重困境，这种困境一方面是生活上的，连续的战乱和不断上涨的物价使他屡屡陷入困境，没有亲友的接济和帮助完全寸步难行，有时甚至还要看别人的眼色，但更大的困境则是精神上的，几乎所有的政治派别都在指责他，从延安到重庆，从莫斯科到上海，共产党、国民党、苏联、中国托派……无不视他为异类。

他甚至比当年自怨自艾、流连江畔的屈原更感孤独和凄苦，但远比屈原执着坚强，他就像鲁迅在《野草》中所描写的那位孤独者，独自前行，尽管不知道终点何在，尽管最后终将失败，但仍然坚持走下去，直到生命最后一刻，而绝不会自投长江以求解脱。他虽然无法解决自身面临的种种危机，但仍然满腔热忱地密切关注着国内外局势的进展，一篇又一篇地撰写着充满激情的长文，发表着自己对时局的主张，做着种种大胆的预测，尽管此时已经没有什么人再理睬他。他倒更像几千年前那位周游列国、四处碰壁的孔圣人，这位圣人在五四期间曾被他当成猛烈抨击的靶子，但到晚年之际，想必他已对这位与自己有过类似境遇的先哲多了一份理解之同情吧。

他一生中曾扮演过多种社会文化角色：报人、作家、教授、政治家……总的来看，成功者少，失败者居多。不过，最能体现其个性特色，也为其本人所认同的，还是书生这一角色。他虽然接受了不少来自异域的思想文化，但骨子里仍保持着中国传统知识分子的本色，他的狂狷，他的孤傲，他的激情，皆可由此得到合理的解释，皆可以从古代那些奇才怪杰的身上找到一些影子。忽视了这一点，对他的认识无疑是残缺的、片面的。

如果因屡受挫折而泛舟江上，惯看秋月春风，到美国去当寓公，靠出卖自己的传奇经历写自传谋求安逸超然的生活，那不是陈独秀；如果随便接受别人的施舍，拿十万大洋去组建一个花瓶一样的党派粉饰太平，去当政治摆设式的劳动部部长，那也不是陈独秀；如果不惜抹杀自己的个性人格，以投降者的低贱姿态去向延安方面道歉靠拢，那更不是陈独秀。

毫无疑问，在那个投机成为风气、朋友敌人瞬间转换的时代里，愿意这样做的人多的是，有的想这样做恐怕还没有资本和机会，而且这样做的人也都会找到各种各样冠冕堂皇、心安理得的理由，不必为之脸红，但唯独他陈独秀做不来，也不屑于这样做，他宁愿以写字卖文的方式来筹集谋生所需，靠着真正关心自己的亲友接济艰难度日。因为他不是一个投机者，因为他是一个有着铮铮傲骨的本色书生，虽然穷困潦倒，但穷困得理直气壮，潦倒得光明磊落。

书生从政在中国历史上曾经有过极为惨痛的教训，俗话说秀才造反，三年不成；秀才遇到兵，有理讲不清。这些话尽管浅白直露，但它是几千年历史经验的凝结，非常生动地点出了中国传统政治的本质和症结所在：中国的政治从来都不是按书本上所写的种种规矩来运作的，最起码是不按能摆在桌面上的那些套路来进行的，而是有着一套只可意会、不可言传的潜规则，以暗箱操作的方式完成。

纸面上的正义和规则不过是一张华丽体面的遮羞布，只有彻底胜利或失败后才需要、才会用得着。谁兵多势众、谁杀的人多，谁就是正义的化身，胜者为王败者寇，政权的更迭不过是一场充满暴力血腥的屠杀竞赛，正所谓“兴，百姓苦；亡，百姓苦”。

但历史上政治运作的没规矩没规则并不等于政治本来就该如此，政治并不生来就是个臭泥潭，它绝不是野心家、屠夫和流氓们的专利，书生是完全可以参与政治，而且也是必须参与政治的，官府的大门应该为每一个愿意报效国家、造福民众的有志之士敞开。

可以想象，如果将战场上的杀人比赛变成会场中的口才较量，将残害生灵的对决变成人皆有份的智力游戏，哪一个社会成本更低，哪一个老百姓受苦最少，哪一个更能促进社会进步，哪一个更为文明，明眼人自不难看出。为什么一定要把少数人政见上的不同变成全民参与的相互屠杀，而不是让老百姓以投票的方式进行选择？为什么政权的更迭一定要以大批社会精英的生命作为祭品，而不是让他们求同存异，皆有参与管理国家的机会？

谁也不能因为长期的黑暗就否定向往光明的合理性。在笔者看来，书生能否参政、一个政权给热心者多少参政机会恰恰是判断一个国家、一个民族文明程度的标志，否则我们就永远无法走出中国政治的黑暗怪圈。

不可否认，作为一名政治领袖，陈独秀身上确实存在着不少缺陷，比如他的固执、他的率真、他的书生意气等。这固然为他的政治生涯带来不少意外的坎坷和磨难，但不可否认，这也是一笔十分可贵的人生财富。

正是这种难得的固执、率真和书生意气，使他能够超越党派利益的小圈子，从更为广阔、深入的视野来审视国内外局势，常有振聋发聩的特异之见，大胆提出中国的事情应该由中国人来管，向打着国际旗号、行一己之利、蛮横霸道的共产国际、苏联之类公开叫板，向被他人视为偶像膜拜的斯大林、列宁等人不断提出质疑。丰富的人生经验和异常敏锐的洞察力使他成为一位超前的预言家。

半个世纪后，当那个不可一世的庞大帝国土崩瓦解时，我们不能不惊叹他深邃的目光。而在当时，这些预言却完全被当成了狂言梦呓，没有几个人认真对待。在二十世纪的中国乃至世界，除了陈独秀，还有几个人能在半个世纪之前做出这样准确的预言？为什么那么多号称一贯正确、消息更为灵通的政治家们却无此超远的识见？这不是很能说明问题吗？可以说，陈独秀的失败并不是败在性格，不能因此而将所有的责任都推给他。

平心而论，曾被后人无限夸大和神话化的辛亥革命不过是从形式上赶走一个皇帝而已，大清帝国的灭亡并不意味着封建体制和意识的消失，整个社会反而因权威、核心的丧失从此变得更加动荡和混乱，不断有人争着填补由此形成的政治真空。

看似取得胜利的革命并没有从根本上改变传统政治的那种枪杆子里出政权的运作规则，依然是谁的枪炮精良，谁杀人最多，谁就有着更多的发言权。北洋政府内阁走马灯似的更换，各派军阀间的分分合合、恩恩怨怨不过是这一规则的不断强化和现代变调而已。这个号称民主的民国政权几乎有着民主政治所需要的一切正当形式和程序，但它依然上演着帝王将相的情节剧，这正是典型的中国特色。

确实，如果把战场上的残酷厮杀变成议会里的激烈争吵，而不是以武力来决胜负，就像欧美各国所做的那样，相信陈独秀还是大有用武之地的，最起码不会失败得那么惨，以他的能力和声望，当个总统、总理之类不成问题。但是历史并没有给他这个机会，有着数千年文明史的中国还远没有进化到这种程度。

他要讲规则，但他的敌人和竞争对手却不讲，大家都不能走出中国传统政治的怪圈，于是他就只能被强行淘汰出局，成为现代政坛上的堂·吉诃德。他完全可以变成一个善变的政客，以他的别人难以企及的资历和声望，高官厚禄、荣华富贵并不是什么问题，但他没有这样做，因为他有他的人生准则。在别人看来，许多梦寐以求的人生良机一再被他放弃或浪费。

不过，其传奇人生的独特价值和意义也正在于此，尽管苦心经营的事业失败了，但艰难跋涉的人生经历并非毫无意义，精神人格也并没有因此而打折，依然焕发出永久的魅力。这也许可以理解为他过于超前，当然也可以世故地说他太天真了。

他深知中国的国情，却没有放弃自己的信念和人格去随波逐流，而是一心要改变传统的游戏规则。他的境遇即使是在当下，无论对新左派还是自由知识分子来说，都是极富启发意义的。可惜当时在兵荒马乱之际，大家皆忙于生存养家，忙于在势不两立的政治派别中选择立场，不少人还顾不上认真思考这一问题。

他曾经与胡适站在同一个起跑线上，起点甚至比胡适还高，两人由于个性、兴趣各异，分别走上了不同的人生道路。但到晚年，在将打着各种招牌的主义像走马灯似的尝试一遍之后，他又回到了原先的出发点，重新举起民主自由的大旗。正如胡适所说的，晚年的陈独秀已经不是什么托派，而是一位自由知识分子，走上民主自由的路了（见胡适 1949 年 2 月 23 日日记）。

回归并非简单的重新开始，它往往意味着升华和超越，这段弯路对他来说固然是一段极为痛苦的人生历程，但对历史来说，又何尝不因此而多了一笔宝贵的精神财富。在经历了一个多世纪的革命、改良拉锯战后，回过头来再重新审视一下当年的问题与主义之争，我们或许能悟出一些什么。

对一个在强大历史惯性推动下缓缓前行的古老民族来说，主义就一定比问题更正当、更有效吗？是进行狂风暴雨、脱胎换骨式的革命，还是着眼于具体问题的逐个解决，无论是回顾历史还是面对现实，这无疑都是值得深思的。一百多年来，在革命这一动听的词汇下掩饰了多少非理性的暴行和罪恶。

由这位老人坎坷凄凉的身世，我们还不能不想到那位因英年早逝而给历史留下巨大遗憾的李大钊。他和陈独秀有着更多的相似之处，两人完全站在同一条起跑线上，都是属于那种充满激情和幻想的浪漫书生。

不过，从陈独秀的最后结局来看，李大钊的早逝又何尝不是一种幸运和解脱。不难想象，如果再给他三十年跋涉政坛的时光，他该会面对一个怎样难堪的人生局面，从瞿秋白和陈独秀二人身上不难看出他的未来。历史车轮的前行往往需要付出鲜血和生命的代价，而不幸成为祭品的又往往是那些先知先觉的社会先驱和文化精英。

这位老人的政治生涯终于以过于凄凉的人生谢场而宣告失败，其中固然有其性格方面的因素，但更多的是个人无法抗拒的外力。一个人再强大、再能干，也无法抗拒由传统与时尚形成的潮流，不管这种潮流日后被证明是推动历史的还是阻碍文明的。

失败并不意味着过错，这位老人已经为此承担了过于沉重的历史责任和人生代价，他的名字甚至曾被用作推卸责任的挡箭牌。但他仍然是一位英雄，一位真正的悲剧英雄。他的悲剧也并不仅仅是个人的不幸，而是一个国家、一个民族的大不幸。

虽然历史是不能假设的，但未来却是可以幻想，可以规划，而且是可以为之付出努力的。我们怀念这位老人也并不仅仅是为了凭吊，文人墨客多愁善感似的哀伤惆怅是对这位老人的一种亵渎，我们的目的是面对历史，从这位老人富有传奇色彩的人生境遇中寻找通向未来的捷径。

几度夕阳，青山依旧，那些曾经显赫一时、不可一世的达官贵人们成群结队地随着滚滚江水东流而逝，再无踪迹，但有一些名字却因岁月的冲刷而更显苍劲、清晰。无疑，这位老人的身后是寂寞了些，低矮的墓前一茬茬枯荣轮替的衰草在寒风中形成无数问号，幽怨地诉说着人世间的孤独和无奈。

但历史注定是公正的，真相也是不可能永远被遮蔽的，尽管这相对于短暂的人生来说稍显迟了些。是的，这位生前身后都毁誉交加的老人至今还没有获得立碑塑像的荣耀，但他需要这些吗？

有形的塑像能将外在的形貌刻画得栩栩如生，却无法传达这位老人写满坎坷曲折的传奇人生的全部内涵；有形的塑像能逼真地再现那一闪即逝的音容笑貌，却无法表现这位老人风采独具的铮铮铁骨和高贵品格。他根本不需要这些人为的拙笨手段来刻意打扮美化自己，因为在后人的心目中，他是一座山峰，一座巍峨挺拔、令人仰止的雄峰。

王云五的意义

在长达近半个世纪的时间里，王云五这个名字在大陆一直带有较浓的负面色彩，排除党派性的意识形态之争不计，其学人之外的商人身份也是他难以为大陆学界所接受的主要原因之　。

与此形成鲜明对照的是台湾学界对王云五的极高评价，同一文化人物在海峡两岸竟有着反差极大的境遇，其中确有许多值得深思的东西。但不管是褒是贬，凡熟悉中国现代出版史者都必须承认，在商务印书馆的百年历程中，对其决策、发展方向曾产生重大影响者，除德高望重的张元济外，第二个就要数到王云五，他们二人一前一后，分别代表了商务印书馆发展的不同时期。

而且王云五的影响并不仅仅局限于商务印书馆，以商务印书馆在中国近现代出版、学术文化史上的巨大影响，倘要研究中国现代出版史、文化史，无论如何是避不开这位重量级人物的。好在近年来随着市场经济的实施，大陆出版业的商业色彩越来越浓，社会效益之外，经济效益日益得到越来越多的强调。

历史就是这样富有戏剧性，经过几十年的曲折摸索之后，我们似乎又回到了王云五当年所处的时代，遇到他当年面临的难题。王云五自然也就得到很多出版商的共鸣和研究者的关注。历史人物的热与冷，往往是出于现实社会的内在需要，王云五此时引起人们的关注也正是当下出版业状况的一种反应，其中有许多可以探讨的东西。

在一个具有重视义利之辩传统的国度里，对利的强调和追求必然要冒着被世人视为小人的道德风险，即使是在步入市场经济的今天，这一传统还没有从人们的观念中彻底退出。在中国古代，文人士大夫多依靠官府，或亲自出面刊刻自己的著作，这自然不需要考虑销售赢利方面的问题，而是根据个人的财力和能力来进行，因此，他们对以追求利润的私人书坊是看不上眼的，而私人书坊的恶名一方面是由于刊刻书籍的粗糙，另一方面则是其浓厚的商业气息。

在这种情况下，自然不会有文人士大夫心甘情愿地去做书坊主，除非他们科举无望，为生活所迫。好在那时文化和商业各自在雅和俗的层面上发展运作，并没有形成特别明显的交锋。

但当中国历史的车轮驶入现代文明社会之后，一切就都不一样了，文化成了商务色彩的文化，商务也成了具有文化色彩的商务，文化与商业不以人们的意志为转移地走到了一起。具体表现为：首先是文化纳入现代产业的范围，利润成为推动文化事业的一种内在驱动力，不管人们是否愿意承认；其次是学者介入现代出版业。

文化与商业的这种以出版为纽带的融合必然带来两者之间的紧张关系，其间既有学界与出版商之间愉快的合作，但又有两者的激烈冲突。学界考虑的是出版物的学术价值和印刷水平，而出版商则除此之外，更多地需要关注利润，如果无利可图，他们就不会表现出多大的积极性，即使该书的价值再高。

长期以来，学者们经常称颂和强调的是出版商不计成本支持学术的义举，自然这也是他们的一种愿望，对那些计较利润的出版商，他们往往采取不屑一顾的蔑视态度，而且话语权又往往操在他们手里。

在今天，那些曾买过书号、推销过自己著作、受过出版之累的学人对此当会有很深的切身感受。在商言商，对进入出版界的学者来讲，他们的商人身份以及他们的计较和精明肯定会付出道德上的代价。而道德恰恰是历来国人论定人物的基本尺度，即使个人做出的成就再大。明白这一点，王云五的不为大陆学者所接受自然也就在意料之中。

但是，王云五的意义也正在于此，他的现代企业运作方式、他的追求利润之举虽然为他带来了道德上的恶名，但他却为出版界所接受，他几十年在商务的稳固地位，后来出任民国政府的经济部长、财政部长就足可以说明这一切。

尽管他的经营和改革方式并不完全符合出版业的行业特点，如果运用在其他工商业上可能更为合适，但是他的这些努力并非毫无意义，他的成功和失败不仅在当时，即使是在今天都有很多可以借鉴的地方。当前中国的工商业正大力推进现代企业制度，半个世纪的实践证明了王云五的意义和价值。

无可否认，王云五的经营和改革会有一些负面的东西，但我们需要的不是指责和批判，而是理解之同情。可以想象，如果一个出版商不求利润，这个出版社何以能生存。学界那种让出版商不计成本支持学术文化的幻想只能是一厢情愿的，而且对学术的发展也未必有利。

换个角度来看，这种出于利润考虑的出版对学术文化的发展未必不是一种良性的制约，那种关注现实民生、面向大众的著作因其有潜在的市场而得到优先出版的机会，而过于冷僻的研究则受到限制。实际上学界内部的冷与热不也是如此吗？

出版商可以帮助那些过于冷僻的研究，但这不是他们法定的义务，这更需要得到政府和有关机构的支持。因此，一个优秀的出版商必须在学术与利润之间保持一种平衡，就像现在人们常说的，既要有良好的社会效益，又要有良好的经济效益。

一般说来，出版商大多会偏于一端，两者都能兼顾、还能使学界和商界都满意的出版商实在是寥寥。王云五就是这种能保持平衡者，他除了使商务印书馆发展壮大，获得丰厚的利润外，在文化普及和推动学术上还是做了很多事情的，如《万有文库》《大学丛书》《中国文化史丛书》等丛书的出版，这些在中国现代文化史都是要写上一笔的。在出版业日益商业化的今天，强调王云五的经营之道更有现实意义。他是将现代企业制度引入出版业的始作俑者，其灵活的运作方式和优秀的组织才能很值得今天的出版商学习借鉴。

王云五无疑是个成功者，胡适曾将把王云五介绍进商务印书馆作为自己人生的得意之笔，可见其对王云五评价之高。王云五把握住了历史给予他的难得机遇，在商务印书馆乃至中国文化面临重大转机的时刻走进中国现代出版业，走进中国现代文化的中心。

他的这种学者兼商人的双重身份和丰富经历对现代学者也是很有启发意义的。自八十年代中期起，中国经济持续走热，不少学者下海经商，但几年下来，成功者寥寥。其原因值得深思，最起码它使我们真切地认识到商人的独特价值，学者虽然文化素养很高，但做生意并不一定就是高手，商人不是什么人想当就能当好的，而能将学问和生意都做好，就更非一般人所能为了。王云五就是其中成就突出的一个，具有典范的意义。

就中国目前的现状来讲，优秀的学者并不缺少，但优秀的出版商却是难遇难求，而能将两样都做好者，更是无处可寻，但现实恰恰正需要这类人物。好在现在有不少人已经意识到这一点，出版界已开始出现了一批王云五类型的出版商，但还都没有做到他的份上。将来也许会有，但至少现在还没有。

独树一帜的学者型藏书家

——胡适藏书漫谈

无论是从收藏的规模、藏品的珍稀、对藏书的喜好，还是从版本、目录、校勘等知识的掌握，开一代风气之先的胡适都够得上藏书家的资格，尽管这一称号对获得过三十多所世界知名大学名誉博士、担任过北京大学校长、“中央研究院”院长的胡适来说并不能增加多少光环。

更有意思的是，不少人并不认可胡适的这顶藏书家头衔，甚至就连胡适本人也开玩笑地自嘲，自己“不是藏书家，只是一个爱读书能用书的书生”（胡适《找书的快乐》）。

比较有代表性的是伦明的《辛亥以来藏书纪事诗》和王謇的《续补藏书纪事诗》，两书专为近现代藏书家立传，网罗大大小小藏书家三百多人，竟然都没给胡适留一个位置。这无疑是个遗憾，也是有失公允的。

胡适本人早年曾说自己“有书癖，每见佳书，辄徘徊不忍去，囊中虽无一文，亦必借贷以市之”（胡适《留学日记》卷四之《余之书癖》)，可见他虽然谦虚地说自己不是藏书家，但还是十分喜爱购书藏书的。

而且老实地说，在这三百多位藏书家中，有相当多人的藏书不论是从规模还是从质量来说都赶不上胡适。自然，笔者写作此文也并非专为胡适鸣冤之类，不过是借藏书这一视角来观照胡适的人生世界，以达到对其人其思想更为全面深入的了解。

先说胡适藏书的规模和数量。胡适一生购书藏书以一九四八年十二月为界可以分成两个阶段。

其第一阶段的藏书有据可查的，有一百〇二箱，约一两万册。实际上加上散落别处的图书和资料，还不止这个数。这些藏书基本上都留在北京，他只带走了一套甲戌本《红楼梦》作为纪念。

胡适故居

到美国和台湾后，胡适重新开始聚书，日积月累，自己的购买加上朋友的大量赠送，数量也是相当可观的。据他本人的描述是，“现在住的地方堆满了”（胡适《找书的快乐》）。

不过，如果从藏书的规模和质量来看，第二个阶段自然无法同第一个阶段相比。因为他对自己晚年的藏书也并不满意，认为都是一些不相干的书，自己本行的书一本也没有，还需要靠“中央研究院”史语所及其他一些图书馆的藏书才能进行学术研究。

因此，讲胡适藏书的齐备和珍稀，自然主要讲其第一个阶段。

说到齐备，胡适是无法同很多藏书家相比的，因为他收藏图书与其他通常意义上的藏书家在动机上有所不同，其主要目的是为了学术研究，而且其研究多为实证式研究，注重考据，讲求版本、校勘，这就必须在大量搜集资料的基础上进行，胡适的搜集资料往往是那种竭泽而渔似的搜集。

比如他在撰写中国哲学史时，此类资料就置备得特别多，据熟悉其藏书情况的罗尔纲先生介绍，“《道藏》就一部，连在清代不算著名的经学家王闿运的丛书都收有”（罗尔纲《胡适琐记》）。

比如为研究《水经注》，他广收博集，竟然看到了六十多种版本，这即使是在今天，很多学者也难做到。因此，胡适的图书收藏往往与其学术研究密切地结合在一起，围绕着其研究课题而开展。在一个时间内研究什么课题，相关领域的图书就收集得特别齐备。

胡适一生研究兴趣特别广泛，文史哲各个领域皆曾涉猎，其收书的广泛也就可以想象了。可以说胡适的图书收藏为专题式收藏，自有其特色在。

这样，如果从藏书门类的系统完整这个角度来讲，胡适的藏书自然没有多少值得夸耀处，因为他甚至连一些基本的典籍都没有，“史部只有一部殿本《廿四史》，编年类《资治通鉴》、政书类《文献通考》等一本都没有，却例外竟有一本《大清律例》，那是他研究《红楼梦》时特地买的。文集部连《昭明文选》《杜工部集》《苏东坡集》都没有”（罗尔纲《胡适琐记》）。

但如果就某一领域而言，其藏书则可谓无人能比。比如为了研究《水经注》，他竟然翻阅了多达六十多种版本，至于收藏，据其本人说，“凡《水经注》的刻本，除宋元刻本外，我全收得了”（胡适 1947 年 3 月 27 日日记）。

再比如其通俗文学类和哲学类图书收藏，与其他藏书家比起来并不逊色，仅《水浒传》一书，他就藏有多种珍贵的版本。

说到珍稀，在胡适的藏书中也确实是有一些珍本秘籍的，比如甲戌本《红楼梦》，可谓海内孤本，令海内外藏书家羡慕不已。其他如程乙本《红楼梦》、稿本《四松堂集》、明刻本《欢喜冤家》、嘉靖刻本《二郎宝卷》等，也都是世间少见的秘籍。

在这方面，胡适的显赫名声也为其收藏带来了不少便利，比如甲戌本《红楼梦》就是书商主动送上门来的。再如他在购买明嘉靖黄省曾刻本《水经注》时，声言自己买不起太贵的书，来薰阁老板陈济川则坦言："别人须出六十万元，胡先生买，我只要三十万元。"（胡适 1947 年 3 月 27 日日记）

再说以胡适其人在学术文化史上的显赫名声和地位，即使是其收藏的普通图书，特别是其本人或他人的签名、题字本也都有着重要文物和学术价值，如今无疑也都是藏书家可遇而不可求的珍贵收藏，这是其他大多藏书家所无法享受的荣誉。由于胡适一生交游特别广泛，三教九流的朋友都有不少，这类来往相赠的图书的数量自然也很可观。

可以说胡适是不经意间成为收藏家的，可谓无心插柳柳成荫，与那些刻意经营的藏书家不同。因此，他对藏书的态度也就显得较为开明和豁达，当然，这并不是说他不爱惜书，但他拿得起，放得下，知道收藏和利用的协调和轻重。

当年他在离开北京时，对一百多箱藏书无疑是难以割舍的，但颇于形势，只带走一本，到了美国后固然心情不好，处境不佳，曾度过几年暗淡的寓公生活，但他也没有因失书而显得特别沮丧。

自然，最令人称道的还是胡适的慷慨借书之举。1948 年夏，当时正处于内战的关键时刻，兵荒马乱，千头万绪，但就是在这样纷乱复杂的局势下，胡适还是极为耐心地帮助年轻的周汝昌，对其《红楼梦》研究“许他一切可能的帮助”（见胡适在周汝昌 1948 年 7 月 11 日来信上的眉批）。在与周汝昌仅一面之交的情况下，慨然把甲戌本《红楼梦》借给他，并不再过问。

后来周汝昌兄弟私自主张，抄录了一个副本，胡适也没有怪罪，让周氏兄弟收藏了这一副本。这一胸襟相信是多数藏书家所不具有的，也只有胡适能做得出。

正如周汝昌当时所说的：“慨然将极珍罕的书拿出，交与一个初次会面陌生的青年人，凭他携去，我觉得这样的事，旁人不是都能做得来的”，“我觉得学者们的学问见识固然重要，而其襟怀风度也同样要紧。我既钦先生前者，尤佩先生后者”。（见周汝昌 1948 年 7 月 11 日、9 月 19 日致胡适书信）应该说，这才是一个藏书家应该具有的宽广胸怀。

而且需要着重指出的是，在中国近现代藏书史上，胡适也是应该重重写上一笔的。因为他开一代风气之先，发起对中国古代通俗文学的研究，而且身体力行，进行此类图书的购藏，孕育了通俗文学的收藏风气。

在此之前，虽然也有一些藏书家如黄丕烈、钱曾等收藏通俗文学，但多出于个人兴趣，且偏重宋元旧本，不成规模，也未能形成风气。

到五四新文化运动之后，随着胡适所提倡的整理国故运动的展开，以学术研究为目的的通俗文学收藏成为一股新的藏书风气，改变了以往图书收藏偏重经史的格局，并出现了一些专收通俗文学的藏书家，如马廉、郑振铎、阿英等，私人收藏之外，不少公共图书馆如北京图书馆、北京大学图书馆等也开始通俗文学的收藏。

一时间，很多以前不受重视的通俗文学书籍身价大涨，成为藏书家争相购藏的珍品，这些收藏又反过来极大地促进了通俗文学的研究，形成通俗文学收藏与研究的良性互动关系。

也正是为此，胡适的功劳是值得大书特书的，他本人也是有意培养这种风气的。比如 1920 年，他以五十元的价格买了一套一百二十回的《水浒传》，后来有位朋友告诉他：这本书买亏了，因为这是书商在黑市上以两元钱买的。

但胡适并没有因此而后悔，反而颇为豁达地说："不然。只要有人知道我肯花五十元买一部古本《水浒》,《水浒》和其他小说的古本就会跑出来了。"这正是胡适作为一个学者型藏书家比一般藏书家高明之处。

1948 年 12 月，胡适极为匆促地离开了北京，临走时只带走了甲戌本《红楼梦》和一些有关《水经注》的手稿，连他十分看重的《中国哲学史》中卷手稿都未能来得及带走，其藏书及大量个人资料虽已装成一百〇二个箱子，但也同样未能带出。

这些藏书和资料后来分存于国家图书馆、北京大学图书馆和中国社会科学院近代史研究所。

1957 年春，胡适立下遗嘱，其中第二条专门交代了其留在大陆的藏书、资料的处理办法："确信中国北平北京大学有恢复学术自由的一天，我将我在一九四八年十二月不得已离开北平时，所留下请该大学图书馆保管的一百零二箱内，全部我的书籍和文件交付并遗赠给该大学。"

但令人遗憾的是，由于各种复杂的原因，胡适的遗嘱并未得到执行，这些藏书资料到目前为止仍然分存三处，给相关研究带来很多不便。虽然有学者如陈平原先生呼吁要建立胡适文库（参见其《关于建立"胡适文库"的设想》一文）；虽然有媒体关注，比如《中国读书报》1998 年 12 月 2 日曾刊登过题为《胡适藏书今何在》的文章，但并无实际效果。

半个多世纪过去了，以战火硝烟为背景的歧见与偏执、仇恨和误解早已成为历史陈迹，沧海桑田，物是人非，20 世纪的大门缓缓闭上，人类已进入了一个全新的时代，该是坦然、理性地对待历史问题和评价父祖辈人物的时候了。

我们有很多工作可做，胡适藏书的妥善处置即为其中一个环节，毕竟这些藏书和资料是胡适数十年心血之所聚，具有十分重要的学术价值，妥善处理、保存好这些藏书资料，并使其最大程度地得到开掘和研究，也是对这位历史人物在天之灵、对一段历史的一个公平交代。

胡适对海内学人的酷评

在人们的印象中，无论是从文质彬彬、风度翩翩的外表，还是从儒雅和善、落落大方的谈吐来看，胡适都是一个相当谦和的人。即便是政治立场或学术观点与自己有着重大分歧，他也很少在公开场合对别人进行激烈的指责和批评，力图相互尊重，存异求同，将个人友谊与政见、立场区分开。比如他与蔡元培的红学之争，比如他与陈独秀的公谊私交等，皆是可圈可点的典范之举。

现代奇人辜鸿铭爱发惊人之语，生前对胡适颇多不敬之辞，但胡适不以为忤，在其去世后，仍能比较客观公允地评价他："辜汤生先生死了。此老对我虽表示反对，然相见时却总是很客气的。他尽管嬉笑怒骂，也还不失为一个'君子'人。他的著作里最崇拜'君子'一个字，死后我这样评论他，似乎不失为平允。"（胡适 1928 年 5 月 1 日日记）

胡适身后亲友弟子大量真挚深情的回忆追述文章也一再证明了这一点。不过，谦和并不等于丧失原则，宽容也并不意味着无端纵容。以胡适知人之精、鉴人之明，社交圈子之大，友朋组成人员之复杂，自然其月旦起人物来也并非一味都是褒奖之辞，只不过很多负面意见较少公开发表而已。

近读《胡适日记全编》，对这一点深有体会，它使人们看到了另一个胡适，一个更为真实、丰满的胡适。这里以他对国内学人的评价为例略做介绍。

在中国近现代文化史上，像胡适这样终生坚持记日记的人可能有不少，但日记记得像他这样从军国方略到家庭细故，从世界风云到儿女情怀，内容如此包罗万象、丰富多彩，几乎能成为一部现代史的，则为数不多。因为内容丰富庞杂，蔚然大观，加上主人独一无二的特殊身份和影响力，胡适日记也因此具有政治、文化、学术上的多重价值。

不过，也正因如此，胡适日记受到了不少人的诟病，难免做秀、虚荣之讥。有些人认为胡适记日记既然是为了保存史料，传诸后世，写给别人看的，就必然会有所顾忌，缺少一份真诚，很难彻底吐露心声。通观胡适日记，可以说这一现象确实是存在的，特别是在军国大事方面，有不少地方确实说得含含糊糊、欲言又止。

不过，情况也并非尽然，不能一概而论，比如在臧否国内学人时，他还是能真实地表达自己的印象和想法的，而且其中也不乏怒目金刚似的激烈言辞。比如他对吴宓的批评："今天听说，《大公报》已把'文学副刊'停办了。此是吴宓所主持，办了三百一十二期。此是'学衡'一班人的余孽，其实不成个东西。甚至于登载吴宓自己的烂诗，叫人作恶心！"（胡适 1933 年 12 月 30 日日记）

如果不是亲眼所见，很难相信这段话会出自一向平和儒雅的胡适之口。在当时，批评学衡派及吴宓的人有不少，但言辞激烈到如此程度、近乎谩骂者则不多见，这与胡适一贯示人的君子作风明显不符。

显然这种严厉的批评并非偶尔冲动之下的失言，几年后，他在批评另一位学人陈铨时又把矛盾指向了吴宓："看陈铨的《中德文学研究》，此书甚劣，吴宓的得意学生竟如此不中用！书中有云：《西游记》（小说）的作者邱长春（1208—1288），他还不知道《西游记》小说不是邱长春的《西游记》！他记长春生卒（1148—1277）都迟六十年，不知根据何种妄书！他又说《聊斋志异》的'作者蒲松龄生于一六二二年（实则生于 1640 年），山东磁州人'，真不知何以荒诞如此！"（胡适 1937 年 2 月 19 日日记）

这里且不管胡适对吴宓的评价是否客观公允，不过由此倒可见出，胡适并非总是谦谦君子，他也有怒不择言的时候，对一些人怀有很深的成见。其日记固然有公共话语的性质，实际上也是保留了私人写作的风格的，毕竟他在记日记的时候，不仅要面对他人，更要面对自己，否则记日记岂不成为一场纯粹的作秀，成为一种无端的负担。

其实，只要将胡适在日记中对某个学人的评价同胡适与其往来的书信相互进行对比就可以发现，胡适在日记中的评价才是个人真实意愿的流露，因而也更具个性，用句时下流行的话说，也更酷。毕竟当面责人过于直接，没有回旋余地，听者自然难堪，说者也难以出口。

比如胡适对冯友兰哲学研究成就的评价。1930 年，冯友兰将其《中国哲学史讲义》寄赠给胡适请教，胡适于 3 月 20 日回信说："承你寄赠《中国哲学史讲义》一八三页，多谢多谢。连日颇忙，不及细读，稍稍翻阅，已可见你功力之勤，我看了很高兴。将来如有所见，当写出奉告，以酬远道寄赠的厚意。"①

话说得很是委婉客气，看不出有什么不满之处。但翻开胡适日记就会发现，在表达自己的真实感受时，胡适的话就说得没有这么温和了。"前些时曾见冯友兰的 *A Short History of Chinese Philosophy*（《中国哲学简史》），实在太糟了。我应该赶快把《中国思想史》写完。"（胡适 1950 年 1 月 5 日日记）

过了几年后，他对冯友兰的这一不良印象并未改变："写完冯友兰《中国哲学史》书评。*The American*

① 杜春和等编《胡适论学往来书信选》，河北教育出版社 1998 年版。

Historical Review（《美国历史评论》）要我写此书英译本［by Derk Bodde（德克·博德译）］的书评，我耽误了半年，今天扶病打完。为此事重看冯书两遍，想说几句好话，实在看不出有什么好处。故此评颇指出此书的根本弱点，即是他（冯）自己很得意的'正统派'观点。"（胡适1955年1月24日日记）

虽然数年之间评价的并非同一本书，但书信与日记对一位学人评价的极大反差还是很能说明一些问题的。可见胡适日记虽然有做秀的成分在，但也不乏个人真实的想法和切身感受。

其实，即使是身边的朋友或自己很欣赏的人，胡适也都能如实地指出其不足，并不刻意为其遮掩。话虽然说得并不那么顺耳，但于此倒可以看出胡适待人接物的诚恳和厚道来。

赵元任是其过往甚密的老友，胡适对赵元任评价极高，早在当年留学美国时，就对其推崇有加："每与人评论留美人物，辄推常州赵君元任为第一。此君与余同为赔款学生之第二次遣送来美者，毕业于康南耳，今居哈佛，治哲学，物理，算数，皆精。以其余力旁及语学，音乐，皆有所成就。其人深思好学，心细密而行笃实，和蔼可亲。以学以行，两无其俦，他日所成，未可限量也。"（胡适1916年1月26日日记）

二十多年后，胡适对赵元任依然十分敬重："元任是个

天才极高的人，学力还好。”（胡适 1939 年 1 月 5 日日记）

不过，他还是如实地指出了其不足：“元任是稀有的奇才，只因兴致太杂，用力太分，故成就不如当年朋友的期望。”（胡适 1939 年 9 月 22 日日记）

不管这是否真是赵元任治学的不足，但至少胡适本人是这么认为的，他希望自己的朋友能做得更好。

再如陈寅恪，他也是胡适特别佩服欣赏的学人，两人有着深厚的友谊，胡适不仅敬佩其学问，而且对其个人生活也很关心，多有关照，如其 1946 年 4 月 16 日的日记：“百忙中请人去银行办汇票乙千美金，请汉昇带给寅恪。寅恪遗传甚厚，读书甚细心，工力甚精，为我国史学界一大重镇。今两目都废，真是学术界一大损失。”

即便如此，胡适仍然指出其治学中的一些微疵：“读陈寅恪先生的论文若干篇，寅恪治史学，当然是今日最渊博最有识见最能用材料的人。但他的文章实在写得不高明，标点尤赖，不足为法。”（胡适 1937 年 2 月 22 日日记）

对此，曾有人认为胡适是吹毛求疵，属文人相轻之弊。其实，就胡适为人处世的一贯作风来看，他的心理还没有这么阴暗，他不过是希望自己所敬佩的人更为完美而已。

总的来看，胡适月旦学人还是比较客观公允的。不过，他也并不是总能做到这一点，特别是在他离开大陆到美国去做寓公的那段时间里，因为背井离乡，境遇不佳，心情特别郁闷，故对那些因政见不同留在大陆的学人颇多苛求之辞，像郭沫若、陈垣、冯友兰、唐兰、蔡尚思、沈尹默等人，他都在日记里程度不等地表达了对他们的不满，如他评唐兰，多为挖苦讽刺之语：“今天看了几十张《人民日报》，最有趣的是唐兰的一篇长文《我的参加党训班》（aug.29），此文可与费孝通的《我参加了北平各界代表会议》（aug.31）‘媲美’了！唐兰说他自己‘请求’参加党训班，‘我只觉得这一回能参加共产党的党训班，是无比的光荣，因为这是学习，我向革命的先进者学习，这是自发的，不是被迫的’。前年‘中央’研究院办选举院士，只有唐兰来‘请求’我推荐他。那是‘自发的’，因为被选作院士在那时候也是‘无比的光荣’。”（胡适 1949 年 11 月 21 日日记）

有时候胡适的言辞还相当尖刻，如他评述沈尹默批判自己的文章：“沈尹默的一篇则是全篇扯谎！这人是一个小人，但这样下流的扯谎倒罕见的！”（胡适 1952 年 1 月 5 日日记）

平心而论，胡适过于严厉的指责固然有很多情绪在，但也不是不可理解的。在他所批评指责的这些学人中，有些先前与胡适曾有着较为密切的往来，但是 1949 年被迫进行的政治选择使他们转眼间从朋友成为敌人。

其后在中国大陆，胡适成为官方竭力批判、着意抹去的洪水猛兽型人物，批判声势之浩大，使那些与胡适有过交往的学人承受着很大的压力，自然就会有人不惜往胡适身上泼脏水以求自保。不可否认，很多批判文章系奉命表态而作，颇多捕风捉影、无中生有之谈。

1949年之后，胡适对大陆学界的动态十分关注，面对这些学人的突然变脸和无端指责，胡适自然不会高兴，他在日记中的大发牢骚也在情理之中。需要指出的是，对有些批评他也是能够给予谅解的，比如他评顾颉刚："颉刚说的是很老实的自白。他指出我批评他的两点（《系辞》的制器尚象说，《老子》出于战国末年说），也是他真心不高兴的两点。"（胡适1952年1月5日日记）由此也不难看出胡适的胸怀。

元明杂剧搜孤本　梅茁金瓶图书文

——郑振铎与他的通俗文学收藏

在中国现代藏书史上，郑振铎是一位值得关注的重量级人物。其藏书无论是数量还是质量，都是令人称叹的，据赵万里介绍，其藏书“就数量和质量论，在当代私家藏书中，可算是屈指可数的”[①]。

由于时局的动荡不定和生活环境的变化，郑振铎的藏书屡有损失，或毁于战火，或为生活所迫而出让，前后变化较大，至于其一生藏书的总量，难以有一个精确的统计。《西谛书目》一书所反映的为其晚年藏书的情况，据该书所载，除外文书、通行常见旧版书和新版书外，仅古籍一项就多达 7740 种，由此可以对其藏书情况有一个感性的认识。

① 赵万里《西谛书目》，文物出版社 1963 年版。

郑振铎

郑振铎的藏书不仅数量多，质量精，而且特色也很鲜明，那就是富于通俗文学的收藏，以下进行简要介绍。

一

与以往那些偏爱宋元旧本、珍本秘籍的老派藏书家相比，郑振铎收藏旧籍除个人的兴趣之外，更多的则是出于学术上的自觉，将古籍搜罗与学术研究紧密地结合在一起，没有升值牟利之类的烟火气，诚如其本人所言："我从来没有想到为藏书而藏书。我之所以收藏一些古书，完全是为了自己的研究方便和手头应用所需的。有时，连类而及，未免旁骛；也有时，兴之所及，便热衷于某一类的书的搜集。总之，是为了自己当时的和将来的研究工作和研究计划所需的。"①

郑振铎一生治学兴趣广泛，其个人藏书也有着同样的特点，从历代诗文到通俗文学，从古代版画到经史典籍，无不在其搜罗之列。

其搜书之用心，之勤勉，也是值得称道的。用他本人的话来描述就是："搜访所至，近自沪滨，远逮巴黎、伦敦、爱丁堡。凡一书出，为余所欲得者，苟力所能及，无不竭力以赴之，必得乃已。典衣节食不顾也。故常囊无一文，而积书盈室充栋。"②

郑振铎治学既有广博的一面，也有专精的特点，这表现在其治学领域较为集中，主要集中在以小说、戏曲、说唱文学为代表的通俗文学研究上，因而这方面的典籍在其

① 郑振铎《劫中得书记》新序，《郑振铎文集》第七卷，人民文学出版社1988年版，第429—430页。
② 郑振铎《劫中得书记》序，第433页。

藏书中占有较大的比重，这也是其收藏的特色所在，正如其本人所概括的：“于宋、元以来歌词、戏曲、小说，搜求尤力，间亦得秘册。”[①]

由于此前的通俗文学研究缺少足够和必要的学术积累，相关文献散失严重，学界重视不够，研究工作难以依托当时的公共藏书机构深入进行。因此，不得不通过个人的努力来完成通俗文学文献搜集、积累，这些最为原始、最为基础的工作，为之付出大量心血。

郑振铎 1956 年在一篇文章中曾专门谈到这一点：“在三十多年前，除了少数人之外，谁还注意到小说、戏曲的书呢？这一类‘不登大雅之堂’的古书，在图书馆里是不大有的。我不得不自己去搜访。至于弹词、宝卷、大鼓词和明清版的插图书之类，则更是曲‘低’和寡，非自己买便不能从任何地方借到的了。”[②]

受学术驱动而搜书，以搜书而促进学术，郑振铎实际上兼具学者和收藏家双重身份，这样他既是通俗文学研究的先驱者，同时又是开一代风尚的新型藏书家。

当时受学术文化新风尚的影响，涌现了一批这样的新型藏书家，如马廉、阿英、赵景深、傅惜华等。在这些先

① 郑振铎《跋所藏善本戏曲目》，《郑振铎古典文学论文集》，上海古籍出版社 1984 年版，第 1015 页。
② 郑振铎《劫中得书记》，第 430 页。

驱者们的提倡和努力下，先前不为人们所注意的通俗文学资料由茶余饭后的谈资一跃而成为学术研究的重要文献，并引起社会各界的高度重视，形成一股搜罗通俗文学文献的社会文化风气，“以小说、戏曲、佛经为研究的专业者日多，注意力所及，虽穷乡僻壤，烂纸破书，亦无不搜罗及之”，“搜访之勤，几于无微不至矣”①。

在此背景下，许多散落在民间的通俗文学文献由此得以进入各类公私藏书机构，为通俗文学研究奠定了坚实的文献基础。

正是这些先驱者的不懈搜求，许多珍贵的通俗文学文献才得以完整、集中、妥善地保存，可以说今天的通俗文学研究之所以能有如此丰厚的学术积累，与这些先驱者们的努力是分不开的，郑振铎当时已很清醒地意识到这一点：“国内的图书馆，可以屈指而数。所藏大抵以普通古书为多。如欲专门研究一种东西，反不如几个私人藏书楼之收罗宏富。小说戏曲，更是国内诸图书馆不注意的东西，所以要靠几个国内图书馆来研究中国的小说戏曲，结果只有失望。”②

郑振铎研究中国古代通俗文学始于20世纪20年代，

① 郑振铎《记一九三三年间的古籍发现》，《郑振铎文集》第六卷，第436页。
② 郑振铎《巴黎国家图书馆之中国小说与戏曲》，《小说月报》1927年18卷11期。

他搜罗通俗文学方面的旧籍也是从这个时候开始的，此后这也成为其藏书的重点和特色。他采取人弃我取的方式，“于诸藏家不甚经意之剧曲、小说，与夫宝卷、弹词，则余所得独多”[①]。

数十年间，虽历经战乱、动荡及个人生活的贫困和漂泊，书籍不断散失而坚持不懈，因而得以收藏许多珍贵的通俗文学书籍。

以下从戏曲、小说、说唱文学三个方面分别谈谈郑振铎的通俗文学收藏。

二

说到郑振铎的藏书，不能不提起他的曲学收藏。郑振铎一生藏曲的总量，因屡有变更，很难做出准确的统计。

不过从下面一件事可以想见其收藏之富之精：1932年11月19、20日，郑振铎在其北京住宅内举办了一场“北西厢记展览会”，共陈列明清刊本《西厢记》27种，其中除6种借自北平图书馆外，余皆出自其个人的珍藏，且“多为坊间所不易得之善本”[②]。

① 郑振铎《劫中得书记》序，第433页。
② 容媛编《二十一年国内学术界消息·北西厢记展览会》，《燕京学报》1932年12月。

仅《西厢记》一剧就收藏了如此丰富、珍稀的版本，郑振铎藏曲之丰富之精良自不难想见。难怪有人称其“于宋元以来歌词戏曲小说，搜求尤力，其所藏为海内私家之冠”①，“关于小说戏曲之秘籍，收藏为一时海内冠”②。只要对郑振铎藏曲情况有所了解就会知道，这并非夸饰之语，不过是实际情况的描述而已。

郑振铎藏曲以 1939 年为界，可以分为前后两个阶段。

前一个阶段的戏曲收藏情况可以从其所编《西谛所藏善本戏曲目录附补遗》一书中反映出来。该书为郑振铎个人藏曲目录，分杂剧、传奇、曲选、曲谱、曲话曲目 5 个部类，共收录戏曲作品及论著 366 种，其中明清杂剧 49 种，明清传奇 259 种，曲选 15 种，曲谱 19 种，曲话 12 种，另有补遗 12 种。

这不过是其藏曲中的部分精品，而非全部收藏，因为“通行刊本千余种，均摈去不录”③。

后一个阶段的戏曲收藏情况则可由《西谛书目》一书反映出来，该书为郑振铎去世后友人所编，共收录曲学书籍 667 种。

① 《国立北平图书馆入藏善本戏曲书》，《图书季刊》1939 年 12 月新 1 卷 4 期。

② 《西谛所藏善本戏曲目录》，《图书季刊》1939 年 12 月新 1 卷 4 期。

③ 郑振铎《跋所藏善本戏曲目》，第 1015 页。

抗战时期，郑振铎所藏戏曲书籍在战乱中散失不少，有些则出于“兵燹频仍，保存不易”的考虑转让给北平图书馆，他曾先后两次向该图书馆转让善本戏曲书籍 84 种。

稍后，他又振作起来，重新开始戏曲文献的收藏，“他的搜集注重戏曲和小说，凡是罕见的，不管印本抄本，残的破的，他都当做宝贝”①。据说在抗战期间，“从徽州、苏州、扬州、浙东等地流到上海的杂剧传奇中的精本，十之六七都归西谛所有”②。

经过广泛的搜罗，又得到不少珍本秘籍。这样，郑振铎一生收藏的戏曲文献除去重复，总数当在千种以上，这在中国现代藏书家中无疑是首屈一指的。

郑振铎不仅自己广为搜罗，而且还帮国家购藏了不少珍贵的戏曲文献，其中最为典型的是他协助当时的国立北平图书馆收藏脉望馆抄校本古今杂剧。

脉望馆抄校本古今杂剧原为明代藏书家赵琦美旧藏，几百年来，藏主屡更，下落不明。1929 年 10 月，《国立北平图书馆月刊》刊出署名丁初我的《黄荛圃题跋续记》一文，披露这批珍贵戏曲文献尚在人间的消息。郑振铎看到这篇文章后，十分重视，立即追索该书的下落，但由于丁氏秘籍自珍，故布疑阵，结果未能如愿。但郑振铎并不

① 叶圣陶《西谛书话》序，三联书店 1983 年版。
② 赵万里《西谛书目》序，文物出版社 1963 年版。

灰心，由此以后“耿耿不忘于心，也念念不忘于口。见人必问，每谈及元剧，则必及此书”[①]，他相信“如果访到了时，元剧的研究，必是要截然一新其面目的”[②]。

功夫不负有心人，1938 年 5 月，郑振铎得到确切消息，经过一番周折之后，终于使这批“国宝”得到妥善的保存和收藏。

郑振铎帮助北平图书馆购藏到该书后，十分兴奋，他撰文感叹道：“较之往日发现一二种杂剧即诧为奇遇者，诚不禁有所见未广之叹。”[③]

他高度评价这一发现“不仅在中国戏剧史的和中国文学史的研究者们说来是一个极重要的消息，而且，在中国文学宝库里，或中国的历史文献资料里，也是一个太大的收获。这个收获，不下于‘内阁大库’的打开，不下于安阳甲骨文字的出现，不下于敦煌千佛洞抄本的发现”[④]，欣喜之情，溢于言表。

早在为这批戏曲文献积极奔走的时候，郑振铎就致信同样关注此事的张元济，希望能由商务印书馆影印出版，

① 郑振铎《跋脉望馆钞校本古今杂剧》,《郑振铎文集》第七卷。

② 郑振铎《三十年来中国文学新资料发现记》,《郑振铎文集》第六卷。

③ 郑振铎《跋脉望馆钞校本古今杂剧》。

④ 郑振铎《劫中得书记》新序。

以广流传，因为“此种孤本书，如不流传，终是危险也”。[①]后商务印书馆答应此事。

随后，郑振铎又参与选目、校订等编务工作，同时，他还在其所编的《文学集林》杂志刊布有关《脉望馆钞校本古今杂剧》的消息和研究成果，如他本人的《跋脉望馆钞校本古今杂剧》《一个改正》，徐调孚的《脉望馆本关汉卿杂剧叙录》《苏子瞻风雪贬黄州叙录》等，其中第一辑还刊载了脉望馆钞校本古今杂剧的四则书影。

三

在郑振铎的各类藏书中，小说占有相当大的比重，其数量和规模用其好友赵万里的话来描述，就是已经“成为一个比较有系统的专藏”[②]，之所以这样说，是因为小说史上影响较大或有特色的作品他都有收藏，其藏品几乎涵盖了整个中国古代小说史。

郑振铎对小说文献的搜罗相当广泛，而且贯穿其藏书的始终，只要有研究价值者，不管是全本还是残本，无不

① 该信写于 1938 年 6 月 9 日，见刘哲民、陈政文编《抢救祖国文献的珍贵记录——郑振铎先生书信集》，学术出版社 1992 年版。
② 赵万里《西谛书目》序。

在搜罗之列，其小说收藏数量多，规模大，仅《西谛书目》一书所录就多达 682 种，其中不乏较为稀见的珍本乃至孤本，如明周氏大业堂刊本《唐书志传通俗演义》、明刊本《戚南塘剿平倭寇志传》、清杨定见刊本《忠义水浒全书》、稿本《水浒传注略》等，具体情况可参看《西谛书目》《西谛书话》等书的介绍。

孙楷第在其《中国通俗小说书目》一书中著录有不少私人所藏小说作品，其中著录最多的就是郑振铎的藏品。郑振铎的小说研究依托在个人极为丰厚的文献收藏上，资料丰富，立论扎实，提出了许多有价值的观点。

郑振铎除个人的收藏外，对小说文献的进展和动态也十分关心，并相继撰写《日本最近发见之中国小说》等文章，向学界及时披露重要小说文献发现的信息。

在说唱文学文献的收藏方面，郑振铎在国内学人中无疑是首屈一指的，这种首屈一指主要表现在两个方面：

一是他从事这方面的研究比较早，开风气之先，有倡导示范之功，对其他研究者产生了较大影响，如赵景深、吴晓玲等，他们都是在郑振铎的影响下走上研究说唱文学之路的；二是他在说唱文学方面的藏品无论是数量还是质量，都是其他藏家难以企及的，这是其藏书的特色与精华所在。

他本人曾颇为自得地说，“弹词、宝卷及鼓词向不为收藏家所注意”[1]，“于诸藏家不甚经意之剧曲、小说，与夫宝卷、弹词，则余得独多”（郑振铎《劫中得书记》序）。

因受到战乱等因素的影响，郑振铎所藏说唱文学方面的书籍曾散失、转让不少，比如一·二八之役，其“全部的弹词、鼓词、宝卷及小唱本均丧失无遗”。

对其一生收藏说唱文学文献的总量，目前同样难以做精确的统计。《西谛书目》一书在卷五集部下设置曲、弹词鼓词、宝卷等子目，著录了其说唱文学方面的收藏，其中曲类收录诸宫调 1 种，俗曲 10 种，弹词、鼓词类收录 289 种，宝卷类收录 91 种。

就数量而言，虽然不能与其小说、戏曲的收藏相比，但在当时也已相当可观。就质量而言，其中有不少罕见的珍品，如明嘉靖刊本《董解元西厢记》、明彩绘本《目连救母出难地狱生天宝卷》、明嘉靖刊本《药师本愿功德宝卷》等。

寻访、收藏之外，郑振铎还撰写一些文章，介绍其个人及其他公私藏书机构说唱文学文献方面的收藏，如《西谛所藏弹词目录》（《小说月报》17 卷号外，1927 年）一文，收录其所藏弹词作品 117 种；《佛曲叙录》（《小说月报》17 卷号外，1927 年）一文收录敦煌俗文学作品及其

① 郑振铎《记一九三三年间的古籍发现》，载《郑振铎文集》第 6 卷，人民文学出版社 1988 年版，第 459 页。

所藏宝卷36种；《记一九三三年间的古籍发现》一文介绍了其1933年所得弹词、宝卷、鼓词的情况；《三十年来中国文学新资料发现记》一文则介绍了20世纪前30年间说唱文学文献的新发现。

目录的编制之外，郑振铎还撰写了一系列有关说唱文学研究的著述，特别是其《中国俗文学史》（商务印书馆1938年版）一书，首次对中国古代俗文学的发展历程进行了系统、深入的梳理和归纳，对这一学科的发展具有奠基之功，其中不少作品是前人未曾涉及的。

此外其《插图本中国文学史》《文学大纲》等著述也都有专章讲到说唱文学。相关文章尚有《敦煌俗文学》（《小说月报》20卷3期，1929年）、《宋金元诸宫调考》（《文学年报》第1期，1932年）等。因在说唱文学研究具有开创性的贡献，有论者称其为“提倡搜集和研究俗曲的第一人”[①]。

需要说明的是，郑振铎不仅在国内广为搜罗，而且还将目光投向遥远的海外。他是第一个到欧洲国家寻访通俗文学文献的中国学人。

1927年6月25日，郑振铎远赴欧洲，“此次欧行的目的之一，便是到各国的重要图书馆中，阅读他们收藏的

① 赵万里《西谛书目》序。

中国书，尤其注意的是小说和戏曲”，因为“他们是比我们早知注意到我们的小说与戏曲的，收罗的一定不会少”。

果然，在巴黎国家图书馆，郑振铎大有收获。他本来只准备在巴黎小住几天，结果因小说、戏曲及说唱文学的新发现，竟然在此“流连了几个月”。其所撰《巴黎国家图书馆中之中国小说与戏曲》一文就是这次访书的记录。

本来郑振铎准备利用这次欧洲之行的机会，“立愿要阅读各国大图书馆中所有的中国古书，尤其是小说与戏曲”，“将来到伦敦、到柏林、到莫斯科，也将作此同样的工作”，[①] 遗憾的是结果未能如愿，他只看到了法国巴黎国家图书馆所藏的中国古代通俗文学文献。

不过能在异域的一家图书馆看到如此丰富的通俗文学珍藏，已经是很大的收获了，可谓不虚此行。更为重要的是，此举扩大了人们的眼界，引起学界对域外所藏珍贵中国通俗文学文献的关注。

① 郑振铎《巴黎国家图书馆中之中国小说与戏曲》。

买书买尽宋元版　读书穷探沧瀛奇

——周越然和他的言言斋藏书

在中国现代收藏史乃至文化史上，周越然都是一个很有特点的重要人物。但是，长期以来周越然这个名字一直带有较多的负面色彩，这既有政治上的，也有道德上的。有些是无可辩解的，比如抗战期间他参加第三届“大东亚文学代表大会”并担任代表团副团长；有的则是一种苛求，比如他专收淫词小说、比如他谈论善本书增价之道等。

他的藏书虽以淫词小说为特色，但这不足以概括其全部收藏，何况专收淫词小说也构不成个人道德上的污点。他虽也谈及古书增价之道，但他并没有从中获利，反而宣称自己只收书而不散书。

虽然担不起“富贵不淫、威武不屈的书生本色”之类的美誉[①]，但就中外典籍的收藏和研究而言，周氏其人还

① 周越然《孤本小说十种》，《大众》1942 年 12 月第 2 号。

是有不少可称道之处的。

周越然

周越然的典籍收藏和研究纯属业余爱好，经不断摸索积累而自成一家，这与他个人所从事的职业没有太大关系，他长期在商务印书馆供职，编译各类书籍三十多种，其中《英语模范读本》畅销二十多年，修订五六次，销售达到百万册，这在今天仍然是个很难企及的天文数字，完全可以用事业有成来概括周氏的一生，何况他在当时上海的文坛上也算是个有些名头的人物。

他的收藏也许有增值的动机在，但更多的还是出于个人兴趣，这与郑振铎、吴梅、马廉等人因学术研究的需要而收藏有所不同，虽然带有一定的随意性而少了些学术性，但唯其随意，才显得十分从容。优裕富足的生活使他的收藏有可靠的经济保障，因而得以购藏不少珍稀但价格昂贵的精品，毕竟能自成一家的收藏光靠个人的诚心和毅力还远远不够。

周越然的藏书很有特点，不仅量大，而且很精，在当时的收藏界能够和其匹敌的没有几家，时人在谈论海内藏书家时，将他与李盛铎、傅增湘、董康、刘承干等并列[1]，并称“海内藏书家，无人不知周越然先生，不但博，而且精”（《孤本小说十种》编者按），只要对周氏的藏书有大概了解者都会承认，这并非过誉之词。

先说其藏书的博。这种博首先表现在数量上。周氏一生藏书的总量迄今没有准确的统计，虽曾编制有《言言斋劫存戏曲目》和《言言斋藏书目》，但收录不全，不足以反映其藏书的全貌。仅就 1931 年“一・二八”事变前的数量计，就有汉文书籍 160 余箱，约 3000 种，西文书籍 16 橱，约 5000 册，其中有不少系元明孤本、名家稿本。其次，这种博还表现为收罗的广泛。

就周氏藏书的广博而言，实在是海内无人可比。比如西文书籍的收藏，可谓独此一家，在“一・二八”事变中，他就损失了 3000 种 5000 册以上的西文书籍，其中有 50 多种为绝版者或稀见者。其后，他又继续搜罗，至 1944 年时，达到 1500 多种，其中如 1797 年伦敦版的《第一次英国使节来华记》、1840 年澳门版的《鸦片章程》、1843 年澳门版的《游江南传》、1861 年英国版的《好逑传》等，正如周氏本人所说的，“虽非孤本，然皆罕见”（周越然《购买西书的回忆》）。

汉文书籍更是琳琅满目、美不胜收。在善本书中，数百种宋元旧本、明代精刻本外，他还收藏了大量珍稀的抄

① 钱海一《现代海内藏书家》，《大众》1944 年 10 月号。

本和稿本，内容涉及经史子集各部类，还有四类难以容纳的戏曲、小说、弹词等通俗文学作品。

再说其藏书的精。藏书的精不能仅以宋元旧本为标志，还要看其珍稀程度及其在版本、思想或文学上的价值。周氏对善本书籍的划分也正是以此为根据，这与一味注重宋元旧本的那些藏书家有所不同，正如姜德明先生所讲的："周氏把宣统年代的书也目为'善本'，没有旧时人的偏见，这是有趣的。"（姜德明《言言斋谈书》）

在周氏的藏书中，也有数种宋元旧本，如宋本《南华真经》《太上感应篇》，元本《山堂先生章宫讲考索》《闲居丛稿》等。不过，周氏更为珍视的是那些与刻本差异较大或尚未刊印的抄本、稿本。据其本人介绍，较为珍贵的抄本有30多种、稿本有近30种。

其中他最为看重的是抄本《愧郯录》，认为该书"实为各本之冠"。该书不仅有名人手跋手校、收藏图章，而且保留了元明清历代刻本所缺的部分。后来，商务印书馆编印《四部丛刊续编》，即据此校补。这是周氏引为自豪、多次提及的人生"一大快事"（周越然《古书一叶》）。

此外，周氏还收藏有明末套印书58种，大多为凌、闵二氏所刻。皕宋楼藏书散去后，周氏收得8种；黄丕烈手跋之书，他也藏有5种，他还藏有两册《永乐大典》。仅此一端，不难想见其藏书的精良。

不过，周氏藏书中最为学界注目的还是其戏曲、小说等通俗文学书籍的收藏，他在这方面的收藏比起郑振铎、马廉等著名藏家来说一点都不逊色。

先说其小说收藏，当时的学界都知道他喜爱收藏淫词小说，这的确是实情。他在这方面的收藏也可以用“既博又精”四个字来描述。

在博上，仅《金瓶梅》一书他就藏有十几种版本，从明刊大型刻本到最劣的湖南木活字本都有；在精上，他藏有一些十分稀见的艳情小说，如明刻残本《素娥篇》、明刻本《昭阳趣史》、清刻本《痴婆子传》、清小字刻本《灯草和尚》、清初大字刊本《空空幻》、清写刻本《浪史》等。这些小说在今天仍很难看到，对研究中国小说史具有重要的参考价值。

明清小说之外，在其所收西文书籍中，也有不少这类小说，正如一位研究者所言，周氏“收藏外国《金瓶梅》一类书籍甚多，集性书之大成，洵藏书家之别开生面者”（钱海一《现代海内藏书家》），这与荷兰学者高罗佩的收藏东方性爱小说可谓相映成趣。

但是，“淫词”一词并不能概括其小说收藏的全部，正如他本人所言：“余所得之书，不全为《金瓶梅》，不如某报所称‘专收淫词书籍’也。”（周越然《余之购书经验》）只要是珍贵的、稀见的小说，无不在其收藏之列。

30年代初，他曾花重金从日本将明万历仙源余成章刻本《牛郎织女传》购回，当时《晶报》以《牛郎织女出洋回国》为题报道，成为现代收藏史上一段佳话。

在其收藏中有很多“淫词”之外的珍贵小说，如明清江堂刊本《唐书志》，明文台堂刻本《廉明公案》，明三台馆刻本《列国志传》《南游记》《两晋演义》，清初素纸精写本《姑妄言》，誊真稿本《续镜花缘》，清康熙刊本《济公传》《剿闯小说》，抄本《续金瓶梅》等，无论是从版本源流上还是从作品本身的思想艺术上，这些作品都有可以称道之处。

值得一提的是，周越然还收藏有不少清末民初小说及译本小说，他曾列出 50 种不见于孙楷第《中国通俗小说书目》著录者，其中大多“非名人笔墨，即市上稀见者”（周越然《稀见小说五十种》），译本小说他也曾列出 40 种进行介绍（周越然《稀见译本小说》）。晚清民初小说和译本小说一般不为藏家注意，仅有阿英等极少数人关注，由此可见周氏之眼光。

戏曲方面，其收藏也十分可观，像《西厢记》《琵琶记》等名剧，他都藏有多种版本，特别是《西厢记》，他竟藏有 15 种版本，其中有半数为明代刊本或写本，足可与郑振铎的此类收藏相媲美。

此外，其戏曲收藏中还有很多稀见之本，如明嘉靖刻本《宝剑记》，明刻本《盛世新声》，明富春堂刻本《双忠记》《跃鲤记》《白兔记》《十义记》，清内府旧抄剧本 6 种，抄本《诚斋乐府三种》《双珠记》《玉环记》《幻奇缘》

《玉尺楼》《金锁记》《上林春》《翡翠园》《金貂记》《金刚凤传奇》《业海扁舟》《腊尽春回传奇》《玉田春水轩杂曲》《曲律》等。其中《金锁记》《上林春》《翡翠园》《十义记》《金貂记》等为王国维的旧藏。

周越然所藏戏曲曾编有草目，据吴晓铃所见，虽然草目“不足概其全部珍庋，然即目中所载已泰半不见前人著录，其见诸征引者，传本亦极罕觏，诚可贵也”。[①] 吴晓铃也富于小说、戏曲收藏，从其对周氏收藏的极高评价中，也可反证周氏收藏之富之精。

戏曲、小说之外，周越然还收藏了弹词 200 多种，并曾编制草目，这在国内也是不多见的。总的来看，周越然的通俗文学收藏从学术研究的角度来看也许不够系统，但就其精良和稀见而言，国内藏家罕有可与匹敌者。

周氏从民国初年开始图书收藏，苦心经营多年，以藏书之富之精，终成海内一大藏家。不幸的是其藏书大部分毁于“一·二八”战火，仅有部分保留下来，其中包括戏曲中的精品部分，以至于他曾感叹“词曲于余，可谓有缘矣”（周越然《君休急性》）。后来他继续搜罗，又得了不少精品，但已不复昔日之盛。周氏藏书在其身后为其后人散出，其中有一部分今天仍可看到，保存在上海图书馆等处。

① 吴晓铃《吴兴周氏言言斋善本剧曲叙录》,《国文月刊》1943 年第 19、20 期。

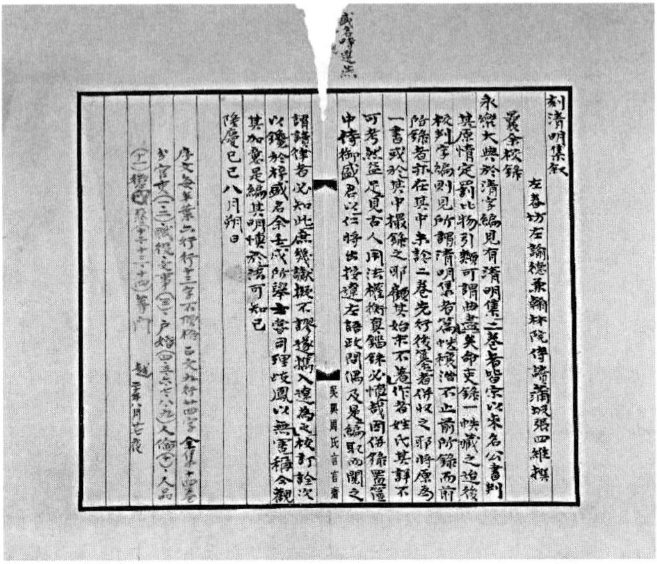
刻清明集敘

左春坊左諭德兼翰林院侍讀蒲圻張四維撰

曩余校録

永樂大典，於清字編見有清明集二卷，皆宋以來名公書判，

其原情定罰，比物引類，可謂曲盡矣。命吏録一帙藏之。迨後

校判字編，則見所謂清明集者篇帙浩溢，不止前所録，而前

所録者亦在其中。未諗二卷先行，後纂者併收之耶？將原為

一書，或於其中撮録之耶？顧其始末不著，作者姓氏莫詳，不

可考然。並足見古人用法權衡，真錙銖必慎哉。因併録置篋

中。侍御盛君以任將出按遼左，語政間偶及是編，取而閱之，

謂讀律者必知此，庶幾讞擬不謬，遂攜入遼，為之校訂銓次，

以鋟於梓。盛君余壬戌所舉士，嘗司理岐鳳，以無冤稱。今觀

其加意是編，其明慎於讞可知已。

隆慶己巳八月朔日

吳興周氏言言齋

周越然手稿

收藏之外，周越然还写了很多书话，其书话也很有特色，或谈买书经验，或介绍稀见秘本，如数家珍，娓娓道来，颇具可读性和指导性。他的书话偏重于作者、版本、内容的介绍，由于是行家里手，精于版本之学，经验丰富，知道其中精华所在，描述准确，故能提供不少珍贵的学术信息。

其书话所写多是自己的珍藏，行文从容不迫，言语之间无不自得之感，因为收藏的精良，看似不经意的叙述，都能给人以惊心动魄、美不胜收之感。其书话有不少具有较强的学术性，或介绍作者、列举版本，或考订年代、探究本事，或辨别异同、评述得失，皆有独到之处，如《瓶说》《〈西厢记〉研究》《〈西厢〉与〈琵琶〉》《翡翠园》等篇。

而且周氏的欣赏趣味也很有意思，他自言“所最喜阅者，富贵团圆之小说或剧本也”（周越然《翡翠园》），这与学界对悲剧类作品的称扬截然不同。就其小说、戏曲收藏而言，他不仅是个通俗文学收藏家，同时也是一位具有较高学养的戏曲、小说研究专家，遗憾的是其这方面的成就还没有引起学界的足够重视。

近几年，随着学术研究的规范和深入，周越然开始受到学界越来越多的关注，其著作也得以陆续出版，仅笔者所见，就有《书与回忆》（辽宁教育出版社 1996 年版）、《言言斋书话》（陕西师范大学出版社 1998 年版）、《周越然书话》（浙江人民出版社 1999 年版）、《言言斋古籍丛谈》（辽宁教育出版社 2001 年版）数种。随着这些书籍的出版，当会有更多的人了解这位自成一格的收藏家。

王古鲁和他的东瀛访书

在中国现代学术史上，由于受到政治、战乱等多种社会文化因素的影响，一位学人的知名度、影响力与其实际的学术成就之间往往不能简单地划上等号。之所以要特别强调这一点，是因为我们在回顾和梳理这段并不遥远的学术史时，经常会有一些让人颇感意外的发现。昨天还是一位在学术界颇为活跃的学人，转眼间就被人遗忘，仿佛世间根本没有这个人一样。面对这些新的发现，难免会生出一种沧海桑田的感叹。

历史是残酷的，但它毕竟是公平的，对那些为学术研究曾做出过重要贡献的学人，是不该被遗忘的，不管在学术之外人们如何评价他。

王古鲁就是一位这样不该被遗忘的学人。就其个人对学术研究所做的贡献而言，在现代学术史上，他是应该被写上一笔的。有位研究者曾这样评价王氏："王古鲁是一代大师，说话有分量。”[①]

“一代大师”之称，同意者未必很多，“说话有分量”，王氏无疑是当得起的。

与那些极具传奇色彩，一呼百应的学人不同，王古鲁的生平可以用平淡一词来描述，他属于那种书斋型的学者。其一生的事业始终围绕着一个关键词来进行，那就是书。无论是读书、访书，还是教书、写书，总之，都离不开书。

王古鲁的治学特点与同时期的学人相比，有许多共性，比如都特别重视基本文献的搜集和整理，关注点多在作者、版本的考索等方面，等等。自然，他也有着自己的研究风格和特点，其中有一点是需要强调的，那就是其教育背景和知识结构。

王古鲁中学之后的教育是在日本完成的，他毕业于东京高等师范学校英文系，后又进入该校的研究科继续深造。与其他学人相比，他熟练掌握日文、英文，曾翻译出版过日本、俄国等国家的文学及学术著作，有着外语上的优势。

他在日本留学并任教多年，对该国学术界的情况十分了解，因而能写出像《最近日人研究中国学术之一斑》这

① 马幼垣《问题重重的所谓天都外臣序本〈水浒传〉》注2，载其《水浒二论》，三联书店2007年版。

样在海外汉学史上具有开创性的学术著作，因而能进行日本政治、文化等方面的深入研究，写出一系列论文，因而继董康、孙楷第等人之后在日本仍能有中国小说、戏曲文献的重大发现。

说到王古鲁的中国小说、戏曲研究，不能不提及他对日本所藏中国小说、戏曲珍籍的寻访。这是他涉足这一学术领域的一个良好开端，同时也代表着其学术研究的一个重要转向。

此前，他虽然翻译出版过青木正儿的《中国近世戏曲史》，但兴趣较为广泛，并不固定在某一领域，既翻译外国的文学、学术著作，同时也研究日本的政治、文化，甚至还出版了一部语言学著作。直到东瀛访书之后，他的兴趣才逐渐集中在中国小说、戏曲这一领域。

对东瀛所藏中国珍贵典籍的寻访，从十九世纪末、二十世纪初就已经开始了，此后陆续有学者加入。因此，从时间上来说，王古鲁并不是一位开创者。在他之前，杨守敬、董康、孙楷第等人已经有了不少重要发现，并及时撰文向国内学界进行披露。这些新的重要发现，拓展了研究视野，为中国小说、戏曲研究的深入展开奠定了良好的文献基础。

如果说前面杨守敬这些学人是开拓者的话，那么，王古鲁则代表着中国学人东瀛访书的第二个阶段，也就是更为精细、深入的阶段。这表现在，他不再满足于对日本所藏中国珍籍的一般了解，而是要把这些书籍拍摄下来，进行更为深入、全面的研究。

此前虽有不少中国学人到东瀛访书，但限于时间和语言，只能做走马观花似的寻访，因而他们提供给国内学人的也只能是对所发现珍籍情况的粗略介绍。对其他学人来说，他们虽然得到了这些珍贵的学术信息，但远水解不了近渴，因无法看到原书，自然不能进行更进一步的研究。

因此，从这个角度来说，王古鲁的拍摄书影，满足了学界更多、更高的新要求。王古鲁之所以能做到这些，与他在日本学习、任教多年，精通日语，与日本学界较为熟悉，对日本所藏中国典籍情况较为了解，时间较有保障等因素有关，这些优势和便利是以往到东瀛访书的中国学人所不能兼备的。

与以往东瀛访书的中国学人相比，王古鲁在日本寻访珍贵小说、戏曲的范围更广一些，涉及内阁文库、宫内省图书寮、蓬左文库、早稻田大学图书馆、东京文理科大学、静嘉堂文库、尊经阁、无穷会、东京帝国大学支那哲文研究室及大仓男爵、盐谷温、仓石武四郎等众多公私藏书机构。其中有一些是其他学人未曾涉足的。自然，涉及范围的广泛，也就意味着发现新重要典籍的概率会更大。

尽管拍摄之前已做了较为充分的准备工作，但由于要拍摄大量书影，除了人力、资金、时间方面的困难外，摄影技术不发达、一些藏书机构的限制等等，都给王古鲁的访书带来了种种阻力和不便。因此，整个拍摄过程并不轻松，可谓历尽艰辛。用其本人的话来说，“讲到摄影的困难，真是一言难尽。总之，现在陈列在那里的照片，不管好坏，都是费尽了许多心力才能够拍到的”[①]。

尽管遇到种种意料中或未曾意料到的困难，但王古鲁还是坚持了下来。他是从 1940 年年末开始着手这一工作的，到 1941 年上半年结束，前后不到一年的时间。

自然，付出艰辛劳动所取得的成绩还是颇为值得自豪的。他从日本共摄得“海内外孤本小说戏曲全书十种，其他明版小说书影照片一百余种，抄得《二刻拍案惊奇》《隋史遗文》各一种，并辑得小说戏曲辑佚一种”[②]，合计照片“七八千张”。

其中摄得全书的小说有《古今小说》、《列国志传评林》、李卓吾评本《忠义水浒传》、《水浒志传评林》、《三国水浒全传》、《两汉开国中兴传志》、《唐三藏西游释厄传》、《熊龙峰四种小说》等；手抄、校录的小说有《二刻拍案惊奇》、《隋史遗文》、《警世通言》、李卓吾评本《水浒传》等；摄得部分书影的小说有《大唐三藏取经诗话》、全相平话五

① 王古鲁《摄取日本所藏中国旧刻小说书影经过志略》，《中日文化月刊》1 卷 5 期，1941 年 9 月 1 日。

② 倪青原《影印明崇祯本英雄谱图赞》跋，1949 年东西文化学社、金陵大学文学院刊印。

种、《盘古至唐虞传》、《有夏志传》等一百多种。

全书的摄影之外，王古鲁对其他各书所拍摄的内容也进行了精心的选择，主要包括封面扉页、序文、凡例之类、目录、插图之有刻工名者、有关风俗习惯者、本文第一页及内容有特异之处、本叶之附有刊行年月日者等关键内容，它们都有助于对该书内容、版本等特性的了解，这种选择是很有学术眼光的。

这些小说、戏曲，基本上是明代创作或刊印的，要么是海内孤本，如《水浒志传评林》《春秋五霸七雄全像列国志传》《合刻三国水浒全传》《两汉开国中兴传志》，要么是国内难以看到的重要版本，如明容与堂刊本《水浒传》、明世德堂刊本《西游记》等。

对这些重要资料的性质，王古鲁本人有着这样的认知："大都是稀见的珍籍，固然其中未必尽是孤本。可是从这仅少的照片上，已经足以看出各种小说内容的演变（请将目录比较自知）和版本刻工的相异，并且还可以明瞭明代小说发达的情况。"[①]

这些收获是相当丰厚、可观的，正如一位学人所评价的："王古鲁东瀛访书之行，虽然不及郑振铎欧游和孙楷

① 王古鲁《摄取日本所藏中国旧刻小说书影经过志略》，《中日文化月刊》1卷5期，1941年9月1日。

第东京、大连之旅的享盛誉，成绩则有过之而无不及。”[①]王古鲁的寻访使国内学人对日本所藏通俗文学文献有了更为深入、全面的了解，其对小说、戏曲研究的积极推动作用是不言而喻的。

在王古鲁东瀛寻访、拍摄的过程中，以日光慈眼堂法库所藏小说、戏曲的发现最为引人注目，之所以这样说，是因为王古鲁是国内学人中第一个到该处访书的，而且他在这里发现了不少稀见、重要的小说文献，比如明尚友堂足本《初刻拍案惊奇》、明双峰堂刊本《水浒志传评林》、明刊本《唐三藏西游释厄传》、明世德堂刊本《西游记》、明万卷楼刊本《东游记》等，其中大多连“中日两国研究中国文学的人们都没有看见过”[②]。

比如《初刻拍案惊奇》一书，其情况正如一位学者所描述的：“研究者在一九四一年之前根本不知道世间尚有《拍案惊奇》原刊本存在。一九四一年，我国学者王古鲁氏和日本学者丰田穰氏访书于日光轮王寺，始知《拍案惊奇》原刊本尚存。……王氏在发现和介绍《拍案惊奇》方面的劳绩仍是值得我们感激的。”[③]

① 马幼垣《呼吁研究简本〈水浒〉意见书》，载其《水浒论衡》，三联书店 2007 年版。
② 王古鲁《稗海一勺录》，载其搜录编注《初刻拍案惊奇》附录三，古典文学出版社 1957 年版。
③ 章培恒《拍案惊奇》校点说明，上海古籍出版社 1982 年版。

日光慈眼堂法库又称天海藏，它是“17世纪中期以日光山的轮王寺为依托，以天海大僧正为中心建立起来的一座藏书楼。它是目前已知的收集汉籍外典，特别是明人明版小说最为丰富的日本寺庙特藏”[①]。学界对这一机构所藏珍稀小说情况的了解，主要是通过王古鲁的介绍开始的。

当然，王古鲁的这次东瀛访书也留下不少缺憾，比如长泽规矩也、德富苏峰所藏中国小说、戏曲甚多，其中不乏珍本秘籍，因机缘不巧，未能如愿。比如还有一些重要资料，如明尚友堂刊本《初刻拍案惊奇》后四卷的内容未曾拍摄等等。不过世间的事情没有十全十美的，能拍摄到这么多珍贵的小说、戏曲资料，已经不容易了。

回国之后，王古鲁积极联系各出版机构，准备将自己所拍摄的珍贵小说、戏曲文献逐步予以整理出版，公之于众。按照其计划，准备先整理出版十种孤本小说、戏曲，但由于战争、经费等各种因素的制约，这一过程并不顺利，为此他还曾向胡适等人求助。

经过一番奔走、忙碌，直到中华人民共和国成立前也仅排印出版《古今小说》（商务印书馆1948年版）、影印出版《影印明崇祯本英雄谱图赞》（东西文化学社、金陵大学文学院1949年刊印）这两种，其他则皆未能如愿。

① 严绍璗《日本藏汉籍珍本追踪纪实》，上海古籍出版社2005年版。

新中国成立后，王古鲁继续这一工作。1950 年 8 月，他将自己在日本访书时所摄的数千张珍贵照片捐献给文化部，并受到相关部门的褒奖。其后，《水浒志传评林》一书则由文学古籍刊行社影印出版。他本人也根据这些照片相继校点整理出版了《熊龙峰四种小说》《初刻拍案惊奇》《二刻拍案惊奇》《明代徽调戏曲散出辑佚》等著作。

对王古鲁整理出版的《二刻拍案惊奇》，有位学人曾做出这样的评价："这是一件十分值得感谢的工作，二十多年来，国内的学者一般都是利用这个本子来研究《二刻拍案惊奇》的。"

此外，王古鲁还先后撰写了一些文章，如《摄取日本所藏中国旧刻小说书影经过志略》《日本所藏的中国旧刻小说戏曲》《日光访书记》《稗海一勺录》等，对自己东瀛访书的经过及所得成果进行了较为详细的介绍，为学界及时提供了重要的学术信息。

既欲求真实　宁复计辛苦

——由郑骞《从诗到曲》一书所想到的

一位学人在学界名声的显与隐并不总是与其学术成就成正比的，一些学术之外的因素比如政治权力、意识形态、信息缺失等往往会对其产生相当大的影响，探讨二十世纪中国现代学术史，常常会遇到这一问题。

评价二十世纪的中国学人，有三个历史时期是争议较大的：一个是五四新文化运动时期，一个是国共内战时期，一个是文革时期。这三个历史时期都是思想文化观念产生强烈冲突的时期，处在这个时期的学人常常面临着非此即彼的艰难选择，无论做出什么样的选择，都可以找到志趣相投的同道，也都可能会招来一些非议。

在这三个历史时期里，以国共内战时期的争议最大。内战对学术研究的影响是直接的，也是深远的，它造成了学人的分野，改变了原有的学术格局。在 1949 年之前，台湾地区的学术研究与大陆地区是一体的，还难以构成一支独立的学术力量，此后，随着一批学人的迁居，中国现代学术的版块发生重大改变，形成了两岸并峙的学术景观。

对于那些迁居台湾的学人，在相当长的一段时间内，受意识形态的影响，大陆学界要么批判声讨，要么闭口不谈，他们仿佛一夜之间从人间蒸发，成为学术史上的失踪者。

即便是此前在大陆地区有着较高知名度的学者也是如此，比如齐如山，他与梅兰芳的成功合作，他对国剧的精深研究，在学界是颇有口碑的。但在 1949 年之后，大陆地区基本上见不到这个名字，甚至连梅兰芳本人的回忆录《舞台生活四十年》一书中都闭口不提。直到二十世纪八十年代，随着学术研究的恢复正常，这一情况才有所变化。

如今齐如山的著述在大陆地区多次出版，甚至被誉为与王国维、吴梅并驾齐驱的先驱者。但并不是所有迁居台湾的学人都能有齐如山这份幸运，尽管不少学人取得颇多的学术成就，尽管当下资讯发达，仍不为大陆学界熟知。这种不熟知，也就影响了对其客观、公正的评价。

这里以其中一位较为典型的学人郑骞为个案，对这一问题进行探讨。

对大陆地区的不少学人来说，郑骞是一个颇为陌生的名字。因此，要准确、公允地评价他，需要使用两个不同的维度：一个维度是中国现代学术史。在中国现代学术史上，郑骞属于第二代学人，他是在五四新文化运动所开创的学术环境中成长起来的，受到过严格、系统的学术训练，与他治学经历相似且有着相同学术理念的学人还有任中敏、孙楷第、钱南扬、冯沅君、卢前、王季思等。

他们虽然没有像王国维、吴梅、姚华、齐如山等第一代学人那样得到开疆拓土、引领风气的机会，但他们有着自身的优势，那就是受过现代学术训练，入门早，起点高，治学更为精深，大多以自己不俗的研究实绩自成一家，对中国现代学术的巩固、完善和拓展起到重要的推动作用，可谓承前启后，影响深远。

另一个维度是台湾现代学术史。在台湾现代学术史上，郑骞是有着首创之功的第一代学人。他 1948 年到台湾任教，将词曲之学的学术薪火从大陆地区传播到台湾，从此在这片土地上辛勤耕耘几十年，不仅撰写了一批扎实厚重的学术著作，也为台湾地区培养了一批优秀的年轻学人，曾永义、罗锦堂、林玫仪、吴宏一等皆出自其门下。

他与张敬、汪经昌、卢元骏等学人一起，开创了台湾地区词曲研究的新局面，也为台湾地区培养了一批词曲研究的专门人才，现今活跃在台湾词曲研究界的中坚力量基本上都出自他们的门下。谈到台湾地区的词曲之学，不能不从郑骞这一批迁台的学人说起。

这两个维度正好代表了郑骞不同的人生阶段。前一个阶段可以称之为燕京大学阶段。尽管他曾在河北女子师范学院、东北大学、暨南大学等学校任过教，但其学术训练及任职主要是在燕京大学。后一个阶段可以称之为台湾大学阶段，因为其学术研究及教书育人主要是在这里完成的。

两个阶段虽然在地域上相距甚远，一在首都北京，一在宝岛台湾，实则一脉相承，有着内在的联系。经过郑骞等学人的传承，台湾地区的词曲研究逐渐成为一支独具特色的学术力量，与大陆地区的词曲研究同样有着内在的联系，而这个联系的纽带，就是郑骞这一批从内地迁台的学人。

从前一个阶段来看，郑骞之所以从事词曲之学，显然是受到时代学术新风的影响，虽然明清两代不乏造诣精深的词曲行家，但没有人正式将其作为一门学问。只有到了五四新文化运动之后，以吴梅 1917 年在北京大学讲授词曲为标志，词曲之学才正式成为一门学问，被纳入中国现代学术体系，得到社会的基本认可和学术制度的保障。

受此影响，一批青年才俊从事词曲研究，将其作为终身事业，这些人有些是吴梅的及门弟子，如任半塘、唐圭璋、卢前、钱南扬等，有些则是受其影响，比如郑骞。他虽然没有直接师从吴梅的机会，但曾向许之衡学习过词曲，而许之衡曾师事吴梅，两人在曲律方面志趣相投。郑骞在治学过程受到过吴梅的影响和启发，对其治学的得失也深有体会。

与同时代的其他学人相比，郑骞可以说是一位具有典型意义的学者，之所以这样说，是因为他的知识结构合理完善，发展全面。从其涉及的学术领域来看，从诗到词，从散曲到剧曲，中国古代各体韵文皆有涉猎；从研究方法来看，从创作到理论，从文本到文献，各种方法皆能熟练运用。

他没有其他学者在知识或方法上的那些偏颇和缺憾，显示出良好的学术素养和扎实的学术功底。这种全能型的学人在当时并不多见，不少学人往往专攻一个领域，或南戏，或杂剧，或词学，或散曲，或侧重于某一种方法，往往存在一些局限。

就郑骞平生的学术成就而言，主要体现在如下三个方面：一是词学，这方面的著述主要有《辛稼轩先生年谱》《辛稼轩词编年校注》《词选》《续词选》等；二是散曲，这方面的著述主要有《北曲新谱》《北曲套式汇录详解》《曲选》等，有学人称其为“台湾学界第一位就散曲加以概要说明介绍的学者”（游宗蓉《诗人论曲——郑因百先生的散曲学》）；三是戏曲，这方面的著述主要有《校订元刊杂剧三十种》等。其散见在各报刊的学术文章则结集为《景午丛编》《龙渊述学》等。

从上述这些著述来看，依照笔者个人的理解和体会，郑骞词曲研究的特点主要体现在如下三个方面：

一是文本与文献并重，用其本人的话来说，就是“我喜欢文学，也喜欢考据”（郑骞《〈燕台述学〉序》）。郑骞注重对词曲内部的研究，从作者、文体、语言、风格等角度进行探讨，同时也注重词曲文献的搜集、整理与研究，他认为“取稀见之曲籍，考其作者，述其内容，评论其文章，鉴定其板本，固当今之急务”（郑骞《善本传奇十种提要》），在此方面有不少重要成果。

比如他是最早对元刊杂剧三十种进行全面整理校订的学人。众所周知，元刊杂剧三十种是二十世纪最为重要的戏曲文献新发现之一，是研究元代杂剧的第一手珍贵资料。但该书印刷粗劣，宾白不全，大量使用俗体字，阅读相当不便，在此情况下，整理一个可信、便于阅读的文本是十分必要的，也是有相当难度的。

郑骞于 1932 年着手进行这一工作，直到 1960 年才全部完成，撰成《校订元刊杂剧三十种》（世界书局 1962 年版）一书。

该书态度严谨，体例完备，每剧“有他种版本者，均据以参校”，附有十分详尽的校勘记，注明据以参校的版本。书后还附有何煌据李开先抄本所校的《王粲登楼》1 卷。

其校订工作大体上可分为三类：一是文字的校订，包括正误、补缺、删衍，共有 3500 多条；二是格律的校订，包括曲牌名目和曲文格律，共有 140 多条；三是依据它本增补全曲 16 支。“有问题需要说明或存疑者，都写入校勘记，共一千五百余条，分附于各剧之后。”每剧依照臧懋循整理校订《元曲选》之例标明楔子、折数、宫调、用韵，区分宾白曲文。经过精心校订，《元刊杂剧三十种》“成为一般学者可以阅读之读本”。后出的几种整理本大多参考了该书，在此基础上进行，由此可见该书的奠基之功。

再如其《善本传奇十种提要》，该文具有戏曲性质，著录《四美记》《双红记》《清忠谱》《化人游》等10种善本传奇。按照“考其作者，述其内容，评论其文章，鉴定其板本”四项，“逐一叙述”，为学界提供了重要的学术信息。这一特点正如其弟子曾永义所总结的：“治学则以诗词散曲戏曲为主，虽是属于韵文学范围，但根柢经史考据。”（曾永义《郑师百因的曲学及其对我的启迪》）

二是创作与理论结合。郑骞不仅研究词曲，而且还从事诗词曲的创作。他从二十多岁开始写诗填词，笔耕不辍，作品多达上千首，曾先后出版《永阴集》《清昼堂诗集》《桐阴清昼堂诗存》等专集，此外还写有一折杂剧《李师师流落湖湘道》。

正是因为有着如此丰富的创作经验，他对词曲的各个方面才能谈得如此到位，对一些难以言传的细微之处才会有精准的把握和体悟，可谓真正的行家里手，避免了隔靴搔痒之弊，这一点是难能可贵的。对于这一点，其弟子林玫仪也是深有体会的：“他不但研究词家的作品，评鉴古人的词论，同时也是词人及词论家，是以深知个中三昧。因此，他论词及评词时，便能有高超脱俗的见解。”（林玫仪《郑因百师的词学》）

三是文体与声律兼顾。对于词曲的研究，郑骞不仅注重文体的比较与辨析，而且重视其声律。在此方面进行了相当精细的探讨，颇有建树，特别是对北曲的研究。明清以来，曲家辈出，相关著述也有不少，但多重南曲而轻北曲，郑骞通过自己的研究弥补了这一缺憾。

以其《北曲套式汇录详解》（台湾艺文印书馆 1973 年版）一书为例。该书是一部价值很高的北曲套式汇编，汇辑现存元代及明初杂剧套式 659 种、795 例，散套 258 式、369 例。全书按宫调分类编排，每一宫调又由概说、联套法则和实例三部分组成，十分详尽地介绍、分析了各个牌调在套数中的位置以及彼此间的关系。

较之几十年前蔡莹所写的《元剧联套述例》一书，该书不仅在套式数量上有所增加，而且内容也更加精良。该书是对北曲套式的一个总结，对研究者和初学填曲者都有很大的指导、参考价值。郑骞本人对该书与《北曲新谱》是十分看重的："于是北曲格律研究之两大项目皆已完备，或能对治曲学习曲艺者有所贡献。"（郑骞《北曲套式汇录详解》序）

如果不是因为意识形态的阻碍，如果不是长时间地域隔绝造成的信息闭塞，郑骞的上述学术成果在大陆地区应当会得到广泛的传播，他的名字也必定为学界熟知，但直到今天为止，其《校订元刊杂剧三十种》《北曲新谱》《北曲套式汇录详解》等代表著作都未曾在大陆地区出版过，这无疑会影响到大陆学界对他的评价。当下有关词曲研究方面的学术史著述出版有不少，但提到郑骞这个名字的并不多，更不用说详细介绍了。

郑骞这个名字不为学界熟知，除了政治、意识形态及信息闭塞等方面的因素外，还有一个重要的原因，那就是他的治学兴趣、研究方法与当时的学术风尚存在着较大的差异。郑骞研究词曲，尽管也从文献入手，讲究考据，但他同样重视艺术实践，喜欢旧体文学的创作，注重辩体及音律，这与吴梅、顾随、卢前等学人的治学理念和路数较为接近。

但时代文化风气的变迁往往不以个人的意志为转移，对一些人来说会显得十分残酷，在白话文学成为主流的时代里，包括词曲在内的旧体文学创作只能处于文学创作的边缘，成为少数文人雅士象牙塔内的把玩之物，不管如何提倡，都不可能再呈现明清时期的那种繁盛景象。

五四新文化运动之后，尽管词曲研究成为一门学问，得到社会的认可与学术制度的保障，但旧体文学的创作则被视作保守、落后之举，鲜有年轻人涉足，像卢前这样从新文学的写作转向填词谱曲，实在是当时的异类。至于音律之学，更是无人问津，渐成绝学。

吴梅虽然相继在北京大学、中央大学两个高等学府授课，被时人誉为曲学大师，但选修他的曲学课程的学生并不多，其曲律课甚至没有一个人去听，他本人对此也颇有感慨，曾不无伤感地告诉自己的弟子卢前："唐人歌诗之法废，而后有词，词之歌法废，而后有南北曲，今南北曲又垂废矣。执途人而语之，虽瘏口焦唇，吾知其无益也。

不如与子，拍浮高呼，寻味于酸咸之外，而自得于晓风残月之间，誉之勿喜，嗤之亦勿怒，吾固无望于今世之赏音也。”（吴梅《饮虹簃所刻曲序》二）

从吴梅这种故作放达的语气中不难感受到其背后蕴涵的凄凉和无奈，其行为也就带有一种知其不可为而为之的悲壮色彩。曾向吴梅学习过词曲的浦江清对此则有十分清醒的认识：“三百年前是南北曲之全盛时代，三百年后则为整个古文学艺术衰微之时代，一般人之趣味殊不在此，故虽学问才情皆高出于数子之上，又讲学于南北著名之大学，登高而呼，列桃李门墙者甚众，亦不能挽曲学之厄运，则时代限之而已。”（浦江清《悼吴瞿安先生》）

除吴梅外，有着这种治学路数的学人如顾随、卢前等长期不为学界重视，更不用说迁居台湾的郑骞了。直到近些年，随着学术研究的不断深入，这些学人才逐渐受到重视。吴梅尽管名气很大，但学界过去对其评价也并不高，往往将其视作旧派文人，强调其守旧的一面，如今学界将其与王国维相提并论，这在过去是很难获得认同的。

其实，吴梅等人名声的隐而不显并不仅仅是个人评价客观公正与否的问题，在其背后是词曲研究格局、范式的形成与改变，吴梅与王国维、齐如山等人同为词曲研究的开创者，但他们的学术理念、治学兴趣及研究方法差异很大，代表着不同的治学范式。

但长期以来特别是新中国成立之后，大陆地区的学人多奉王国维为正宗，注重文献的搜集整理，注重词曲的文学性，但同时也延续并放大了王国维的局限，那就是仅仅将词曲作为一种文学样式进行研究，忽视了其作为音乐文学和表演艺术的各种特性，将本应立体的词曲研究人为平面化，使本应丰富多元的研究格局和范式单一化。

吴梅、齐如山等人开创的研究范式在卢前等人去世，齐如山、郑骞等人迁台后，在大陆地区未能得到很好的传承，这种研究格局一直持续到今天，并没有大的改变。

幸运的是，郑骞迁居台湾之后，继续在高等学府从事学术研究及教学工作，未像大陆地区的学人那样在文化大革命时期遭受迫害，被迫人为中断，保持了薪火相传的稳定性和持续性，将吴梅开创的治学范式在台湾地区进行了很好的传承，并形成这一地区词曲研究的特色。

前文说过，郑骞是一位具有典型意义的学人，这种全能型的学人毫无疑问是非常适合培养年轻后进的，可以将相关知识系统、完整地传授给弟子，毕竟当老师的不能过于偏执、偏激，这不利于学生的学习与成长。郑骞到台之后，长期在台湾大学任教，他的这种知识结构和治学特点对学生是非常有益的。他培养的弟子如曾永义、罗锦堂等也继承了他的这些特点，并将其传承下去。

需要强调的是，在从大陆迁居台湾的研究词曲的这批学人中，郑骞曾师从许之衡；张敬出自俞平伯、顾随门下，长期在台湾大学执教，爱好昆曲，喜唱小生，著有《南曲连套述例》《明清传奇导论》；汪经昌得吴梅真传，长期在台湾师范大学执教，善吹笛、制谱、清唱，著有《曲学释例》《南北曲小令谱》《曲韵五书》；卢元骏则师从卢前，长期在台湾政治大学执教，擅长填词谱曲，著有《四照花室曲稿》《曲学》《诗词曲韵总检》。

将这四位学人的师承关系放在一起，可以画出一张从吴梅开始的学术谱系图，可谓机缘巧合。个人的学术理念和治学特点经过弟子们的传承、弘扬和光大，就形成了一个地区独特的学术传统和风气，具有了学派的特点。

将 1949 年之后台湾地区的研究词曲与大陆地区相比，可以明显看出两地学人在知识结构、研究方法、治学特点上的差异。相比之下，台湾地区的学者多能填词谱曲，更加注重艺术实践，关注声律问题，既能案头研究，又懂场上演出。究其根源，这与郑骞等第一代来台学人的培养和熏陶是密不可分的。

总的来说，由于特殊的历史原因，尽管其著述甚多，学术成就卓著，多次到海外讲学，但对大陆地区的不少学人来说，郑骞这个名字还是显得有些陌生，直到今天仍是如此，除了二十世纪上半期发表在报刊上的一些文章，其在台湾地区出版的著述仍是比较难看到的。

1998 年，辽宁教育出版社出版其随笔集《永嘉室杂文》，这是 1949 年新中国成立后大陆地区第一次出版郑骞的著述。

如今，商务印书馆独具慧眼，出版《从诗到曲》一书，将其代表性著述《景午丛编》《龙渊述学》汇为一编，这无疑是一件功德无量的好事。该书由郑骞弟子曾永义编集，分上中下三编，收录包括学术札记在内的各类文章一百多篇，是郑骞著述中规模最大的一部。除专书外，郑骞散篇的学术文章皆备于此，颇能反映其治学的成就与特点。该书的出版不仅为读者提供了一部内容丰富厚重的学术著作，也弥补了现代学术史上的一段缺憾，其意义和价值是多方面的。

《从诗到曲》之外，商务印书馆还同时出版了曾永义的《明杂剧概论》，这同样是一部很有分量的学术著作。据悉，该社还将陆续推出一批台湾著名学者的学术著作。尽管当今资讯发达，交通便利，但由于各种因素的限制，阅读台湾学人的著作还是存在一些不便，商务印书馆此举自然是值得期待的，无疑应该点赞。

我们需要与学校名声匹配的校史

为了探讨高等教育制度与现代学术发展之间的关系，笔者曾经翻阅了一些高校的校史。如果就笔者所关心的内容本身而言，可以说是基本上劳而无功。原因很简单，因为各个高校包括那些历史悠久的著名学府的校史里都基本上不记载与此相关的内容。

虽然如今各类校史就数量来讲已很不少——几乎每所高校，不管是百年老校，还是新建的学校，都有一本印刷相当精美、字数也很不少的校史。

但老实说，这些校史除了校名、校徽、校歌、历史沿革以及教职员工名录之类外在的不同外，其他内容似乎没什么明显的区别，用千篇一律或千人一面来形容并不为过。

思路、写法的单一不说，校史本身的特性也没有体现出来，更谈不上各学校具体风格特色的描述和总结了。并不夸张地说，不少校史往往就是中国近现代史的学校分史外加学校沿革变化的一些流水账。

当然，每一部校史也都会提到该校的科研治学情况，但多是那种表功行赏、表扬稿似的简略描述。至于那些在该校任教的著名学者、国学大师之类，肯定会有记载，不管他们任教的时间长短，著名的政治人物更是不在话下，还要大写特写。

但是平心而论，不少著名学者名号在校史中的功能不过是一种增加学校荣誉的光环和招牌。倘要详细了解他们的学术建树以及他们对该校学科建设、学术发展所做的贡献，则只能是一种奢想。

失望之余，不禁要想到校史的写法这类基本问题来。

记得笔者当初刚进大学时，校方专门安排校史办公室的工作人员介绍校史，那位老师所绘声绘色描述的本校校友在五四运动时痛打卖国贼的悲壮事迹至今还记忆犹新，但遗憾的是，那位老师虽不厌其烦地讲到了这所著名学府的各个方面，但就是忽略了对这所学校人文传统、治学风格及办学特点的介绍，而这恰恰是一所著名学府与其他学校区别的重要特点和标志，是不能被忽略的。

校史，顾名思义，是讲一部学校的历史，而不是一个国家、一条街道或一个党派、一个人物的历史。它要记载和凸显的是一所学校发展进程中的各个方面及明显特点，但记载哪些，不记载哪些，突出哪些，忽略哪些，却反映了撰史者对学校性质、功能的体认。

作为一部校史，记载一所学校的参政传统和政治人物自然是应该的，这也是学校发展中的重要一页，特别是由于近现代特殊的历史条件，许多高等学校与政治运动有着紧密的联系，高等学府在中国的近现代历史进程中发挥了很大的作用，不少教师和学生往往又具有政治人物的双重身份，这是中国近现代高等教育史的一个特色，也是中国近现代史的一个特色。自然，这是校史所必须涉及的部分。

但同时也要看到，这并不是校史的全部，一所高校介入政治的程度即使再深，培养的政治人物再多，但它还是一所高等学校，毕竟不是兵营，也不是政府的附属机构，其当初的创办基本上是照搬西方的模式，其目的并不在此，正像蔡元培先生就任北京大学校长时所讲的："大学者，研究高深学问者也。"高校是培养人才、研究学术的基地，这是那些现代高等教育先驱者对高等学府的基本定位，也是多数高校发展的方向，为一般公众所认可。

当然学生中也会有不少从政者，但更多的则是各类建设人才。过于强调或淡化高等学校的意识形态色彩都不是尊重历史的态度。但是，不少人常常有意或无意地淡化近现代高等学校的文化学术色彩，淡化这一时期高等学校在文化学术上的巨大成就。

当下就校史编撰的现状来看，校史的写作更需要强调每所学校的治学传统和人文精神，突出每所学校的学风和个性，不管这所学校是综合性的，是师范院校，还是理工科院校。

一部没有记载该校学术传统和人文精神的校史注定是残缺的，没有深度的，因为它忽视了这所学校安身立命的精髓所在。

究其根源，这种僵化的校史写作一方面与编撰者狭隘的校史观有关，同时也与当前校史的写作机制有关。几乎在每所高等学府里，都设有专门的校史办公室，但这一机构更像是个与学生处、科研处一样的行政机构，而不是学术研究机构。

编撰校史者多是这个机构的专门人员，他们专职于此，积累的资料较多，对这所学校各方面的情况了解较多，这是他们的优势。但是不可否认，他们中的大多数不具备学者的身份和经历，因而对该校治学科研方面的了解就不如各个系所的老师，这也是个必须正视的事实。

而在笔者看来，校史的写作更应当是一项学术行为，编撰者本身应该具备相当的学养和功力，不是随便找个什么人都能写的。否则，校史的撰写往往会缺乏应有的深度，其不能让人满意也是意料之中的事。

至少在目前，对校史似乎还没有人去进行专门研究，学校一般也不会设立这样的科研项目，更不会去开设校史之类的课程，培养这方面的专业人才，即使是教育史研究者一般也不会涉足这个领域，通常的高等教育史也多是着眼整个高等教育的发展状况，不会关注一个学校校史的具体内容。只有临到学校比较隆重的校庆时，才会有人注意到校史问题。

这样，既缺少对校史的深刻认识，又没有体制上的保证，校史的写作水准也就难以保证。而在笔者看来，校史特别是那些建校较早的著名学府的校史是应当有人专门进行研究的，它应该成为科研成果而不是宣传品来看待。

其实，这种撰史的情况并不是只存在于各高校，当下，各个地区地方志的编撰也正紧锣密鼓地进行，面世的成品也已有不少，由于有地方政府的支持，本本都是篇幅巨大、装帧精良。但与前代所编撰的地方志相比，其水准和价值到底如何，凡拜读过的读者都不难得出答案。

不过，话再说回来，就连专门研究学问、培养各类专门人才的高等学府都编不出一本像样的校史，我们还能希望那些地方志办公室写出多出色的校史呢？

当然，追述和总结一所学校的学术传统和人文精神，并非一件容易的事，它需要对该所学校各个方面的全面深入了解，需要渊博的知识和过人的见识。依笔者之见，最起码写作者应该是一群学有专长的不同学科的学者，而且应该进行集体合作，仅依个人之力，很难完成，质量也难以保证。

因此，校史应作为一个专门的科研课题来作，纳入学术研究的范围，而不能采用像现在这种写文件似的编撰方式。

但是到目前为止，这样较为理想的校史似乎还没有出现，至少笔者没有读到，这一方面可能是学校领导层没有这样的考虑，另一方面也可能是没有人愿意做这样的工作。

1998 年北京大学的百年校庆，因这所学校在中国近现代史上的特殊地位而受到媒体和公众特别的关注，至于其意义轮不到笔者去进行总结。

但是，笔者要特别提及的是，正是北京大学的校庆引起了社会对高校校史的关注，最起码是引起了不少出版社的兴趣，从陈平原所编《老北大的故事》一书成为当年的畅销书就可以看出这一点。

同时因为要配合校庆的关系，一批研究北京大学校史类的著作如《北京大学创办史实考源》《北大校长与中国文化》等在短时间内集中出版，这些著作将北京大学的发展置于中国近现代文化学术、高等教育的发展演进这一大的语境中进行分析，在学术界引起较大反响，既为近现代文化学术、教育史的研究开辟了一个新的学术领域，同时也让人看到了校史研究的学术空间。

其后，那些专收著名高校趣闻、典故的书籍，如辽海出版社的《中国著名学府逸事文丛》、江苏文艺出版社的《老大学故事丛书》、四川人民出版社的《中华学府随笔》等陆续面世，并有不俗的销售实绩。

这些书籍所述虽都是关于校史的，但只是有关文章的辑集，着眼点在满足怀旧的心理和阅读的趣味，并不是严格意义上的校史，但是通过对这些高等学府逸闻掌故的搜集整理，我们看到了校史的另一种写法，看到了编撰新型校史的可能性，相信这类书籍的读者并不仅仅限于爱怀旧的校友，还是有较广泛的读者群体的。

至于具体的编撰原则、体例、写法之类的问题，笔者还没有特别成熟的想法，这还需要有志之士认真的探讨和不断的探索，但有一点是毋庸置疑的，那就是校史的编撰这件事应该引起有关部门的足够重视，应有人专门下功夫去做。

当下，有不少著名学府正积极筹备百年大庆之类的庆典，而且往往从几年前就开始着手，投入的人力、物力和时间都相当可观，但不知道那些筹办者是否将校史的编撰纳入校庆的项目中，但愿有人想到这一点。

否则，没有一本和这所学校名声匹配的校史，无论如何是说不过去的，毕竟从某种意义上来说，校史还是透视一所学校的窗口或名片。

附记：

这篇小文刊于《粤海风》2001年第3期。转眼十七年过去了，中国的大学已成群结队地成为世界一流大学，喜报频传，凯歌高奏。其间也出版了一大堆印刷精美的校史，到底有多少能够立得住、能够传世，哪怕只是像样的校史呢？天机不可泄露，明眼人自然会有自己的判断。

要宽容，还是要霸权

——也说现代旧体文学应入文学史[①]

这篇文章应该说是一篇读后感，系拜读《粤海风》杂志 2001 年第 3 期所刊黄修己先生《现代旧体诗词应入文学史说》一文后的一些感想。黄先生在此前所发表的《拐弯道上的思想——20 年来现代文学研究的一点感想》一文的基础上[②]，更加明确和集中地提出将现代旧体诗词写入现代文学史，并举出诸多充分理由。

笔者此前对这一问题曾思考过一段时间，但还未成文，此刻得读黄先生的大作，十分高兴，所受教益颇多。笔者对黄先生文中所谈观点，大多赞成，此外还有一些个

① 笔者以为黄修己先生所说现代旧体诗词范围太小，不能涵盖现代旧体形式的创作，因此用现代旧体文学一词代替。

② 黄修己《拐弯道上的思想——20 年来现代文学研究的一点感想》，《文学评论》1999 年第 6 期。

人的体会，在此写出，向黄先生及同行专家请教。

现代旧体文学能否写入现代文学史的问题，自进入新时期以来，屡有争论，近些年日益引起研究者的关注，赞成者有之，如黄修己、钱理群等先生，反对者亦有之，如唐弢、王富仁等先生。

笔者以为，现代旧体文学写入现代文学史并非研究陷入困境后的一种突围，也不是以新奇的题目来哗众取宠，更不是贬斥新文学、为旧体文学张目的复辟行为，而是出于一种直面历史的使命感，出于学术研究的理性思考，它可以说是现代文学研究日益深化的一种表现。无论是作为古代文学在现代的余绪还是作为现代文学的一个组成部分，现代旧体文学都应该被纳入研究视野，进入现代文学史的叙述体系。

但是，长期以来，现代旧体文学成了文学研究中的三不管地区，古代文学史乃至近代文学史都因超出时间下限而弃之不论，现代文学史则以其旧体的形式而不予理睬。因而形成了现代文学史上的奇特人文景观：一边是社会各个阶层对旧体文学的广泛参与，源源不断的创作、刊印，一边是文学史家们的视而不见、闭口不谈。

尤为令人感到遗憾的是，从80年代后期直到现在，重写文学史的声音不绝于耳，从文学史观念的更新到整体框架的设计，从一流作家的重新审视到二、三流作家的多方挖掘，从地域文化的探讨到对少数民族文学的关注，方方面面都曾谈论到，并加以落实，但一直未能解决现代旧体文学的入史问题。

因此，现代旧体文学写入现代文学史并不仅仅是为了补上现代旧体文学这一课，为现代文学史增加一些章节，这很容易做到，而且更可由此问题的深入探讨提供一个新的观照视角来反思先前文学研究中存在的一些问题。

笔者注意到，现代文学史著作在书名上有一个明显的前后变化：直到新中国成立之初，多冠以“新文学”之名，如朱自清的《中国新文学研究纲要》、王哲甫的《中国新文学运动史》、王丰园的《中国新文学运动述评》、吴文祺的《新文学概要》、李一鸣的《中国新文学讲话》、王瑶的《中国新文学史稿》、蔡仪的《中国新文学讲话》、张毕来的《新文学史纲》、刘绶松的《中国新文学史初稿》等；后来的此类著作则大多以“现代文学”命名，如唐弢主编的《中国现代文学史》，黄修己的《中国现代文学简史》《中国现代文学发展史》，钱理群等的《中国现代文学三十年》等，间有用“新文学”者，如谭楚良等主编的《中国新文学简史》，冯光廉、刘增人主编的《中国新文学发展史》，梁积荣所著的《新文学三十种》以及黄修己先生的大作《中国新文学史编纂史》[①]。

① 以上书目参考了陈玉堂《中国文学史旧版书目提要》（上海社会科学院文学研究所 1985 年版），吉平平、黄晓静《中国文学史著版本概览》（辽宁大学出版社 1992 年版）和黄修己《中国新文学史编纂史》（北京大学出版社 1995 年版）。

尽管大多数研究者将新文学等同于现代文学，一般不做区分而混用①。但细究起来，两者之间还是存在着相当大的差异，因而进行严格的区分也是十分必要的。

“新文学”一词所涵盖的范围明显要小于现代文学，使用这一词语其实是有一个潜台词在的，那就是“旧文学”。对“新文学”一词，使用者可能以为其含义十分明显，不需要进行特别的解释，因此对该词一直没有准确的界定。

但也有一些研究者对该词的含义进行了探讨，比如蔡仪先生将“新文学”界定为“无产阶级革命思想领导的、以人民大众为主体的、反帝反封建的文学，简单地说，是无产阶级领导的人民大众的反帝反封建的文学，也就是新民主主义革命的文学”②，刘绶松先生也有类似的看法：“我们所说的新文学，实质上就是指的那种符合于中国人民的革命利益、反帝反封建、具有社会主义的因素，而且是随着中国革命形势的发展，不断地向着社会主义现实主义的方向前进的文学。”③

① 黄修己先生在《中国新文学史编纂史》导言中指出“这两个概念是有区别的，但现在已混用”，所以他的书名采用“新文学”，“并无特别的考虑，仅在混用的情况下，为自求统一避免杂乱而取其一”。
② 蔡仪《中国新文学史讲话》，新文艺出版社 1952 年版，第 22 页。
③ 刘绶松《中国新文学史初稿》，人民文学出版社 1979 年版，第 9 页。

这种界定与一般研究者的理解差别较大，不仅带有过于浓厚的意识形态色彩，而且将“新文学”的范围定得十分狭窄，将相当多的作家作品排除在外，难以操作，事实上《中国新文学史讲话》和《中国新文学史初稿》两书皆未能严格做到这一点。其对“新文学”的界定并未涉及文体问题，按说符合其定义的旧体文学应该也在论述之列，但实际上他们都没做到。

倒是王瑶先生的定义较能为研究者所接受：“这个‘新’字的意义是与主要产生于封建社会的‘旧文学’相对而言的，说明它‘从思想到形式’都与过去的文学有了不同的风貌。”①

尽管这一定义仍有含混和难以操作之处，但它大体说明了研究的对象和范围，实际上也暗示了不收现代旧体文学的理由，尽管这种理由还有很大的讨论余地。

但“现代文学”一词则不同，“现代”标示着研究的时段范围，“文学”则是研究的对象，这里并没有新文学、旧文学的特别界定，比如“现代新文学”之类。既然标明是研究现代的文学，并无新旧文学的限制，则凡是现代文学史上的重要文学现象、文学思潮、文学流派、文学社团及重要作家、作品等自然都应该在研究之列。至于过程的

① 王瑶《“五四”新文学前进的道路》，《中国新文学史稿》，上海文艺出版社 1982 年版。

描述、现象的剖析、具体作家作品的评价、所占章节的多少则又是另外一回事。作为一部完整的描述现代文学曲折复杂发展历程的现代文学史，显然不能无视旧体文学创作的存在。

但遗憾的是，直到目前为止的多数现代文学史著作应该说是名不符实的，它们应该被称作“中国现代新文学史”而不是“中国现代文学史”。有的研究者将“现代”理解为对文学发展形态的说明，淡化其时间描述的含义，这样则会使问题更加复杂，因为这种意义上的“中国现代文学”需要重新确定其研究对象和时段范围，比一般意义上的“中国现代文学”或“新文学”更加难以把握和操作。

除对意识形态冲突的过分关注外，以往的现代文学研究还十分强调新旧、雅俗的对立。应该说有不少现代文学史著作对新旧、雅俗的描述和分析是有欠公允的，有些研究者总是以一种积极介入的姿态十分明确地表明自己支持新、雅的态度，旧和俗的一方总是作为批判靶子的身份而出现，被断章取义地丑化、妖魔化，其正面主张未能得到充分的重视和理解。

将“新文学”与“现代文学”混用，就是这一思路最明显的体现，不管这种混用是有意识的还是无意识的。这种扬新、雅，抑旧、俗之举基本上沿袭了五四时期新文化运动先驱者的思路，正像黄修己先生所说的，这是

“‘五四’启蒙者早已设定的格局”[1]。

这种沿袭固然有捍卫五四新文化运动精神的用意在，但它有意或无意地忽视了新文化运动时期的特殊文化语境，或者可以说是对五四新文化运动的一种误读。

这一时期，有不少人如刘半农、钱玄同、周作人等在评述旧体文学如旧诗、旧剧时往往将话说得很满，在今天看来不无偏激，他们之所以表现出如此激进的姿态，意在突破传统文学的重压为新文学争得一席之地，其实他们在内心深处未必真正认同自己公开发表的那些言论，否则就无法理解为什么那些新文化运动的先驱者们后来会发生如此大的转向。

正像刘半农后来所总结的：“我是个在《新青年》上做文章反对旧剧的人。那时之所以反对，正因为旧剧在中国舞台上所占的地位太优越了，太独揽了，不给它一些打击，新派的白话剧，断没有机会可以钻出头来。到现在，新派的白话剧已渐渐地成为一种气候，而且有熊佛西先生等尽心竭力地研究着，将来的希望，的确很大，所以我们对于旧剧，已不必再取攻击的态度；非但不攻击，而且很希望它发达，很希望它能于把已往的优点保存着，把已往的缺陷弥补起来，渐渐地造成一种完全的戏剧。正如十年

① 黄修己《现代旧体诗词应入文学史说》，《粤海风》2001 年第 3 期。

前，我们对于文言文也曾用全力攻击过，现在白话文已经成功了气候，我们非但不攻击文言文，而且有时候自己也要做一两篇玩玩。”[①]

刘半农作为五四过来人的这段回顾是很值得研究者认真回味的。在今天看来，五四时期胡适、陈独秀、刘半农、钱玄同等人对旧诗、旧戏的批判有许多是站不住脚的，相反，倒是反对者如张厚载、朱经农、任鸿隽等人的意见不无合理之处。

王富仁先生同意“作为个人的研究活动”，把旧体诗词作为研究对象，但不同意将其“写入中国现代文学史，不同意给它们与现代白话文学同等的文学地位”，他承认“这里有一种文化压迫的意味”，同时又认为“这种压迫是中国新文学为自己的发展所不能不采取的文化战略”[②]。

新文学确实是在同旧文学的激烈交锋中生长壮大并逐步取得话语权的，因此，在其成长阶段对旧体文学的抗争和排斥自有其合理性。但问题在于当新文学取得文坛主流地位、为社会广泛接受之后，对已经居于边缘地位的旧体文学是否有必要一直保持以前那种排斥的态度，能否转而

① 刘半农《梅兰芳歌曲谱》序，徐瑞岳编《刘半农文选》，人民文学出版社 1986 年版。
② 王富仁《当前中国现代文学研究中的若干问题》，《中国现代文学研究丛刊》1996 年第 2 期。

以一种宽容平和的姿态来重新审视昔日的对手，正像周作人所说的："当自己求自由发展时对于压迫的势力，不应取忍受的态度；当自己成了已成势力之后，对于他人的自由发展，不可不取宽容的态度。"

从昔日旧文学对新文学的压制到后来，直至当下新文学对旧文学的压制，不过是话语霸权的一种简单置换，都难以称得上客观公正，正如钱理群先生所言："我们既不能因为'五四'时期'旧文学'对'新文学'的压制，而否认今天'旧文学'争取自己的文学史地位的合理性，也不能因此而反过来否认当年'新文学'对'旧文学'统治地位的反抗的合理性。"①

事过境迁，自应根据文学发展的实际情况而调整文化策略。需要特别指出的是，五四新文化运动的先驱者们对旧文学的态度后来都发生了很大的转变，对传统文化表现出相当程度的认同，不复昔日的偏激。

如曾在五四时期认为"中国旧戏没有存在的价值"的周作人，后来就说道："五四前后，古文还坐着正统宝位的时候，我们的恶骂立攻都是对的，到了已经逊位列入齐民，如还是不承认他是华语文学的一分子……这未免有点错误了。"他认为"国语文学"应该"包含所有以汉文写

① 钱理群《返观与重构——文学史的研究与写作》，上海教育出版社2000年版，第236页。

出的文学，连八股文、试帖诗都在里边”[①]。

连刘半农、周作人这些五四新文化运动的先驱者都在不断调整视角，都能比较平和地看待文学的新旧变迁，而后来以五四新文化传统传人自居的研究者们却还在延续着新旧对立的思路，实行着文学上的专制，这就形成了一种令人尴尬而又颇为耐人寻味的错位。

“我们在‘五四’精神哺育下成长起来的人，现在怎能回过头去提倡写旧体诗？不应该走回头路。所以，现代文学史完全没有必要把旧体诗放在里面作一个部分来讲”[②]，这是唐弢先生反对旧体文学入史的理由。

王富仁先生也表示了类似的看法：“在我们已经有了大量优秀的中国古代格律诗词的情况下，是否还需要一代代的读者阅读并熟悉现当代格律诗词的创作，我认为是一个应当严肃对待的问题。”[③]他认为这“不是一个具体作品与另一个具体作品的评价问题，而是一个引导现代中国人在哪个领域发挥自己的创造才能的问题；也不是它还存在不存在的问题，而是一个它在现当代中国存在的意义与价

① 周作人《国语文学谈》，杨扬编《周作人批评文集》，珠海出版社 1998 年版。
② 唐弢《唐弢文集》文学评论卷，社会科学文献出版社 1995 年版，第 380 页。
③ 王富仁《关于中国现代文学史编写问题的几点思考》，《文学评论》2000 年第 5 期。

值的问题”[1]。

笔者不同意上述意见。为旧体文学争取应有的文学史地位，这更多的是出于严肃的学术立场，意在探讨和复原现代文学发展进程的曲折性、复杂性和多元性，其中并无“提倡写旧体诗”及抬出旧体文学否认新文学的“险恶”用心，何况旧体诗词的写作从五四以后直到现在并没有停止过，社会参与的广泛程度要远远超过新诗，不仅旧派文人在写、一般文化人士在写，就连新文学运动的发起者和代表人物也在写，其中不乏佳作名篇，根本不存在走不走回头路、提倡不提倡的问题。

相反，旧体诗词在新文学多年的严厉打压排斥下，尚能保持如此顽强的生命力，打而未绝，斥而不止，这不能不说是一个文化奇迹，特别是在新诗创作走上绝境的今天，旧体诗词的写作仍然是一派红火气象，其中有许多值得深思的东西。

长期以来，扬新抑旧的观念经不断宣传强化而深入人心，人们对现代旧体文学的创作一直持一种排斥态度，影响之下就连写旧体诗词者也不敢理直气壮地为自己进行辩护，只是以消遣娱乐之类的名目进行掩饰，一旦说到年轻人，则立即一本正经地劝诫他们不要做旧体诗，生怕毒害

① 王富仁《当前中国现代文学研究中的若干问题》，《中国现代文学研究丛刊》1996年第2期。

了他们。

诚然，对旧文学的压迫是新文学为求生存发展所采取的一种有效文化策略，有其合理性的一面。但不可否认，正是这种文化策略造成了人们对旧体诗词的普遍误解和歧视，其中最为流行的一个说法是，旧体诗词不适合表达现代人的生活情感。

其实，这只要回顾一下现代旧体文学的创作，看一看其参与的广泛程度及作品的实际水准就会知道，这一说法不过是站在新文学立场上的一种“谣传”，并没有经过认真的分析和论证，否则就无法解释为什么郭沫若等人放弃新诗而改写旧体诗词。

按照这一说法的逻辑，新诗适合表现现代人的感受，而且形式自由，不像旧体诗词那样还要受着格律的严格束缚，显然有着各方面的优越性，但问题在于，既然新诗如此优越，为什么它长期以来一直不能取代旧体诗词，就连写作新诗的那些先驱者们也纷纷回过头来改写旧体诗词呢？从五四到今天，已八十多年，按说时间也足够长了。

再者，一种经历数代文人千锤百炼而定型的文学样式是不是社会一发生变化就显得不合时宜，一定要加以废止呢？新诗除了生存权发展权的维护外，是否有必要一直拒绝旧体诗词，而不是从中汲取营养呢？“弃中国固有之诗体，而一味效法西洋式的诗，是否矫枉过正之讥，仆于此事，实在怀疑之至”，“盖凡一事物之改革，必以渐，不以骤；改革过以偏激，反失社会之信仰”。张厚载这位被视为五四新文化反对者的意见在今天听来是否也像当年一样刺耳呢？

通过对现代旧体文学的重新审视，不仅可以改变将新文学等同于现代文学的“单边主义”局面，而且更可以通过文学发展的新旧消长来反观新文学成长过程中的一些缺憾，抹去人为加在新文学头上的一些光环，这并不是有意否定新文学，而是将旧体文学纳入研究视野的必然结果，至于有人要借旧体文学来否定打压新文学，那已非学术之途，是另外一回事，事实上也不可能做到，毕竟还有了认清时代潮流的问题。

近些年来，文化界对近现代国粹派、学衡派，乃至新儒家的正面评价越来越多，一些现代文学史家对这一“复古”思潮一直抱有警惕心理，担心由此引发的对新文学的全盘否定。其实这种担心是不必要的，至少说是过于敏感的。被歪曲的东西迟早要得到纠正，文化层面的“拨乱反正”也就不可避免。

近现代文化史上的保守或守旧者固然有不合时宜、敌视新文学的一面，但不可否认，他们的立场和见解自有其正当合理的一面，他们也确实经受了过多不公正的指责，其形象长期以来被严重歪曲和丑化。而通过文化考古，恢复他们的本初面目，抹去加在他们身上的不实之词，这一行为的正当性是毋庸置疑的。

维护新文学不能总是以丑化、压制对手的手段来实现。正视对手，才能认清自己的真实面目。何况研究并不等于欣赏，也不等于提倡，至于愿意写新诗还是写旧体诗，这更是个人的私事，谁都无权干涉，不能因自己不喜爱旧体诗词而给别人扣上遗老、遗少的帽子。因此，对现代旧体文学的创作和研究不必过于“警惕”，对于新旧文学的“大防”也不必一定要守得那么严。

此外，王富仁先生还认为“现当代格律诗词一当纳入中国现当代文学史，我们的文学史就不再主要是现当代作家创造的文学史，大量的党政干部、画家书法家、学院派教授、宗教界人士就将占据我们现当代文学史的半壁江山”，为此他主张“让对这些作品有兴趣的人自己去专门从事这方面的研究，他们可以另写中国现当代格律诗词史，我们的中国现当代文学史依然维持新文学的固有性质”[①]。

这种观点显然让人无法苟同，能否进入文学史的主要依据不应当是作者的身份，而是其创作实绩与文学主张，如果党政干部、画家书法家、学院派教授、宗教界人士的作品写得比专业作家还好，见解比他们更高明，为什么一定要将其拒于文学史之外呢？能否进入文学史、能否进行文学创作，任何人都没有特权。现当代文学史应当是全民

① 王富仁《关于中国现代文学史编写问题的几点思考》，《文学评论》2000年第5期。

的现当代文学史，而不是专业作家的现当代文学史。

如何对待现代旧体文学也并不仅仅是其能否进入现代文学史、为现代文学史增加几个章节的事，它关系到如何客观公正地对待文学发展中的传承与变革问题。笔者以为，旧体文学写入现代文学史只是迟早的事，关键是现代旧体文学如何进入现代文学史。如果收入旧体文学，只是作为映衬新文学的靶子，批判一通了事，或只是作为新文学的一种陪衬，写个三两节敷衍，表示一下自己的宽容，还不如不收。

以往的研究对现代文学发展中的传承关系注意不够，近些年情况虽有改变，但还留有很大的学术空间，还有不少工作要做。不过这也是个很好的契机，正可通过现代旧体文学的研究，对现代新旧的交替消长进行一番新的审视，对一些文学现象做出客观公允的评价，复原现代文学的曲折性、复杂性和多元性，展示出现代文学发展的原生形态。

另外需要说明的是，写入现代文学史的并不仅仅是现代旧体诗词，还应包括这一时期所创作的旧体文赋、戏曲等。五四新文化运动之后，这类旧体文学的写作一直没有停止过，不少人包括一些新文学作家在写作书信、序跋时还经常使用这类文体，或骈或散，颇有妙笔佳作，这也是一个不容忽视的文化现象。

特别是现代传奇杂剧的创作，迄今为止还没见人专门论及。传统戏曲发展至清代中后期，出现了有戏无剧的现象，表演成分突出，剧本的功能被淡化，依宫调格律形式创作戏曲由于过于繁难，逐渐成为绝学。但在民初之后，由于吴梅、王季烈等人的努力，出现了一个小小的复兴局面，他们精通曲律，创作了一批传奇杂剧，成为传统曲学之绝响。这些剧本虽然大多没有上演过，但从文学角度看，还是颇有值得注意之处。

除吴梅、王季烈外，顾随、卢前、冒广生、刘咸荣等人也创作了一些传奇杂剧。尽管这些传奇杂剧作品大多没有得到上演的机会，但作为现代文学史上的一个重要文学现象，理应得到研究者的关注。

从五四到今天，现代旧体诗词的别集、选集不断刊印，数量很大，以新文学作家而言，如鲁迅、郭沫若、茅盾、周作人、郁达夫、老舍等人都有专门的诗词集出版。但有关研究还很缺乏，应该说连最基本的文献搜集整理工作都还没有做。

笔者以为，可先从这一基础工作入手，集合三五同志，下数年苦功夫，理清现代旧体文学创作的基本情况，编制目录，汇编资料，系统地出版一些专集、选集，同时展开研究，写出一部内容翔实的《中国现代旧体文学史》，然后再不断深化拓展，将现代旧体文学的研究纳入整个现代文学的研究体系，在此基础上，写出一部全面反映现代文学发展景观的《中国现代文学史》来。

在茶与壶之间

得到《宜兴紫砂壶与品茗艺术》一书，并得以当面向作者林建寿先生请教，是我马来西亚之行的一次意外收获。

那天上午，《星洲日报》记者邱文发先生请我们喝早茶。言谈间，得知我对当地的风土人情很感兴趣，他就问有没有兴趣去拜会一位名叫林建寿的老人，并说这位老人有着不凡的经历，平日轻易不见人，因他与其有些交情，可以带我们过去。

经他这么一渲染，兴趣自然是有的。于是，他把我们领到了不远处的一家茶馆，带到一位正在品茗的老人跟前。看得出，老人年事已高，这有满头的银发为证。从其气色、神态上看，老人神情安然、气质高雅，保养得很好。寒暄之后，老人很友好地请我们坐下，招呼小姐给我们沏茶，并拿出一些茶壶让我们观赏。

大家一边喝茶，一边很随意地谈着，从品茶赏壶到马来西亚局势的变化，再到中国的改革开放，话题很自由地变化着。多数的时间是老人在说，我们在听。看得出老人对许多问题有自己独到的见解，多是经过一番思考的新鲜想法。

因我们几个人来自不同的地方，老人的语言也就不停地在英语、华语和福建话之间变换，这也是马来西亚华人的一个特点，为了生存，每人至少要会三四种语言。谈到兴致处，老人拿出了一本印刷十分精美的书让我们传看，打开一看，原来是专门讲茶壶与品茶艺术的，因我是从中国来的远客，特意签名送我一本。从大家羡慕的眼神中我意识到，这本书肯定有着相当的分量。

因上午还有其他事情要办，我们不得不打断老人的话头匆匆告辞了。路上邱文发先生告诉我，这位老人早年毕业于英国剑桥大学，在马来西亚政坛上曾是位十分活跃的政治人物，后来退出政坛，修身养性，颐养天年，在品茶、收藏、养花、钓鱼等方面均极有造诣。同行的一位朋友补充说，老人还是当地首富，在闹市区拥有多处房产，收藏极多。他送我的这本书在市面上要卖到四百多马币（相当于八百多元人民币）。

这些介绍并非夸饰之辞，后来我在阅读有关马来西亚政治文化的书籍和报刊后，果然多次见到林建寿这个名字，在二十世纪六七十年代，林氏在政坛上十分活跃，是马来西亚华人的领袖，担任过政党首领，直到八十年代才退出政坛。

还是说说林氏所送的那本书吧。尽管我不懂茶道，但读后不难感觉到这是一本很见功夫的好书，全书图片部分为林氏所藏各类宜兴紫砂壶中的几十款精品，图片为作者本人所摄，且在自然光下拍摄，意在突出茶壶本身的光泽和质感。每款壶皆注明制作人、壶名、规格及适合的茶叶。

图片的精美自不必说，但笔者更感兴趣的是其文字部分所阐发的赏壶品茗理论。在书中，林氏点出其他收藏家的一些缺陷：他们要么关注茶叶本身的味道，要么注意茶壶本身的艺术性，很少有人注意到茶与壶之间的亲和力。

该书的立论即从此着手，据林氏所言，每种茶壶都有一种与其最适合的茶叶，如果茶和壶之间不谐和，不仅茶叶的味道出不来，淡而无味，而且对茶壶本身也有损害，茶壶会因此失去神采，暗淡无光。

笔者虽然也有多年喝茶的经历，但多是作牛饮状，目的是为了解渴。即使是到茶馆，也只是冲上一壶好茶而已，从来没有这么讲究过。

因此，一开始总觉得老先生的话讲得有些玄乎。好在笔者在马来西亚结交的朋友中，既有开茶馆的，也有品茶爱好者，其中一个还在茶馆工作过。茶馆里的茶壶、茶叶品种之丰富自不必说，仅仅是笔者来往较密切的一个朋友处就藏有一百多个茶壶和数十种茶叶。在他们的熏陶下，我的茶道知识长进很快，仅仅一两个星期的时间就由一窍不通进步到初窥门道。

在后来的一段时间里，我几乎每天晚上都要到那位朋友处品茶聊天，看他们的茶道表演。慢慢地自己对茶道也感上兴趣了，有了个人的一些亲身体验。

据这些朋友说，林氏的话还是有一些道理的，在茶和壶之间确实有一种亲和力，如果选择不好茶壶和茶叶，茶叶的味道会受到影响，其味道难以充分发挥出来。至于是不是像林氏所说，每一种壶都有一种最适合自己的茶叶，而且茶壶的反应是不是那么明显，那就不能知道了，因为他们茶道的功夫还没有达到这种程度。

显然，这种理论多为经验之谈，还有待科学的验证。不过，由此也可看出，老人的品茶赏壶水平已经达到十分专业的程度，上升到艺术的境界。自然也可以想象，为了给自己的爱壶寻找适合的茶叶，老人需要做多少次实验，而体会判别同一种茶叶在不同茶壶间味道的细微差别又该需要何等的品鉴水准。看来，要想验证老人的理论也并不容易。

此外，作者在书中还介绍了很多品茗之道，在茶壶类型、大小、水质、水温的选择等问题上，都有自己独到的体会。据作者本人介绍，他收藏茶壶的目的就是为了弄清茶和壶之间的亲和关系，并非为了升值保值之类，因此，他的收藏品中既有十分名贵的精品，也有最为普通的茶具。这是他与其他茶壶收藏家之间的不同。

在笔者的印象中，活动在二十世纪中期的政治人物很多结局都不太妙，善终者不多。而老人能急流勇退，成为一方富豪，得以颐养天年，真是幸运得很。不知道这些与其对生活的爱好和沉迷有关否。

第四辑

奢华背后的凄凉

——重读《陶庵梦忆》

提起《陶庵梦忆》这部书，不少读者脑海中浮现的想必是品茗、赏花、观剧、访古、宴饮之类奢华而不失优雅的场景，这种印象无疑是正确的，有书中的相关内容可证，但它还不够全面和深刻。

作为明清时期小品文的经典之作，仅有这些显然是不够的，它还无法从众多同类作品中脱颖而出。既然能成为传世经典，自有其特别之处，欣赏该书既要看其正面，更要看其背面，因为在繁华富丽的背后还隐藏着一段充满血泪的故事，而这也是那些仅将《陶庵梦忆》作为小资读物来欣赏的读者们需要格外留意的。

首先从该书的作者说起。张岱（1597—1684年后），字宗子，号石公、陶庵、蝶庵，山阴（今浙江绍兴）人。其著述颇丰，其中不少已佚失，今可见者有《琅嬛文集》《陶庵梦忆》《西湖梦寻》《石匮书》《石匮书后集》《四书遇》《古今义列传》《史阙》《快园道古》《夜航船》等。通过这些流传下来的著述可以看出，张岱并非散文家或文学家一词所能概括，其著述涉及经史子集各部，所取得的文学及学术成就也是多方面的。

如果不是人生轨迹因改朝换代而发生戏剧性的改变，张岱很可能不会去写这本《陶庵梦忆》，自然也不会去写另一本同类性质的《西湖梦寻》，因为他的兴趣主要在史学，他更愿意撰写《石匮书》《石匮书后集》这样的史书。

即便写了，也会是格调迥异的另外一种笔墨，这是可以断言的，正如他在《史阙》一书中所说的："张择端《清明上河图》，因南渡后想见汴京旧事，故摹写不遗余力。若在汴京，未必作此。乃知繁华富贵，过去便堪入画，当年正不足观。"虽然谈的是张择端，其实说的也是他本人。

张岱出生在一个显赫、富贵的仕宦之家，从高祖到祖父，都是举业出身，其中曾祖张元汴还是隆庆五年（1571）的状元。父祖几代人的苦心经营为其营造了一个十分优越的生活环境，由此得以受到良好的教育和熏陶。他根本不需要为生计而奔波，别人辛苦一生所追求的富足和安康，他从一出生便已经拥有，而且还要更好。

没有衣食之忧，他过着一种清闲、适意的生活，人世间的各种享受他都曾一一亲身体验过，他曾这样描述自己当年的生活状态："少为纨绔子弟，极爱繁华，好精舍，好美婢，好娈童，好鲜衣，好美食，好骏马，好华灯，好烟火，好梨园，好鼓吹，好古董，好花鸟，兼以茶淫橘虐，书蠹诗魔。”（《自为墓志铭》）这是其入清之前日常生活的形象写照。这样的生活真是太闲适、太自在了，以至于科场上的连连失利都未给他带来太大的影响。

但是命运之神并不总是垂青于某一个人，很快，充满血腥的改朝换代所带来的沧桑巨变不仅改变了这个国家，改变了一个时代，同样也彻底改变了张岱的生活。国破家亡，这个原先在书籍上看到的抽象词汇转眼间已成为刻骨铭心的切身感受。

谁能想到，一位安享人间富贵的纨绔子弟转眼间成为让人唯恐避之不及的下层贫民，生活一下陷于十分困窘的地步：“所存者，破床碎几，折鼎病琴，与残书数帙，缺砚一方而已。布衣疏食，常至断炊。”（《自为墓志铭》）但就在这种极端困顿的环境中，张岱仍然很可贵地保持着一个读书人的人格和尊严。

明亡之后，张岱曾请缨带兵三千，去诛杀奸臣马士英，但未能如愿。他也曾参加过一些抗清斗争，很快就发现大势已去，无力回天。随后埋名隐迹，以遗民自居，不与新朝合作。他没有获得过功名，更不是朝廷命官，却有着比达官贵人更为自觉的民族意识和文人气节，以自身的言行体现了“国家兴亡，匹夫有责”的可贵精神，与那些曾身居高位，转眼却在新朝委曲求全的贰臣们形成鲜明对比。

富贵、优雅的生活如过眼烟云，一阵腥风血雨的洗劫之后，剩下的只有一段不堪回首的记忆。人生仿佛一场梦，正如作者本人所说的，“繁华靡丽，过眼皆空，五十年来，总成一梦”（《陶庵梦忆》自序）。品茶、赏花、观剧、宴会、远游，这些先前极为普通的日常生活如今已成为遥不可及的奢望。但张岱并没有因此而消沉和绝望，因为还有许多重要的事情在等着他做。

他看到和听到了太多可歌可泣的人物和事迹，不管是欢乐还是悲伤，这些都是不能被忘记的。他要以个人之力，留下一段可信的历史，让子孙后代了解那些曾经发生的事情。他笔下的历史可分两种，一种是全景式的刻画，比如《石匮书》《石匮书后集》；另一种则是个人生活的描绘。《陶庵梦忆》显然是属于后者。

《陶庵梦忆》既是一部个人化的日常生活史，也是一部晚明时期的时代画卷，更为重要的，它是一部写满沧桑的心灵史。通过作者的所见所闻，晚明时期江南地区的日常生活特别是衣食住行、社会习俗的各个方面如在眼前。由于是苦难过后的追忆和反思，作者不自觉地会进行过滤，只留下那些最为美好、值得留恋的东西，以此来表达故国之思、乡土之情，抒发沧桑之感，寄托兴亡之叹。

字里行间，作者不时流露出忏悔之意。不过，更应该忏悔的不是他这样一位没有任何官阶的布衣平民，而是高高在上的皇帝和那些显赫一时的权贵们。从这个角度来看，他不仅是一个人在忏悔，也是在替一群人进行忏悔，替一个王朝进行忏悔。

这种从富贵到破落的生活经历和痛定思痛的创作心态，很容易让人联想到曹雪芹和他的《红楼梦》。事实上，已有不少人注意到这一点。遗憾的是，有人竟然将这种本该充满诗意的联想变成生拉硬扯的附会，没有任何事实依据地将《红楼梦》的著作权硬派给张岱，可谓大煞风景。

不过，如果从比较的角度将两部书放在一起对观，这会是一个很有意思的话题。《红楼梦》一书写尽贾府的荣华富贵，但它绝不是一部奢华生活的教科书，而是一部血泪文字，正所谓“满纸荒唐言，一把辛酸泪”。

对《陶庵梦忆》一书也应作如是观，作者追忆似水年华，极力描绘改朝换代前个人生活的闲适和富足，但绝不是为了炫耀，只要看一看作者那篇写得极为沉痛的自序，就可以明白这一点。也正是因为有了这层沧桑和寄托，全书带有浓郁的抒情色彩，字里行间，透出一种难以释怀的痛苦和忧伤。相比那些沉溺于感官享受的晚明小品文，本书无疑要高出一个层次，它开创了小品文艺术的新境界，代表着明代散文的最高成就。

全书所写，都是极为生活化的内容和场景，这些精心描绘的种种生活细节在当时看来，也许是司空见惯，但在今天，却有着重要的史料价值和审美意义。如此十分详尽、个人化的琐细内容，各种官方文书档案自然是不屑于记载的。

如果要了解晚明时期江南地区民众，特别是士人阶层的生活情况和心理状态，该书的价值是无可替代的。由于作者生活优越，游历广，见识多，不经意间的描绘，往往让我们这些后人感到惊叹，感到震惊。它所描写的，是一种感性的历史，因而也更为真实。

对不少读者来说，除了增长见闻、开阔眼界，他们更喜欢该书闲适、清新的风格和亲切、随意的文字。《陶庵梦忆》一书十分鲜明地体现了晚明小品文的特点：所谈皆日常琐事，内容庞杂，如叙家常，但都围绕着个人的感性生活而展开，收放自如；每则字数不多，但篇篇写得精彩。

作者文笔清新、洗练，且富有表现力，不管是写人还是叙事，都娓娓道来，生动形象，情趣盎然，可谓琐而不厌，细而不烦，具有很强的可读性。需要注意的是，该书文字读起来轻松、随意，但细细推敲，实际上还是颇为考究的，遣词造句，皆见功力，毕竟轻松不是松散，随意不是随便。全书引经据典之处，也有不少，颇见作者广博的学识，只是大多用得贴切自然，不易发现而已。这种既见才华又显学识的文字不是谁都能写得来的。

最后简要介绍一下本书的整理情况。《陶庵梦忆》主要有两个版本系统：一个是一卷本，一个是八卷本。一卷本只有一种，即乾隆年间金忠淳刊行的《砚云甲编》本，收录作品四十三篇，非《陶庵梦忆》一书全部。八卷本收录作品一百二十三篇，存世版本有多种，其中刊行最早者为乾隆五十九年（1794）王文诰评点本，该本存世较少。

流传较广者为清咸丰间《粤雅堂丛书》本，现市面上所见的整理本大多以该本为底本。

本书以八卷本的最早刊本乾隆间王文诰评点本为底本，以《粤雅堂丛书》本为校本，并参考其他刊本及今人整理本，择善而从，因系普及读本，不再出校记。

注释偏重人名、地名、典故及部分疑难词语，并征引作者其他著述中相关的文字以作对照和补充。对书中多次出现的词语，只在第一次出现时出注。

为便于读者更为深入、全面地了解该书，将收于《琅嬛文集》的作者自序放在卷首。《砚云甲编》本有四篇作品不见于八卷本，本书作为附录收入。附录部分还收有作者的《自为墓志铭》及相关刊本的序跋，以供参考。

本书2008年初版，这是笔者整理出版的第一部古代文学作品，转眼间已近十年。出版后自己发现了一些问题，也有读者指出其中的错误，这次修订除将已发现的问题改正外，还对内容进行了较大的修改，尽管如此，必定还存在一些错误或不够妥帖的地方，恳请读者诸君批评指正。

2017年4月10日

当平凡成为奇迹
——重读《浮生六记》

对一般读者来说，沈复和他的《浮生六记》应该不算是一个陌生的名字，虽然还不能像《三国演义》《水浒传》《西游记》《红楼梦》等经典文学名著那样达到家喻户晓、妇孺皆知的程度，但喜欢它的人也是相当多的，甚至有“浮迷”之说。之所以要提到这些，是因为这本书能流传到现在，不能不说是一个奇迹。

说奇迹，主要有两层意思在：首先，从作者沈复来看，到目前为止，我们对他的了解大体上不出他自己的《浮生六记》这本书，虽然还可以找一些其他相关的记载乃至他本人的画作，但大多语焉不详，所提供的信息相当有限。

可以这么说，沈复留给后人的印象恰好就是他本人所描绘的自画像，这似乎也是他想留给世人的印象，虽然模糊了些。在那个时代，像他这样的文人不知道有多少，普通得不能再普通，虽然读过书，但没有获得过什么功名，自然也就做不了官，只能到处游幕，有时做点小生意，一生都在为生计而奔波。

二百多年过去了，那些曾和作者有着同样遭遇的千千万万名下层文人早已湮没在历史的陈迹中，即便是生前显赫的达官贵人们，人们如今又能记得住几个呢？但我们牢牢记住了沈复这个名字，并且把他写进文学史，让他和那些曾让其景仰膜拜的历代文豪们并列，相信作者生前就是做梦，都未必敢梦到这些。

这一切都是因为有了《浮生六记》。有了这本书，平凡的人生一下变得不同凡响，这就如同蒲松龄之于《聊斋志异》一样。对这种无心插柳柳成荫的作家，后人理应献上更多的敬意，因为他们不是靠权势，不是靠金钱，不是靠家族，更不可能靠炒作和包装，而是切切实实地靠着个人的真情和人格，靠着个人的才华和文笔名垂文学史册。他们生前没有得到过社会的认可，更不用说有成就感，古人所讲的立德、立功、立言，似乎都和他们无缘，注定在失意落魄中走过一生。对文学史来说，他们是纯粹的奉献者。

其次，从《浮生六记》这本书来看。它能流传到现在，打动一代又一代读者，也是一个奇迹。作者在创作的时候，主要是写给自己的，并没有藏之名山的雄心在。加上生活困难，似乎也没有刊印的打算。因此在作者身后的数十年间，并没有多少人知道这本书的存在。如果不是杨引传这位有心人在冷摊上偶然得到这部书，并将其刊印出来，我们今天很可能根本就不知道世间竟然还有这么一部书。

事实上，该书被发现的时候，已经残缺不全了，本来全书也不过才六卷，几万字而已，还散失了后两卷，即三分之一。但就是这仅存三分之二的小书，刊印之后，却大受欢迎，直到今天仍不断被刊印，拥有庞大的读者群，其各类版本按照有位学人的统计，至少有160多种，可见其受欢迎的程度。

这不禁让我们想到《红楼梦》，该书也是一部残书，恰好散失三分之一，仅存80回，但它照样成为一部文学经典。这就是文学的力量和魅力。它让我们看到，一部作品的流传、风行固然有很多偶然因素，但最关键的，还在作品自身。说得极端一些，一部书的长短、完整似乎都不是最重要的。

不知道沈复和《浮生六记》的流传在中国文学史上代表的是一个规律，还是一个例外，但它确实给人们留下了许多值得深思的东西。身份极为普通的作者，写的不过是日常琐事，既没有金戈铁马，也没有江湖恶斗，更不会有降妖除怪，一切都那么平凡，我们生活中都可见到的人，都会遇到的事。

那么，为什么自发现《浮生六记》一百多年来，人们如此爱读呢？在笔者看来，人们爱读的原因恰恰就在其平凡普通。唯其平凡普通，才不需装腔作势，不必矫揉造作，写的都是个人亲身经历的事情，都是个人刻骨铭心的感受。对那些厌倦了说教训斥、读腻了高头讲章的读者来说，它让人感到亲切、自然，从书中看到了自己，自然能引起强烈的共鸣。

看看文学史上，有哪一位作家是靠喋喋不休、毫无新意的说教获得成功的。真情实感，平淡自然，这就是本书最大的特点，也是它最能引起读者共鸣的地方。

时光已过去二百多年，《浮生六记》的价值也因历史文化的积淀而变得更为丰富多元。曾经在很长一段时间内，人们把它作为解读古代家族生活弊端的样本，比如俞平伯、林语堂、赵苕狂等人就是从这个角度解读的。这种解读有其特定的时代文化背景，可以给人不少启发。

在这种角度的观照下，人们对书中的女主人公芸娘给予了特别的关注，主要是同情和惋惜，这一方面是因为这个人物写得特别生动、感人；另一方面也是因为这种类型的女性人物在以往的文学作品中实在是太少见了，这也是沈复对中国文学史的一个重要贡献。由于这方面的论述已有很多，这里不再赘述。

芸娘之外，作者本人在书中展现的形象也同样值得关注。毕竟芸娘主要在第一、三两卷中出现，而作者则活动在整本书中，他才是真正的主角。尽管后两卷已经失去，但从其题目及相关资料来看，仍主要是写作者本人的经历和见识。

即便是芸娘，这个最让读者牵挂的人物，她之所以如此可爱迷人，固然是出自个人的秉性，但也不能说与作者无关。正是作者可贵的开明、宽容和爱心，给她提供了这样的舞台，并将其记录下来。尽管这个舞台实在太小了，时间也太短了。可以想象，如果换成一个不解风情、俗不可耐的男人，比如《红楼梦》里的贾赦、贾珍之类，芸娘还能有这些逸闻趣事吗？要知道在那个时代，妻子的命运几乎完全掌握在丈夫手里。

可以这么说，有什么样的丈夫，就会有什么样的妻子。是沈复培养和塑造了一位可爱迷人的妻子。当然这样的培养、塑造也付出了沉重的代价，芸娘的悲剧不能把账全算在封建礼教的头上，她自身的性格及为人处世的缺陷给自己同样也给丈夫带来了很多麻烦。

感情生活之外，作者的其他方面也是值得注意的。他是一位有个性的下层文人，从他对各地风景名胜的褒贬可以看出这一点。虽然社会地位不高，生活困顿，但他依然保持着难得的自尊，照样苦中作乐，享受人生，享受生活，即便是在借钱回家的路上，也要顺道到虞山一游，这种乐观旷达的人生态度难能可贵，对每个有着类似不幸遭遇的读者都是一种激励和启发。

《浮生六记》虽然写了不少人生的苦楚和无奈，但字里行间丝毫找不到那种毫无节制的宣泄和哀怨，而且作者的享乐也不是醉生梦死、自甘堕落的那种。他不仅热爱生活，而且懂得如何生活，尽管生活贫寒，但充实而有趣。

看看他讲盆景、家居的那些文字，就可以知道，他绝非泛泛而谈，而是一位真正的行家里手。从写山川风景的那些文字，可见其独到的鉴赏眼光，他不喜欢苏州的狮子林，不喜欢扬州的五亭桥，不喜欢南昌的滕王阁，但并非故意在唱反调，而是能讲出道理，给人以启发。

如果生活在当下，能具备他这种文化素养和鉴赏水平，相信不至于沦落到没饭可吃的程度，他可能是位大学教授，可能是位园林专家，也可能是位成功的商人。这并不是说，现在就一定比那时好，但最起码实现人生的机会及评判成败的标准要相对多元一些，人生舞台相对要大一些。

对一部广为传诵的文学作品来说，仅有真情实感是不够的，还要有高超的写作技巧，尽管这种技巧读者并不一定都能明显地感觉到。《浮生六记》在这方面颇有值得称道之处，全书恬淡从容，简洁明快，凡人真事，娓娓道来，看不到刻意雕琢的痕迹，事实上作者也反对这样做，其效果正如他本人所说的“人工而归于天然”。

字里行间，深厚的文学修养和文字功力是可以感受得到的，无论是写人、叙事还是记景，都很别致，这种别致背后显然有作者的苦心在。随意不是随便，这也是一种文学技巧和境界，没有多年的修炼，是无法做到的。

此外需要强调的是，作者本人是一位画家，又开过书画店，这种艺术修养和知识背景可以从其对各地山川风物精当优美的描绘中看出来，达到了诗情画意的境界。真情实感，加上生花妙笔，成就了一部优秀的文学作品。

斗转星移，沧海桑田，在作者身后，这个世界发生了太多太大的变化，仅仅二百多年的时间，沈复笔下的苏州、扬州、杭州、广州、荆州等，尽管地名还是原来的地名，但我们已如同置身于另外一个时空。

全书篇幅不长，但内涵颇为丰富，特别是山川风物、街市民巷、节庆民俗的描绘，逼真，生动，如同一幅幅清新明丽的江南风物画卷，给人印象至深。它让我们看到二百多年前苏州一带平民百姓真实的生活状态，它带给我们的也不仅仅是古今对比的感慨。对历史学家来说，它为研究江南文化提供了难得的第一手资料。

《浮生六记》的传奇与迷局

说起《浮生六记》这本书，还有一段颇具戏剧色彩的传奇故事：

光绪三年，也就是 1877 年，一部名为《独悟庵丛钞》的书籍出现在市面上，该书辑录了几种少见的笔记著作，其中一种为沈三白的《浮生六记》，书的名字很陌生，作者也不为人所知，篇幅不长，只有六卷， 而且还残缺不全，少了后两卷。

但就是这样一本书，面世后竟大受欢迎，一纸风行，其后不断以单行本的形式刊印，人们争相传诵，如今已成为一部具有经典性质的文学名著。

最早刊印《浮生六记》的人叫杨引传，他也是《浮生六记》的发现者。杨引传，原名延绪，号醒逋、苏补、淞滗外史、老圃，斋名独悟庵，江苏吴县人。主要活动在道光到光绪年间，著有《独悟庵集》[①]。杨引传与《浮生六记》的结缘十分偶然，他是在家乡苏州的一个冷摊上买到该书的[②]。

据他介绍，自己得到的是“作者手稿”。此后，他曾“遍访城中”，寻访有关作者沈三白的信息，但一无所获。尽管如此，他还是把这部书刊布出来。该书的风行证明了他不俗的眼光。我们今天能够阅读、欣赏这部书，真应该感谢这位杨引传，没有他，也许《浮生六记》早已失传，没有人会知道天地间还曾有这样一本好书。

书虽然刊印了，也很受欢迎，但喜爱《浮生六记》的读者并不满足，因为它缺少了后两卷。1935 年，戏剧性的一幕再次出现：这年 8 月，上海世界书局出版《美化文学名著丛刊》，其中收录了带有后两卷的《浮生六记》，即所谓的足本《浮生六记》。

“足本”是由一位叫王文濡的人提供的，据说他像杨引传当年一样，也是在苏州的冷摊上买到的。王文濡

① 参见平步青《霞外捃屑》卷 2《玉鱿生言志》条的相关记载，上海古籍出版社 1982 年版。

② 至于杨引传购得《浮生六记》的时间，不少人系于光绪三年（1877），这是有问题的。因为这只是《浮生六记》首次被刊印、杨引传写《浮生六记》序的时间。结合相关记载来看，从冷摊购得的时间至迟应在同治甲戌年即 1874 年，也可能就在这一年，因为这一年近僧潘麟生已从杨引传那里读到该书，并写了序言和十首诗。

（1867—1935），原名承治，字均卿，别号学界闲民、天壤王郎、吴门老均、新旧废物等。浙江南浔人。曾先后在商务印书馆、中华书局、大东书局、文明书局等多家出版机构任职。编著、出版有《国朝文汇》《续古文观止》《明清八大家文钞》《说库》等。早在 1915 年，王文濡就曾将《浮生六记》收入其所编的《说库》中，由文明书局刊行，这是一个四卷本。

"足本"一出，立即引起人们的关注，但争议也随之产生。后两卷的出现非但不能让读者满意，反倒引出了真伪问题。在此后的几十年间，这一直是人们津津乐道的一个话题，成为学术史上的一段公案。围绕着一本残缺的小书，竟然发生如此多戏剧性的故事，竟然有如此多的谜团，假如沈复地下有灵，看到这一现象，不知当作何感想。

经过多年的不懈努力，人们逐渐寻找到一些资料，围绕《浮生六记》产生的一些谜团逐渐得到破解：

首先是作者问题。如今人们对沈复的了解虽然并不算多，但与杨引传当初得到《浮生六记》时"遍访城中无知者"的情况相比，还是要好多了。

从现有的资料来看，最早记载沈复事迹的是彭蕴璨《历代画史汇传》一书，该书刻于道光年间，在其卷五十有如下记载："沈复，字三白。元和人。工花卉。"稍后冯桂芬所撰的同治《苏州府志》卷一百三十六（光绪九年刊本）也有记载："沈三白《浮生六记》。三白失其名。按无锡顾翰《拜石山房集》有《寿吴门沈三白诗》。”

这些记载语焉不详，加上其他一些零星的资料，所勾勒出来的沈复形象仍然较为模糊。因此，对其生平事迹记载最为详细、可靠的资料还是《浮生六记》，这本书可以看作是作者的自传。

尽管他描写的大多为其他人，但从中可见作者本人的主要经历和性情：他虽然读了不少书，学养深厚，但没有得到功名，常年以游幕为生，卖过画，也做过一些小生意。喜爱盆景、园林及远足，足迹遍及全国各地，多才多艺，为人洒脱达观，不拘小节。除了《浮生六记》外，不知是否还有其他著述，其绘画作品有一些保存了下来。

其次是“足本”问题。这个问题现在已基本解决，经过认真比对，研究者找到了“足本”后两卷的源头。那就是卷五《中山记历》系根据李鼎元的《使琉球记》改头换面，拼凑而成。

李鼎元曾于清嘉庆五年（1800）作为副使出使琉球，《使琉球记》记载了他此次到琉球的所见所闻。

卷六《养生记道》的来源有二：一是张英的《聪训斋语》，二是曾国藩的日记《求阙斋日记类钞》。据陈毓罴先生的统计，《中山记历》“全文有百分之九十四是偷袭来的”，《养生记道》则抄袭《聪训斋语》11条，抄袭《求阙斋日记类钞》8 条[①]。

证据确凿，没有丝毫含糊的空间。那么，这个所谓的“足本”又是如何产生的呢？显然问题出在那位提供者王文濡身上。遗憾的是，王文濡在“足本”刊行之前就已去世了。直到二十世纪八十年代，随着知情人的现身，事情的真相才逐渐显露出来。

1980 年，郑逸梅发表《〈浮生六记〉的“足本”问题》一文，谈到当年王文濡曾想请他代笔“仿做两篇，约两万言”，但他没有答应。后来“世界书局这本《美化文学名著丛刊》出版，那足本的六记赫然列入其中。那么这遗佚两记，是否由他老人家自撰，或托其他朋友代撰，凡此种种疑问，深惜不能起均卿于地下而叩问的了。总之，这两记是伪作”[②]。

伪作是王文濡请人代笔，这是没有问题的，但它到底出于何人之手呢？到 1989 年，这一谜底终于揭开。这一年，王瑜孙发表《足本〈浮生六记〉之谜》一文，指出“足本”后两卷的作者为黄楚香，酬劳为二百大洋。作者

① 以上见陈毓罴《〈浮生六记足本〉考辨》，载《文学遗产增刊》第十五辑，中华书局 1983 年版。
② 郑逸梅《〈浮生六记〉的“足本”问题》，《读书》1981 年第 6 期。另参见其《〈浮生六记〉的伪作》，载其《清娱漫笔》，上海书店 1982 年版。

是从大东书局同仁那里得知这一情况的[1]。至此，困扰了人们半个多世纪的难题算是彻底解决。

此外，还有一个与此有关的小问题，那就是沈复是否真的去过琉球？从现有的材料来看，他确实去过，但不是在嘉庆五年，而是在嘉庆十三年，与正使齐鲲、副使费锡章同行。[2] 最为直接的证据是李佳言写有《送沈三白随齐太史奉使琉球》诗两首，诗的题目说得很明白，沈复曾随齐鲲出使琉球。

最后要说的一个问题想必读者也比较有兴趣，那就是这样薄薄的一本残书为什么如此受欢迎，它靠什么打动了如此多的读者？

总的说来，可以将此归纳为三个字，即真、善、美。

首先说“真”。“真”是《浮生六记》一书留给读者最为直观、感性的印象，也是其重要特色。书中写的都是作者本人的真实生活，流露的也都是其真情实感，无论是写人记事、写景状物，还是谈文论艺，大多不加掩饰，脱口而出，直抒胸臆。“真”意味着坦诚，意味着磊落，也意味着对读者的尊重，其本身就具有一种强烈的感染力。

但要做到这些还是需要一些勇气的。闺房之乐，人人

① 王瑜孙《足本〈浮生六记〉之谜》，《团结报》1989年9月26日。
② 参见陈毓罴《〈浮生六记足本〉考辨》一文的相关考证，载《文学遗产增刊》第十五辑，中华书局1983年版。

皆知，写伉俪情深的文学作品也有不少，大多都是点到为止，如果将夫妻生活的细节以写实的笔法描绘出来，展示给世人，则很少有人愿意这样做，即使愿意，也未必有面对世俗非议的胆量。

此前的文学作品中，只有虚构的小说作品有这方面的描写，像《闺房记乐》这样的写法在自传性的文章中较为少见。俗话说，家丑不可外扬。作者却反其道而行之，既描写了公婆和儿子、儿媳的冲突，也写到了兄弟之间的矛盾，揭示了家庭悲剧的酝酿和发展过程，为人们展现了一个普通家庭的真实生活状态。从这个角度来看，《浮生六记》的“真”不仅大胆、直率，而且也是一种创新。

其次说“善”。“善”主要体现为作者的精神境界和品格。从书中的描写来看，他虽然身为寒士，靠游幕、经商维持生计，生活不时陷入困顿，但一直保持乐观旷达的人生态度，和妻子芸娘相互扶持，珍惜身边拥有的一切，共同面对人生的种种难题。

他们根据自身的物质条件，追求生活的高品位，寻找生活的乐趣，为自己也为别人带来快乐。生活尽管清贫，但日子照样过得有滋有味，充满艺术情调，其乐融融。这种乐观旷达的人生态度也深深感染、打动着读者。二百多年过去了，沧海桑田，物是人非，但有些东西是永远不会改变的，作者写出了这种永恒的东西。

他们偶尔也有一些出格之举，但大多出于天真、浪漫的性情，不过是想活得更为自然、真实，更有情趣而已，哪怕是像现代人所说的做秀，也都不是什么大不了的罪过，更不会伤害别人。

但就是这样，作者夫妇还是和家族中的其他人发生了严重的冲突，受到社会的非议，芸娘，这个被林语堂称为“中国文学上一个最可爱的女人”，过早地离开了人世。这本来是一个可以避免的悲剧。

再次说“美”。“美”体现为作者高超的文学水准。书中所写大都为日常生活中的细节琐事，但读起来并不感到单调、沉闷，反倒觉得兴味盎然。这是因为作者很善于选择，尽管都是生活琐事，但他很注意选择那些最能体现人物性格、情趣的场景，精心描绘，形象逼真，如在眼前，深得《世说新语》三昧。

写景状物更是作者的拿手好戏，这一方面得益于他的丰富经历，见多故能识广，对其间的得失都能从容不迫，娓娓道来。另一方面则得益于他的艺术修养，作者精于盆景和园林，又擅长丹青，因此能将自己的才艺融入文学笔墨中。对每处景致，并不全面铺写，而是点出其特色所在，寥寥数笔，勾勒而出，精确而传神。行文间所显露出来的文学功力，令人敬佩叹服。

恬淡、素雅，这是该书的整体风格。作者文笔简洁、老到，但又不失生动、流畅，语言富有表现力。从表面上来看，作者似乎不加雕饰，随笔写出，如道家常，但实际上无论是谋篇布局，还是遣词造句，都很用心，非常精致，效果正如作者所说的人工而归于天然。全书如同一件晶莹剔透的艺术品，有人将其誉为“小红楼”。可见它受到众多读者的欢迎，并非偶然。

风月秦淮视野中的故国情怀

康熙三十六年（1697），刻书家张潮刊行了一套大书《昭代丛书》，这套收录一百五十部著述的丛书刚一面世就引起世人的关注。这种关注在很大程度上是由一部一万多字的奇书引发的。

这是一部什么样的奇书呢？从内容上看，不过是一段风月繁华的记录，类似题材的著述前代已有不少，如《北里志》《教坊记》《青楼集》等，但该书并没有重复前人的老路，而是另辟蹊径，以十里秦淮狭邪艳冶的追述寄托故国之思、兴亡之叹，为风月繁华注入新的内涵。这种独特的视角和与新颖的写法不仅令人耳目一新，同时也引起了人们的争议，这种争议一直持续到当下。

这部书就是《板桥杂记》，它出自余怀之手。

一

余怀（1616—1696），字澹心，又字无怀、广霞，号曼翁、寒铁道人、无怀道人、鬘持老人等。尽管一生写有不少著述，如《甲申集》《枫江酒船诗》《五湖游稿》《玉琴斋词》《三吴游览志》《东山谈苑》《余子说史》《砚林》等，在当时江南的文坛上也颇有些名声，受到吴伟业、王士禛、尤侗等人的赏识，与杜濬、白梦鼎齐名，被誉为"余杜白"，但如果没有这部《板桥杂记》的话，余怀在中国文学史上的色彩一定会暗淡许多。

从余怀的生平经历来看，并没有多少值得记述的大事。他虽然出生在福建莆田，但从小就跟随父母迁居南京，晚年移居苏州，足迹遍及扬州、杭州、绍兴、松江等地，对江南各地山川风物、乡风民俗的熟悉程度远远超过家乡，他本人也自称江宁余怀、白下余怀，可见其情感所系；他虽然有匡世之志，游学南雍，参加科举考试，但没有获得任何功名，只是做过一段时间的幕府，终其一生都是一介布衣的身份；他虽然自命风流，混迹于旧院名妓间，但并没有多少可以挥霍的钱财，晚年卖文为生，生活拮据，甚至连《板桥杂记》的刊刻都要请托他人。如果没有崇祯十七年（1644）的甲申之变，他的人生道路几乎没有悬念，不过是一个沉醉于六朝烟粉的风流文人。

崇祯十七年三月十九日，李自成率军攻入北京，崇祯皇帝自缢身亡，但这场巨变的最终受益者却是满清。这个来自白山黑水间的彪悍政权冲出山海关，马踏江南，只用了一两年的时间就以残暴、血腥的方式完成了王朝的更替。伴随着改朝换代的是千千万万士人及其家庭命运的改变，由此也催生了一个效忠于旧朝的庞大遗民群体。

余怀正是这个群体的一员，这一年，他二十九岁。王朝更迭首先改变的是他本人的生活，其家产在战乱中被洗劫一空，妻子也因受到惊吓而死，身边不少亲友或为国殉难，或惨遭屠杀。快乐、安逸的生活如风而逝，一位倜傥潇洒的风流文人转眼间流离失所，不名一文，“破产丧家，流离他郡”（余怀《冒巢民先生七十寿序》）。国破家亡这个词对余怀来说，已不再是史书上漠然的记载，而是一段刻骨铭心的亲身体验，其内心的悲愤之情是可以想见的。

如此惨痛的人生经历也就决定了余怀后来思想情感的取向，他留恋昔日诗酒风流的快乐生活，不可能认同乃至归顺这个新的政权。他年轻时曾多次参加复社的雅集，“与诸位名士厉东汉之气节，掞六朝之才藻。操持清议，矫激抗俗”（余怀《冒巢民先生七十寿序》），对人格操守与气节极为看重。

甲申之变后，他又秘密参加反清复明的抗争活动，但没过多久就发现大势已去，事不可为，只得漂泊各地，寄情山水，通过文学创作这种形式坚守和抗争，抒发亡国之痛，丧家之悲。虽然只是一介布衣，并没有从前朝获得功名和利益，但在关键时刻，表现出高尚的人格和可贵的气节。

以崇祯十七年甲申之变为界，可以将余怀的人生历程与文学创作分为前后两个阶段。在前一个阶段，余怀流连旧院，贪恋风月，所写多有与秦淮歌妓来往的绮丽文字，尽管文学成就不是很高，但对了解明末江南文化具有重要的史料价值。可惜余怀晚年思想转变，悔其少作，舍弃了这些作品，“甲申以前诗文尽皆焚弃，中有赠答名妓篇语甚多”（《板桥杂记》后跋），后人因此难以寓目。

今天所能看到的诗文、杂记等著述，基本写于后一个阶段。在这一阶段，经历过沧桑巨变，看惯了人情冷暖，无论是吟咏山水，还是赠别文字，都带有浓重的身世之感，他坚守气节，怀念前朝，追思故人，创作始终围绕着今昔之比、兴亡之叹这个主题进行。余怀的作品在当时颇受赞誉，吴伟业以“后生领袖”期许，王士祯读过《金陵怀古诗》后将其比作唐代的刘禹锡，这无疑都是很高的评价。

余怀才华过人，学识渊博，平生著述甚多，他本人曾乐观地介绍，这些著述当时“虽未雕板问世，而友人借抄，几遍东南诸郡”（余怀《幽梦影》题词）。但令人遗憾的是，今天所能看到的文字只是他平生著述的一小部分，还有不少著作如《古今诗品略》《说诗》《党鉴》等皆已佚失无传，这与其著述中多有违碍文字有关，也与其晚年生活困顿、无力刊刻有关，否则余怀留在后人心目中文学家和学者的印象将会更为鲜明、更为深刻。

尽管不少诗文写得情真意切，获得了极高的评价，但在余怀看来，还不足以准确妥帖地抒发他对人生的感慨和内心的郁闷，写出他对世事沧桑的深切感受，他一直在寻找一种更为恰切的表达方式。

幸运的是，人到晚年的时候，他终于找到了这种表达方式，将万千人生感触通过秦淮风月的追忆巧妙地传达出来。毫不夸张地说，《板桥杂记》是凝聚了余怀毕生心血的一部传世之作。该书完成于康熙三十三年（1694），此时的余怀已是七十九岁的老人，离生命的终点仅有两年的时间。

对这部篇幅不大的作品，余怀本人是极为看重的。他担心该书散失，希望能让更多的人读到，书稿完成后，随即去找自己的好友尤侗写序。因无力刊刻，又去找喜欢刻书的张潮帮忙，请其收录自己的这部作品。他的要求一一得到了满足，遗憾的是，等《板桥杂记》刊出的时候，他已经无法看到了。

二

既然要写一代之兴衰、千秋之感慨，还是有多种可歌可录的题材内容与表达方式可供选择的，为何偏偏要选取看起来有些轻佻、荒谬的狭邪艳冶这个角度，何况此时的余怀已是风烛残年，早已过了谈论风月的年龄。

显然，余怀本人也意识到了这一点，他担心后人误读自己的作品，特意在自序及后跋中交待创作动机，一再强调自己是“有为而作”，并非在炫耀个人的人生经历，更不是茶余饭后的消遣之笔、无病呻吟。

这种强调既是讲给自己的，也是说给读者的。如果仅仅沉迷于才子佳人的风流韵事来看这部作品，或者从道德的角度来指责作者，都不是余怀所期待的读者与阅读方式，他希望后人能从灯红酒绿、歌场欢笑的追述中感悟到文字背后的凄楚与感慨。事实证明，这种担心并非多余，比如《四库全书总目》就称其为“风雅之罪人”。

改朝换代的巨大变迁冲击着一代文人敏感的心灵。将《板桥杂记》放在大的时代背景下，对其独特的视角与表达方式可以看得更为清晰。可以说，有着类似经历与体验的并不仅仅是余怀一人，以写繁华反衬悲凉的写法也并不仅仅属于余怀一人，这是一种具有时代和共性色彩的情感与表达。

比如张岱的《陶庵梦忆》就与《板桥杂记》存在颇多相似之处，张岱与余怀不仅生平经历类似，思想情感相近，两人的写法也是基本一致，且不说两人还写到了不少共同的人物与事迹。

可以拿来进行比较的还有孔尚任的《桃花扇》和曹雪芹的《红楼梦》。借家族兴衰、离合之情写兴亡之感，这是这一时期作家共同使用的一种创作模式。当然，这种模式并不陈陈相因，《红楼梦》没有重复《桃花扇》，《板桥杂记》自然也不会效颦《陶庵梦忆》，它们存在一些共性，但各自的特色还是十分鲜明的，具有不可替代的艺术价值。

抒发兴亡之感、故国之思，不写刀光剑影，没有鼓角争鸣，将目光聚焦于灯红酒绿的秦淮风月，这无疑是一个相当别致也颇为巧妙的角度。看起来所写不过风月场中的红粉娇娃、文人骚客，实则涉及江南文坛及时代风尚的变迁，表面上只是一段风月繁华的记录，在其背后，则是对一个时代、一个王朝痛定思痛之后的追思。

“江南佳丽地，金陵帝王州。”（谢朓《入朝曲》）特殊的地理环境和历史机缘造就了意蕴深厚、独具特色的秦淮文化。朱元璋开创大明王朝，定都于此，其后明成祖虽迁都北京，金陵仍享有首都的地位。这里有明清时期最大的考场——江南贡院，可以容纳上万人，三年一次的乡试使这里成为江南文人的荟萃之地。这里也是名妓辈出的风月场、温柔乡，出入这里的不仅是文坛知名的才子骚客，也有权高位重的达官贵人，成为体现时代变迁的晴雨表。

这种独特的地域文化形成于六朝时代，至明末达到鼎盛，成为一个时代繁华兴盛的标志。从这个角度来看，名妓的显隐、旧院的兴废并不仅仅意味着一个城市的变迁，它还代表着王朝的更替，何况这座六朝古都自身就是一个具有标志意义的文化意象，屡屡出现在文人才士的名篇佳作中。

余怀撰写《板桥杂记》，所看重的也正是这一点，他在这座古老的都城里生活多年，对这里的风景名胜、乡土人情、遗迹掌故十分了解，有着深厚的感情。将秦淮风月放在改朝换代的背景下书写，这可以说是机缘巧合，也可以说是余怀的必然选择，是由其人生经历所决定的。在该书中，他着意去写时代风云的变幻，实际上展现的也是其本人的生活经历。正是这种选择，成就了一部明末清初版的《东京梦华录》《武林旧事》。

书写秦淮风月，主角自然是那些声名远扬的南曲名妓。除顺带提及的前代名妓朱斗儿、徐翩翩、马湘兰、郑如英等，全书重点记述了三十多位江南名妓的经历与事迹。作者“少长承平之世，偶为北里之游”（《板桥杂记》），年轻时风流不羁，出入旧院，与其中多数人有过或疏或密的交往，为其赋诗填词，对她们的情况较为了解，因而他的记述更为感性，也更为准确。总的来看，其笔墨主要集中在如下两个方面：

首先，记录这些名妓的容貌秉性、为人处世，突出她们高贵的品质与美好的心灵。用作者本人的话说就是“或品藻其色艺，或仅记其姓名，亦足以征江左之风流，存六朝之金粉”（《板桥杂记》）。

在作者笔下，这些秦淮名妓个个天生丽质，容姿不凡，或“色丰而姣”，或“眉目如画”，或“庄妍靓雅”，或“姿首清丽”，可谓天生尤物，倾国倾城。她们才艺出众，或工诗文，或擅丹青，或精词曲，同时又各具鲜明的个性，或豪爽，或沉静，或开朗，或内敛，皆有自己独特的魅力。从作者的用语中不难看出他对这一女性特殊群体的欣赏、赞美之情。

这些女子因各种原因堕入烟花，卖笑为生，但大多并不甘于沉沦，受人摆布，而是以各种方式维护自己的尊严。对那些危难当头不畏权势、保持独立人格、具有抗争精神的歌妓如葛嫩、李香、燕顺等，作者尤为赞赏，用较多笔墨来描写她们舍生取义的传奇事迹。

其次，关注这些名妓的命运和归宿。除尹春、马娇、顾喜等少数不知所终者，书中所记这些女性的命运大多是不幸甚至是相当悲惨的，或死于战乱，如葛嫩、王月，或随主人遭祸丧家而飘零，如卞敏、顿文、朱小大，或过早夭亡，如尹文、董白。总之，红颜薄命，像顾媚这样得以善终者并不多。

事实上，那些不知所终者也未必有理想的归宿。之所以如此，与这些女性的特殊身份是分不开的。卖笑为生的生存方式决定了她们要依附别人而生存，任人摆布，一旦遇到破家、战乱或其他祸端，她们注定要成为牺牲品，飘散凋零。特别是在血雨腥风的王朝鼎革之际，连那些顾盼自雄、自视不凡的达官贵人、文人才士都无法决定自己的命运，难以承受，这些弱女子命运之悲惨也就可以想象。

其实，无论是在太平盛世，还是在离乱年代，这些女子都是无法决定自己命运的弱势群体，她们的抗争固然可贵，但也是极其有限的。作者在交代她们的结局时，笔端的惋惜、无奈之情是分明可以感受到的。该书重点在写亡国之悲、故园之思，但也有为这些女子树碑立传、让其芳名久传的用意在。作者写出了易代的残酷，也写出了女子的不幸、人生的无常，由美人尘土而生出一种具有浓厚伤感色彩的迷茫和虚幻。

围绕在这些美貌女性身边的，是那些寻欢作乐、醉生梦死的文人才士、达官贵人，他们沉迷于温柔乡里，对于即将到来的风暴和危难熟视无睹，直到黑云压城的生死存亡关头，才措手不及地慌乱应对，但一切都已经太迟。

作者写出了这些人歌舞升平时期的豪奢之举、风流韵事，更写出了他们在易代之际的尴尬与窘迫。南曲旧院所连接的是一个数量庞大的江南文人士绅群体，他们本是大明王朝的基石和依托，但是在关键时刻，却未能承担起救亡图存的重任。国破家亡之后，再来追述这些当年的风流韵事，沉痛哀婉的背后，也许还有几分惋惜和忏悔。

同是混迹于十里秦淮，但各人在猝然梦醒之后的人生抉择和归宿却完全不同，作者用意味深长的笔触描绘了一幅江南名士的众生相：有的贵为公侯，地位显赫，却在强敌面前卑躬屈膝，苟且偷生，如保国公朱国弼，有的甚至沦为代人受刑的市井无赖，如那位中山公子徐青君。

相比之下，那些身份并不太高乃至没有什么功名的士子如孙临、姜垓等反倒表现出可贵的勇气，或临危不惧，大义凛然，或隐居避世，义不受辱。卑贱与崇高、滑稽与庄严，就这样交织在一起，它们的距离也许就在一念之间，但正是这个一念之间，显露出几十年的人格修炼，也分出了人生境界的高下优劣。

不管是舍生取义还是忍辱偷生，不管是达官贵人还是平民百姓，在经历过血雨腥风的改朝换代之后，所有人的命运都发生了改变。太阳每天都在照常升起，但河山易主，黑夜过后的臣民已不再是昔日的臣民，一个新的王朝、一个新的时代拉开了序幕，不管是情愿还是不情愿，都被历史的车轮挟带着缓缓前行。

作者记述了发生在南曲旧院的风流韵事，描绘了十里秦淮的风俗人情，更展现了这一繁华地段从兴到废的巨变，正所谓“一片欢场，鞠为茂草”，这些都是在改朝换代的背景下发生的，被作者赋予新的、丰富的内涵。新旧王朝的更迭往往意味着人生舞台的转变，作者刻意渲染，将秦淮旧院战乱前的兴盛与易代后的衰落形成鲜明对比，让人产生物是人非的沧桑感。作者言语间的那种感伤和悲凉是可以分明感受到的，作品具有浓郁的抒情色彩。

《板桥杂记》一书采取笔记体，分雅游、丽品、轶事三个部分，以丽品为主体，雅游重在背景铺陈，轶事作为丰富补充，各自独立，又彼此关联，组成一个看似松散、实则缜密的艺术整体，勾勒出以诗酒风流为特征的秦淮文化的全貌与变迁，这种结构形式还是颇具匠心的。

无论是写人还是叙事，并非简单罗列，而是经过精心剪裁，选取那些最能体现人物秉性的精彩片段，娓娓道来。笔力精到，寥寥几笔，即活画出人物的神采，栩栩如生，宛然如现。作者学识渊博，旁征博引，轶闻掌故、前代诗文，无不信手拈来，不着痕迹。全书要言不烦，清新流丽，情真意切，一咏三叹，具有很强的艺术感染力。

该书与《陶庵梦忆》《西湖梦寻》等代表着清初小品文创作的新趋势与最高成就。需要说明的是，该书所写人物、事件，皆系余怀亲历亲闻，抒发的也是真情实感，虽有描绘渲染，但并非小说家言，而是具有高度的真实性，尽管被藏书家归入子部小说家类，但与今天的虚构体小说有着明显的区别。

该书的价值是多方面的，文学层面的阅读欣赏之外，还具有较为重要的史料价值。比如该书对秦淮名妓唱曲、清客串戏的记载，对探讨明末江南地区戏曲的发展演变具有重要的参考价值，一些重要的戏曲史料赖该书得以保存。要了解明末清初江南一带的世俗民情、文人心态、都市文化等，皆可取资该书。

《板桥杂记》一书面世后，产生了较大的社会反响，其借秦淮风月今昔之别、盛衰之比抒发的兴亡之叹、故国情怀引起了不少遗民的共鸣，那些名妓在易代之际的悲惨命运使他们感同身受，唤起内心深处的痛楚，不少人从中看到了自己，唏嘘不已，由此出现不少唱和题咏之作，桃花扇底送前朝，风月秦淮忆故国，一时成为一种创作时尚。

随后也出现了一批续书和仿作，如《续板桥杂记》《板桥杂记补》《秦淮画舫录》《白门新柳记》等，逐渐形成了一个较为特殊的创作模式与作品系列。

三

最后简要介绍一下本书的整理情况：

《板桥杂记》一书虽然篇幅不大，但版本众多，其中最早的版本为康熙三十六年张潮刊行的《昭代丛书》本，稍后是康熙四十四年吴震方刊行的《说铃》本，这个版本也是后世最为流行的版本。其后流传的《板桥杂记》诸版本多是根据这两个版本而来。

本书底本采用李金堂先生编校的《余怀全集》本（上海古籍出版社 2011 年版）。该本以康熙、道光年间所刊两种《昭代丛书》本为底本，校以两种康熙年间《说铃》本，并出校记，是一个保持原貌、较为完善的版本。

对书中的人物地名、典章制度、掌故引文以及难解的词语，均做有简要的注释，间引作者的其他作品及相关典籍以作印证。李金堂先生校注的《板桥杂记》（上海古籍出版社2000年版）对书中人物、史实有较为详尽的考索和辨析，本书多有借鉴，这也是需要说明并表示感谢的。点评则重在征引相关资料，以丰富和补充正文，间附己见。为帮助读者更为全面、深入地欣赏和了解该书，附录部分收录了相关序跋及题咏、评论材料，以作参考。

该书虽然篇幅不长，但整理起来并不轻松。限于整理者的水平，书中想必还存在不少疏误，恳请读者诸君批评指正。

苗怀明

2015年2月26日

《书香小品》前言

提到书籍，人们很自然就会想到著名作家高尔基那句流传甚广的名言：书是人类进步的阶梯。这个比喻很准确也很形象地道出了书籍对人类的重要性。对人类来说，书籍和空气、面包一样，都是生活中必不可少的，即便人类已进入手机阅读的电子时代，书的载体和形态发生了很大改变，但它仍与人们如影随形，不可或缺。古代如此，当下也是如此。

一

先哲也有很多强调书籍重要的名言，比如《左传》一书中就有立德、立功、立言三不朽的说法："太上有立德，其次有立功，其次有立言；虽久不废，此之谓不朽。"（《左传·襄公二十四年》）司马迁同样看重自己的著述：

“仆诚以著此书，藏之名山，传之其人，通邑大都，则仆偿前辱之责，虽万被戮，岂有悔哉。”（司马迁《报任安书》）

这两种说法很有代表性，都是将著书立说看得非常神圣，作为藏之名山的事业。在皇帝曹丕的眼里，著书立说似乎比管理国家更为重要，他曾明确提出“盖文章，经国之大业，不朽之盛事”（曹丕《典论·论文》）。面对瘟疫的威胁，面对朋友的死去，他想到了人生的意义，思考如何才能不朽，他的选择是著书。这种选择让他在面对死神的威胁时，多了几分淡定和从容，“讲论大义，侃侃无倦”（曹丕《与王朗书》）。

正是因为如此重要，古人轻易不敢著书，就连像顾炎武这样的大学问家，都感叹著书之难，对之慎之又慎，不敢轻易落笔，担心“读书不多，轻言著述，必误后学”（顾炎武《与潘次耕札》）。即便是已经写出的文章，也在不断修改，如果不满意，甚至都要废弃。当然也正是这种慎重给了顾炎武以学术上的自信，使他能够通古今之变，成一家之言，写出《日知录》这样的传世之作。

通过陆机、钟嗣成、吴承恩、归有光、汤显祖、张岱、陈忱、蒲松龄、纪昀、王国维等人对个人著述写作过程及其中甘苦的介绍可以看到，经典之所以能成为经典，并非偶然，亦非运气，而是有其必然性的。

“凡诸材料，皆余所蒐集；其所说明，亦大抵余之所创获也。世之为此学者自余始；其所贡于此学者，亦以此书为多”（王国维《宋元戏曲史》自序），王国维生前就知道自己的这部书必将成为经典，有这份自信的并不仅仅是他一个人。

作者不管是身居显达，还是落魄潦倒，都是有感而发，充满情感，对待自己的著述极为用心，为避免“意不称物，文不逮意”而反复修改打磨（陆机《文赋》序），甚至达到“批阅十载，增删五次”的程度（曹雪芹《红楼梦》第一回）。也许他们对待社会人生的思想态度迥然各异，但对自己的著述，则是一致的。首先要打动自己，才能去打动读者。

事实上，能做到像顾炎武这样严谨的作者少之又少，为稻粱谋、沽名钓誉而著书者所在皆是，用书为自己及家族洗白者亦有之，如蔡絛的“以奸言文其父子之过”，渲染自己家的“可丑可羞之事”（费衮《蔡絛著书》）。著书者动机的不同也就使书籍带有不同的色彩，良莠不齐，书籍的重要不等于每本书都是经典，“尽信书，则不如无书”（《孟子·尽心下》），早在两千多年前，有位圣贤就曾发出这样的告诫。古人反复强调选择好书精读的必要性，并非无因。

不仅著书的重要性被古人反复提及，就连与之相关的校对、刊印、批点等，也都被提到很高的高度，正如张之洞所言：“其书终古不废，则刻书之人终古不泯。”（张之洞《劝刻书说》）因此，每一个环节同样都要认真对待，

“不欲草草成之”（陈宏绪《与张天生》）。

在这些问题上，正面的典范和反面的教训都有很多，任何一个环节的失误都会影响到书籍自身的质量，一字之差，谬之千里，使作者一生的心血付之东流，产生误人子弟的严重后果。“校订断非易事”（蔡澄《朱彝尊刻书》），不管是校书如扫尘，还是校书如扫落叶，说法不同，命意则一，都是对其中甘苦的生动描述。对著述的慎重是一种责任感，也是一种对文化和传统的敬畏和尊重。

二

至于读书，同样被古人视为神圣、庄严的事情，作为一个人安身立命的重要基础，受到特别的重视。像大学问家郑玄，不仅自己手不释卷，而且“奴婢皆读书”（刘义庆《世说新语·奴婢读书》），由此可以想见其家的读书氛围。

也正是因为这个缘故，读书劝学几乎成为古今家训的必讲内容，无论是父亲面对儿子、兄长面对弟弟，还是老师面对弟子、后辈，即便是大臣张居正面对年幼的万历皇帝，无不苦口婆心，谆谆教诲，劝导他们读书。“自古圣人虽聪明出于天赋，莫不资学问以成德”（张居正《帝鉴图说·竟日观书》），话都说到这个份上，一般人还有不好好读书的理由吗？

有趣的是，在谈到读书这一话题时，即便是身为朝廷重臣的左宗棠、孤傲冷峻的郑板桥，无不放低身段，如叙家常，吐露肺腑之言，言语之间，透出关爱和温情，读后令人为之动容。显然，读书并不仅仅是为了获得知识和愉悦，它已经变成一种对文化的自觉传承，不管读书者自己是否意识到。这份关爱和温暖也并非仅仅属于父亲、兄长、教师，它来自源远流长、生生不灭的民族文化，温暖并滋润着一代又一代的读书人。

到底该为何读书，在学而优则仕的年代里，这似乎是一个不需要更多思考的问题，其实不然。“凡人读书，原拿不定发达。然即不发达，要不可以不读书，主意便拿定也。”（郑板桥《潍县寄舍弟墨第四书》）“人元不必断要中举人、进士，但圣贤道理不可不明。”（姚鼐《与师古儿》）在那个以科举衡量人生成败的时代，如此清醒、洒脱的言论至为难得，《儒林外史》里的马二先生、鲁迅笔下的孔乙己无论如何是说不出来的，也是想不明白的。

说到如何读书，则有多种意见，可谓众说纷纭，难定一尊，或云知人论世，或云不求甚解，或云“须用精熟一部书之法”（梁章钜《退庵随笔·读书法》），“尽心于一两书，其余如破竹节，皆迎刃而解也”（黄庭坚《与王子予书》），或云“读书先宜校书”（张之洞《𬨎轩语》），还有像袁宏道那样“以一婢自监”的（袁宏道《答王以明》），也有将繁重的读书任务分解为“日读三百字”的（阮葵生《茶余客话·日读三百字》），等等。对于到底要读哪些书，同样意见不一，即便是同为好友的王安石、曾巩，也会为要不要读佛经的问题书信往来，反复辩驳（王安石《答曾子固书》）。

总之，有多少读书人就会有多少种读书方法，就能开出多少种阅读书目，不过适用性不同而已。有人如司马光，对如何拿书，如何翻书，都有极为细致、严格的要求，达到手头常看的书籍读了几十年而“皆新若手未触者”的程度（费衮《司马温公读书法》）。当然也有人劝告子孙，“切莫惜书”，“看坏一本，不妨更买一本”（孙枝蔚《示儿燕》）。

读书不仅是一件难事，也是一件苦事，这可以从匡衡凿壁偷光、贾逵隔篱听读等传奇故事看出。如果不是这么难和苦，像玩游戏那么轻松，长辈也就没有必要那么苦口婆心地对后辈劝学了。秦观对此有十分精当的总结：“虽有强记之力，而常废于不勤。”“虽有勤劳之苦，而常废于善忘。”（秦观《精骑集》序）

读书不是一时的事情，而是终生的事业，用心、毅力、坚持，都是古人勉励子弟时经常提到、不断重复的词汇。不管天分如何超群，不管用什么方法，不管别人怎么提醒，读书都没有什么捷径可走，该受的难和苦照样都要一一经历过，否则只能是走马观花，花拳绣腿。欧阳修如此，苏轼如此，顾炎武也是如此。书里的内容如果不装进自己脑子里，怎么说都是没有用的，聪明如苏轼者照样采取背诵的方法去学习《汉书》，难怪那位目睹此事的朱载上对着儿子感叹道：“东坡尚如此，中人之性，可不勤读书耶?”（陈鹄《东坡抄〈汉书〉》）否则不懂装懂，信口开河，就会闹出批评《文选》收录诗作，抱怨《文选》《史记》《汉书》“书低”，购买宋板《大明律》之类的笑话。

当然，难和苦只是读书的一个方面，风雅和快意则是读书的另一面，两个方面缺一不可，否则古人不会这样乐此不疲了。“窗明几净，开卷便与圣贤对语，天壤间第一快乐事也”（黄图珌《看山阁闲笔·诗书》），对于读书的快乐，古人也说得十分充分，或云读书避暑，或云读书救贫。

对于读书的时间、地点、场景、氛围，古人有着太多的讲究，不管是哪种，都是在用心营造一个幽静宜人、诗情画意的书香世界，它可以是野外，可以是书房。由此而将读书变成一门享受的艺术。

由读书而谈及书房，那更是古人津津乐道的话题，也涌现出许多名篇，如苏轼的《李氏山房藏书记》、苏辙《藏书室记》、陆游的《书巢记》、刘克庄的《味书阁记》、归有光的《杏花书屋记》《书斋铭》、袁宏道的《文漪堂记》、汪琬的《传是楼记》、郑日奎的《醉书斋记》、袁枚的《所好轩记》、姚鼐的《陈氏藏书楼记》等。不管是藏书万卷、宽敞明亮的阁楼，还是杂乱拥挤、仅可容身的书巢，都是文人安身立命的所在，其中自有情趣在，难与外人言。有的人从这里走向庙堂，有的人则终老于此，房屋与书籍，书籍与主人、主人与房屋，由此构成了一个和谐共生的奇妙空间，由此也可以看出一个人的思想和境界。

三

著书毕竟是一件少数人才能做到的事情，看似方块字的简单排列组合，实则蕴含着无穷的奥秘和智慧。相比之下，藏书则更容易做到，也更为普及。古人对著述的神圣庄严感使书籍成为文化的一种标志，拥有书籍，不仅仅是对书籍的占有，也意味着对文化乃至权力的占有，以至于有人发出“丈夫拥书万卷，何假南面百城”的感叹（《魏书·李谧传》）。

“购求书籍是最难事，亦最美事，最韵事，最乐事”（孙从添《藏书记要·购求》），那种快乐，那份自豪，非亲身经历者不能体会。从宫廷到民间，都在乐此不疲地搜罗典籍，先后涌现出一大批藏书家。

伴随着出版业的发达，图书收藏至明清时期达到顶峰。为了搜得一本好书，不少人费尽心力，甚至到了要用心爱的美婢去换的程度，“非此不能得”，以至于酿成悲剧而不觉（吴翌凤《逊志堂杂钞·美婢换书》）。

藏书家的苦心经营和精心呵护使珍贵的文化典籍得到很好的保存，不管是有意的还是无心的。对藏书家们来说，他们在把玩品赏自己的珍藏之余，也难免身后之忧，非常渴望自己毕生积累的收藏能作为一份家业，一份比房屋、土地、金钱更为珍贵的家业，传诸子孙，世世代代妥善保管，并为此想尽了各种办法，或立碑警示，或塑像告诫。

用心可谓良苦，但事实往往是残酷的，不遂人愿。“古人积金以遗子孙，子孙未必能尽守；积书以遗子孙，子孙未必能尽读”，司马光的这句家训之所以能引起很多人的共鸣，就在于他道出了事实的真相。

一部图书收藏史同时也是一部不忍直视的血泪史。随着王朝的更迭，几经战火的洗礼，作为藏书重镇的宫廷往往难免浩劫，动辄上万卷乃至几十万卷的珍籍付之一炬，许多书籍从此绝迹，巨大的损失难以估量。至于民间的藏书，或水火，或战乱，或子孙不肖，大多逃不过三代散失的历史怪圈。有人为之感叹：“藏之之难不若守之之难。”（汪琬《传是楼记》）聚书与散书，成为中国藏书史上的一场拉锯战，一直伴随着中国典籍的流传和传播，从来没有停息过。

“聚而必散，物理之常。”（周煇《清波杂志·藏书》）既有收书之喜，就难逃散书之恨，不少藏书家面对多年心血聚集的藏品，内心是矛盾的、受煎熬的。不是所有的人都能像袁枚那般洒脱，藏书失去了，还称“散得其所”（袁枚《散书记》），并连着撰写两篇文章《散书记》《散书后记》自我安慰一番。

虽然也有人宣称“买书盖以自娱，特未即弃去耳，非积之以为子孙遗也。子孙之读不读，听其自然”（陈第《世善堂书目》题词），但轻松之语背后的凄凉和无奈是可以分明感受到的，哪有辛勤搜罗一生而不关心自己藏书下落的。相比之下，也许杨继振的办法更为实际，他在自己的藏书上一一盖着长达二百多字的藏书印，让后世的藏家知道这部书曾被自己收藏过。只是这样一来，难免煞风景之讥。

围绕着书籍，还产生了借书与还书、藏书与读书、读书与用书、人误书还是书误人的矛盾与质疑。限于家世、财力，不是所有的人都能成为藏书家。对许多出身贫寒的年轻士子来说，“书非借不能读也”（袁枚《黄生借书说》），这成为他们成才之路的必经阶段。“余幼时即嗜学，家贫，无从致书以观，每假借于藏书之家，手自笔录，计日以还”，宋濂在《送东阳马生序》一文中生动地描绘了自己早年借书求学的艰辛，这也是天下读书人寒窗苦读的一个缩影。“借书一瓻，还书一瓻”还是“借书一痴，还书一痴”，一字之差，借书者与还书者的境界判然不同。

一方面是借书苦读，另一方面则是有书不读。苏轼曾感叹“昔之君子见书之难，而今之学者有书而不读为可惜”（苏轼《李氏山房藏书记》），袁枚在《黄生借书说》一文中更是写出人生的这种尴尬。早年求学，无书而借读；发迹之后，则有书而不能读，要么没时间，要么没心情，由此形成一个难以走出的怪圈。

对藏书家来说，家中藏书万卷，未必就等于自己博通百家，书只有亲自读过，装在自己脑子里，才算是真正属于自己的，正如有人所言，“藏而不善读，犹不藏也；读而不善用，犹不读也”（黄仲元《东野书房记》）。徐咸的《景清借书》一文虽然写的是个笑话，但笑过之后，还有许多耐人深思的东西。

作者的著述动机各异，士人的读书、藏书目的有多种，以至于有人总结出好书者的“三病”（谢肇淛《五杂组·好书者三病》），藏书家也可以由此分出数等来，或为治学，或为品鉴，或为升值，可见世态人情。

而居于其间的书贾虽为牟利而来，被称作“掠贩家”（洪亮吉《北江诗话·藏书家有数等》），但他们在客观上还是促进了典籍的流通，其中也不乏向学之士、高人奇才，归有光、唐顺之笔下的童子鸣、胡贸这两位书贾形象也许可以改变人们对这一特殊群体的不良印象。

四

诚如古人所言，“书为文人至重之宝”（黄图珌《看山阁闲笔·书卷》），“夫典籍，天下之神物也”（归有光《送童子鸣序》）。为了这些魂牵梦绕、割舍不下的珍本秘籍，古人撰写了很多真性情、见才华的文字。这类文字与其他题材的文学作品相比，有其特有的文化内涵和表达方式。其作者不乏饱学之士或藏书大家，因而所谈内容多为有关学术者，或书籍的版本、校勘，或书籍的思想、艺术，具有浓厚的学术色彩，可见作者本人的学识与功力。

作者本人或为著书者，或为收藏家，这种身份又为这类文章注入了很多情感色彩，情感真挚、坦诚，未失李贽所说的“童心”，“天下之至文，未有不出于童心焉者也”（李贽《童心说》），这话用在这些书香小品文字上，也颇为恰切，由此可见个人的性情与修养。严肃而不失灵动，厚重而不失情趣，这正是这类文字的特点。

话题虽是书籍，但远可观历代兴亡，近可知人世沉浮。王士禛翻阅早年读过的旧书，“怃然如遇贫交于契阔死生之后，其悲愉感慨有出于寻常相万者”（王士禛《世说新语》跋），这种复杂的情感多数读书人都有。由书籍这个特殊的视角，也是可以看出世间百态的。

总之，书籍是一个永远都说不完的话题，哪怕将来电子书完全取代纸质书，只要人类还在，只要文化还需要传承，它依然是人类文明的主要载体，依然是人们热衷谈论的话题，时代在变，书香依旧。

本书从古代各类典籍中选收与书籍有关的小品文字一百一十多篇，一方面为大家提供一部优美风趣、可读性较强的书香小品集，供欣赏品鉴，另一方面也是在介绍古代与书有关的人与事。

全书选编原则遵从全套书的安排，篇幅以千字为限，一些文章因长度超过规定而割舍，所选皆为全文，没有节选者。全书以类编排，根据内容分为四卷，卷一主要谈著述、校勘、批点等话题，卷二主要谈读书，卷三主要谈藏书，卷四主要谈书的功用、掌故等。

对于所选文字，采用较好的版本为底本，以相关版本为校本，因本书非学术著作，不再出校记。原文有题目的，采用原先的题目，没有题目的，为方便阅读，拟写一个题目。注释主要包括人物掌故、书名地名、物品器具、难解词语等。赏读部分则针对文章内容偏重对作者意旨的解读，并略作发挥，有话则长，无话则短，希望没有画蛇添足之嫌。自问做得还比较用心，但其中必定还存在不少问题，还请读者诸君批评指正。

《明清文学的青春解读》前言

编完手中的这部书稿，一时不知道从何说起。还是先说一下本书的书名吧，《明清文学的青春解读》，里面包含三个关键词，其中“明清文学”和“解读”很容易理解，带有这两个词或有类似内涵的著述可以找出不少，而能将本书与它们区别开的，就是“青春”这个词了。

这是本书的一个主要特点，自然也是一个亮点。之所以这样说，是因为其作者既不是学养深厚、功成名就的专家学者，也不是学有专攻、初出茅庐的研究生，他们是一群血气方刚、充满朝气的年轻大学生，他们中的一些人将来也许会在高校从事科研工作，但更多的人则要走上性质完全不同的工作岗位，或许是在办公室批阅文件的公务员，或许是在电视台、报社奔波忙碌的记者编辑，或许是投身商海、日进斗金的企业家，对他们来说，未来的人生充满变数，一切都还在憧憬中。是他们，以年轻学子特有的视角和锐气，对明清文学进行了别致的解读，那种带有青春气息的解读。

如果要为这本书加上一个副标题的话，那就是“南京大学 2012 级中国古代文学课程作业集”。两年前的今天，我给这一届学生讲授中国文学史的最后一个版块——明清文学。作为任课教师，很希望这门课在系统讲授基本的文学知识外，还能让同学们有一些切实的收获，让他们回到文学，还原历史，走进作家们的内心世界，让那些作家作品变得生动鲜活，而不再是一个个干瘪的历史名词。

于是就让每位同学挑选一个自己喜欢的作家，认真阅读其作品及相关资料，然后写出自己的独到感受，要求他们不必面面俱到，抓住一些最能打动他们的点来写，而且希望他们写得感性一些，介于学术论文和散文之间。

为了让同学们写出自己内心的真实感受，体验思考和写作的快乐，我采取自愿的方式，也就是说，文章的写作并不和他们的课程成绩挂钩，而且可以随时退出。起初表达写作意愿的同学还是比较多的，但最后交稿的只有二十六位。对于一些同学的放弃，我能理解，毕竟这不是一件轻松的事情。

交出初稿之后，让同学们在三年级和四年级的时候各修改一次，这里收录的是各位作者最后的定稿。从起意写作到最后定稿，前后持续了将近三年的时间。为了培养同学们独立思考、写作的能力，我没有干预他们的具体写作，只是提出一些基本的写作要求和修改意见，让他们独自阅读作品，查阅资料，修改完善。

让人感到欣慰的是，有些同学写得相当认真，反复修改，其文章达到相当的水平，无论是思考的深度还是文字的表达，都有可圈可点之处。需要指出的是，除了文学院的同学，还有几位其他院系如建筑与城市规划学院、环境学院、外国语学院、电子科学与工程学院的同学参与了这部书稿的写作，他们的加入使本书书名“青春”一词的内涵变得更为丰富，也更具代表性。

青春意味着朝气和活力，当然也意味着不成熟。整体来看，与研究明清文学的那些专著相比，这本书还显得相当稚嫩，其中有些篇章写得不尽如人意，但我没有藏拙，还是全部收录进来，以反映同学们思考写作的真实状态。

本书固然存在一些问题，但其鲜活和锐气则可能是一般的专业著作所缺少的，何况原本就不准备让大家写成一部学术著作。编一部研究生的论文集肯定更容易，学术质量也更有保证，但它无法取代本书。世界上不可能有十全十美的书，一本书能有一些让人印象深刻的特点和亮点，也就够了。至于能否让人印象深刻，是否具有特点和亮点，各位读者最有发言权，我们也期待着来自读者的批评和指正。

同学们起初写作该书的时候，还是稚气未脱的二年级大学生；当这本书出版的时候，他们已经是即将离开母校、走向社会的青年才俊。大家坐在同一间教室里一起听课，为了这本书的写作，一起努力。

全书收录的文章不管水平高低，对每位参与的同学来说，都是一份难得的人生记忆，一份对青春、对文学、对母校的珍贵记忆。这本书也可以算是大家四年大学生活的一份纪念或礼物。

青春是同学们年龄的标记，它更应该是一种持续的状态，一种昂扬向上、永不停歇的精神状态。这话是说给大家听的，也是说给早已没有青春的自己听的，大家一起共勉吧。

《寻梦金陵话红楼》前言

编完这本小书，虽然面对的只是一个六百多 KB 的电子文档，但我可以想象一厚叠文稿堆放在一起、散发着油墨香气的情景，当然我更喜欢后者，因为它更为直观，也让人感到实在。

准确地说，这本书的书名应该叫《南京大学文学院2006级红楼梦研究课程作业集》，但这样不仅字数太多，过于直白，而且出版社也不会答应。于是征求同学们的意见，采用《寻梦金陵话红楼》这样一个叫起来顺口也颇有些诗意的书名。之所以叫这个名字，是因为它语意双关，很符合这本书的写作、编辑意图。

在《红楼梦》中，金陵不仅仅是一个地名，同时也是一个维系着梦想的地方：作品的核心人物是金陵十二钗；贾母不满意贾政毒打贾宝玉，喊着要“立刻回南京”；贾敬死后，天子下旨令其子孙“扶柩回籍”；王熙凤最后的结局也是“哭向金陵”……作为贾氏家乡的金陵在某种程度上代表着一种人生的归宿，具有象征意味。

对同学们来说，金陵也有着特别的意义，他们怀着美好的人生梦想从四面八方来到这座美丽的六朝古都，在这里度过了一段人生中至关重要的青春时光。四年之后，他们再从这里出发，将梦想变成现实。

之所以将同学们的作业结集成书，主要有如下两个想法：

其一，这与我开设的课程有关。从 2001 年起，我每年都要为文学院三年级的同学开一门名为《红楼梦研究》的指导选修课。起初是讲红学研究史，后来改为按专题讲授。

作业也比较固定，那就是每人认领一回作品，然后做如下三个工作：一是以脂本或程本为底本，用其他版本系统的本子为校本，详细校勘，写出校记；二是在校勘的基础上，比较并归纳脂本与程本在人物、情节、词语等方面的异同；三是以这一回为核心，结合全书，写一篇小论文。

本书结集的即是作业的第三部分。每次批改作业，都为同学们认真的态度所感动，为其中一些精彩观点叫好，觉得一些好文章仅仅作为作业，打个分数，随即湮没无闻，实在太可惜了，应该刊布出来，让更多的人分享才是。2008 年冬，我把自己的想法向当时主管本科教学的副院长汪维辉汇报，得到他的鼓励和支持，于是决定将 2006 级同学的作业作为本科教学成果结集成书。

其二，这与我对当下红学研究状况的看法有关。这几年红学红火的程度已非大红大紫所能形容，每年出版的所谓专著平均70部左右，至于各类刊物刊发的论文，更是数量惊人。这些红学著述的作者既有专业学者，也有不少爱好者。各种奇谈怪论，层出不穷，呈现出混乱无序的状况。

作为一般读者，应该怎样阅读和欣赏《红楼梦》，我们可以不理会社会上的种种喧嚣，但对自己的学生却含糊不得。在我看来，与其在学养不足、研究能力不具备的情况下大谈特谈《红楼梦》的作者、版本等问题，提出一个个骇人听闻的所谓新观点，还不如老老实实、逐字逐句地阅读作品，在细读文本的基础上，领略作品所体现的语言之美、艺术之美，得到人生的启迪和审美愉悦。这才是我们对待《红楼梦》这部文学名著的基本态度。等到同学们进入研究生学习阶段，具备一定的学养和研究能力时，再探讨一些更为艰深、繁难的问题也不迟。

我是这样想的，也是要求他们这样做的。因此，编辑出版这本书意在实践我们的主张，为一般红学爱好者提供借鉴。至于社会及网络上那些感觉良好，动不动就要推翻什么、开创什么的红学发烧友，我们并不苛求改变他们，我们只是为一般读者提供一种选择而已，毕竟现在是一个多元的时代，无论是欣赏还是研究，每个人都可以选择自己的方式。至于自己的研究成果是否有价值，是否得到承认，那又是另外一件事了。

基于这两种想法，我选择2006级同学的课程作业结集出书。除了少数几篇之外，多数同学的习作都收进来了。我没有像通常编书所做的那样，精选其中一部分出版，而是意在保存原貌，让人们看到当代大学生阅读、欣赏《红楼梦》的真实情况，为有兴趣的读者提供研究资料。自然，这种做法是有一定风险的，因为它不能藏拙，一些稍平的文章也许会令读者失望。

当然，这并不意味着把同学们的作业随便印出来。在完成作业到本书出版之前，我至少给同学们三次修改的机会：一次是我给大家要电子版进行汇编的时候，一次是我读完全书，提出具体意见，让大家修改的时候，一次是大家看校样的时候。力求每篇文章都能反映出作者本人的最高水准，对读者负责，也对自己负责。由于各人的学养、能力不同，文章的水平自然也难以做到整齐划一。

总的来说，我对收在本书里的文章还是比较满意的，同学们大多写出了自己阅读作品的真实感受和心得体会，起码有一半以上的文章写得不错。有些文章不乏精彩之笔，颇能给人启发，比如卞心怡同学通过叙事视角的细腻分析，谈到《红楼梦》对以往才子佳人文学的超越；韩诗颖同学从“香”这个独特的视角来谈钗、黛性格、气质之别；柳玲同学对《红楼梦》空间叙事的细致分析。还有一些同学所写为商榷文章，比如段天姝同学对刘心武“秦学”的商榷、周敏同学对王伯沆观点的批驳，都能做到摆事实，讲道理，颇有说服力，表现出良好的学风。其他如刘思敏、梅爽、舒迟、王一卉、吴心越、朱琳、朱姗等同学也都写得不错，皆有可圈可点之处。与市面上一些专家所写《红楼梦》欣赏、品读之类的书籍相比并不逊色，甚至要超过他们。

能写到这种水准，对这些大学三年级的同学们来说，已经相当可以了。从这一点来看，本书也是值得出版的。有如此好的专业基础，再加上个人的努力，这些同学将来如果继续深造的话，真是前途无量。作为一名教师，得天下英才而教之，这也是人生的一大幸事。只是希望我这个老师没有误人子弟，还能教给他们一些东西。

当然，审稿过程也并不总是愉快的。尽管我多次告诫同学们，一定要尊重前人的劳动成果，凡引用别人的话，一定要注明出处，否则有抄袭之嫌。文章一定要写出自己的东西，哪怕写得不好。但我还是看到一些不愿意看到的现象。念及这些同学还年轻，人生的路还很长，我给了他们改正错误的机会，希望他们以后无论从事何种职业，都要诚实做人。人可以不拘小节，但不能不讲原则。

不管怎样，这本小书的出版无论是对同学们还是对我本人，都是很有意义的。它既是一本特殊的红学论文集，反映了当代年轻人特别是大学生阅读欣赏《红楼梦》的真实情况，同时它也是一份珍贵的记录，记录了一段有意义的人生轨迹。

《红楼梦》是一部一生都读不完的文学经典，它提出的许多问题跨越时空，直到今天都不会过时。不同年龄的人读《红楼梦》，会有不同的感受，常读常新。阅历的增长会加深我们对《红楼梦》的理解。

无论将来从事什么工作，无论将来所处的境况如何，希望同学们在有空闲的时候，还能再翻翻《红楼梦》，相信一定会有与今天完全不同的感受。至于读者诸君读后的感觉如何，我们还无法知道，但希望这本小书不会让你们失望。

由这本小书想到很多，其中一些场景是我永远都不会忘记的：每当我上课的时候，总有一杯热茶放在讲台上，它让我感到温暖，后来知道这个细心的同学叫韩诗颖。编书过程中，需要不断与同学们沟通，做一些协调工作，我随机找了一个同学，这个同学自始至终都很耐心，也很细致，她叫卞心怡。感谢这些热心的同学们，是你们让我深切感受到做老师的快乐，是你们让我感到所有的辛劳都是值得的。感谢你们，祝福你们。

后记

在学术论著之外，单独出一本学术随笔集，很早就有这个想法，有一阵子这个想法还颇为迫切，可惜一直没有实现的机会，慢慢地也就把念头放下了。

之所以有这样的想法，是因为自己比较喜欢随笔这类文体。不是所有的想法都适合写成学术论文，特别是当这些想法非常感性且带有情感色彩的时候。写成论文固然可以把话说得更为周全更有逻辑，但总觉得是在戴着面具说话，缺少那种脱口而出的畅快感。且不说写论文还要大费周章，等把材料找好、引文查到、理清思路之后，表达的冲动早就过去了。

博士毕业刚参加工作那几年，上课不多，手头的事情也不多，有大量时间可以淘书、读书，那几年着实读了一些书，读着读着，有了想法，就顺手写成书评、随笔。日久天长，也写了不少，总有上百篇的样子。后来特别是最近几年，诸事繁杂，俗务缠身，整天疲于奔命，读书的时间比过去少多了，能有完整的时间坐在书房里，竟然有一种很难得的幸福感。时常感到羞愧，自己本是一个在象牙塔里静心教书做科研的老师，怎么会忙碌到这个样子。现在人们常爱讲一句话，不忘初心，好像自己离初心是越来越远了。

感谢朱玉麒兄、倪培翔兄给我提供这么好的一个出版随笔集的机会，借编这本小书的机缘也梳理反思了一下自己以往二十年间的读书生活，下决心要减少奔波，多留给自己一些读书和思考的机会。

说到这本小书的编选，倒是颇费了一番心思，最后决定内容集中在书这个话题上，淘书、藏书、读书、评书、教书、写书，总之，都是围绕这个书字而展开。几年前，自己曾以《远去的书香——话说读书与淘书》为题在南京大学为同学们做过一次讲座，介绍自己对读书和淘书的一些看法，讲座的内容也反映了笔者此刻的生活状态，就将其作为这本小书的书名吧。

至于话题的范围，尽可能广一些，离自己的古代小说研究本行远一点。全书按照内容分为四辑：第一辑主要是谈自己淘书过程中所见所闻的人与事；第二辑主要是书评，针对某本书进行的评论；第三辑主要是书话，因读书想起的一些人与事；第四辑则是自己整理、主编的几种书的前言。

书中所收各文写作时间不一，早年的想法现在未必认同，但毕竟记录了自己当年的心迹，因此除少数写有附言，改正错别字外，内容则一仍其旧，未予改动。想必书中疏误还有不少，请读者诸君批评指正。

2019 年 6 月 8 日于简乐斋